U0795956

中篇小说选

房　东

周瑄璞◎著

西安出版社

目录

房　东

一、教师夫妻

天气好的时候，拾得就骑自行车来到阳光小区。

这里几年前还不叫阳光小区，叫永宁村，位于古城东门外一里多地。小的时候，在村里跑着玩的拾得抬头便可见东门和城墙。后来，东门外盖起座座高楼，长成大人的拾得走在村子里看不到城门城墙了。永宁村作为本市最早被改造的城中村，经过几年的宣传教育说服谈判，村民们无论如何不可能再坚守几百年祖上传下来的永宁村，只好妥协。千禧年这个词在报章频频出现，永宁村变成阳光小区。四幢带拐弯的七层楼房围成一个不大不小的院子，村民每户除了拿到些补贴外，按原来面积折成单元房，最多的分到五六套。拾得家分到三小套，最小的三套，建筑面积 48.5 平方米。哥俩一人一套，爸妈一套。这是爸当时的主意。爸事事英明，算计很到位。这一点，拾得随他爸。他们家按原面积总共能给补偿 150 平方。可他们没有要大房。爸说，我和你妈单另过最好，咱们分成三家，一家一套房，谁也不多谁也不少。拾得和弟弟都觉得合理。

可拾得有更英明的决定，他先不公布，等房到手再说。

所分的房屋是那种最基本的住房，类似于廉租房、安居工程之类的，不用装修也能入住，水泥地面抹得光又亮，墙壁粉刷得雪白，厨房卫生间由地面往上贴了多半高的瓷片。不得不承认，上世纪末的开发商还没有那么穷凶极恶，变本加厉。

看，多好的房子，东西方向通透，干干净净，搬进来就能住。他给来看房的小夫妻说。他自己也跟着他们一起在房子里到处转转，欣赏自己的家。站在卧室外的阳台上，能看到西边的城墙垛口。雾蒙蒙之中，灰色的城墙，坚守在那里，保持她永恒的沉默。

小夫妻看样子对房子也满意。这么新的房子，你自己怎么不住呢？男主人是大学老师，女主人是中学老师，可看样子在家里中学老师权力更大，中学老师像问学生样问他，微微歪着头循循善诱，想从他的回答中分析真假，评判其真实可靠性。四个人，站在空荡荡的客厅里，浸润在清新的石灰气味中。小夫妻站对面，这一面站着拾得和介绍人何满。何满在那个中学看大门，算是女教师的同事。

唉，我有我的实际情况。拾得本是个讲究人，现在面对两名人民教师，更是拿腔作调，咬文嚼字。一来是我这两年因这里拆迁住在那个村上，娃也在那附近上学，生活也习惯了；再者我的房月租三百六，而我那里房租六十，这样我每月落三百。

三百六是你的要价，我们还没还价呢。大学老师背着手，抬头四处瞅瞅，想挑毛病。六楼，有点高了，卧室西晒，想都能想来，那么小的房间，九平方，夏天晒一下午，跟蒸笼一样。

三百六一点都没多要，都是这行情，我都打听过了，这院子里这个面积的全三百六以上，不信你可去问。拾得说的是实话，这个价是他问了院子里几个同村人，结合楼层、方位、朝向得出的。灰灰家一套同面积的，在三层，朝南的，租了三百八，他的比人家差点，要三百六是合理的。

我们诚心租的，又是本市人，绝对的守法公民，不会给你带来一点麻烦，三百二吧。中学老师继续循循善诱。何满站一边，看看这个，瞅瞅那个，冲拾得挤眼睛，高声说，哎你再加点他再让点，差不多定下来得了，人家这是规矩人，你看人嘛，大学老师，中学老师，又不可能欠房租，你要是把房租给外地人，小生意人，你跟着他操不完的心，今天这弄坏了，明天欠了钱跑了，再不就是在里面给你胡来，违法乱纪，派出所再找上门，叫你吃不了兜着走。何满又对他的女同事说，是这，你看他自已新房不舍得住，心里恐怕也不是滋味，这院子里确实没有低于三百六的，给你个特例，三百五得了，只为给我们永宁村引进个知识分子。

小夫妻对视一下，男的只说哎呀，摇摇头，清高地笑笑，没有下文，背着手到厨房里去了，可能是希望在那里发现什么破绽。

拾得已经动心了，他已经喜欢上这对夫妻，想留住他们，二人好看，文雅，职业又好，带一个两三岁小孩，属于那种最理想的房客。

啥也不说了，三百五，我是这院子租得最低的，再说，你们也不在乎这每月十块钱不是，倒是我，确实有自己的实际情况，我两个男娃，一个上小学，一个幼儿园，我们两口子都没工作，四处打零工。你想嘛，不到万不得已，谁会新新的房子自己不住，住到郊区去。他说得情真意切，小夫妻也暂时说不出反驳的话。中学老师像丈夫那样，不置可否地笑笑，离开两步，头又伸到卧室里看，分明是脸上带着喜色，嘴上却说，卧室有点小了，摆个大床，放个写字台，再挤个衣柜，就只有走路的道了。大学老师背着手从厨房出来，问，房租怎么付，半年付？还是一个季度付？

你们来定，半年也行，一季度也行，只要提前付就行。

这样吧，我一年付，每年三千八，咋样？

拾得张开嘴，一时不知说啥了，还从来没有房客主动提出一年付的，再一想，他们才是聪明，掏钱是早晚的事，却想用一年付来便宜几百。

这样多好，反正我们是住好几年呢，省得总麻烦你跑来收房钱。中学老师协助丈夫说。

我们签个合同，我最少住五年，每年房租三千八，一次付清一年，五年间不能涨价。

拾得眨眨眼睛，一只好眼和一只坏眼步调一致骨碌碌转动，看看何满——借此机会，我们交代一下拾得的肖像。拾得生来本不难看，只因为受伤的左眼破坏了面部整体风貌。拾得小时候淘气，村子里跑着玩，跑得太猛跌倒脸磕在一棵树墩上，挤伤了一只眼，眼珠子突出了，歪斜了，带得两边脸庞也不对称。不影响视力，却影响了一系列事情，参军，找工作，搞对象，社交活动。人们常常看一眼他，就有点怕，赶快移开视线，之后只记得他有只眼睛不好，要是有人问拾得到底哪只眼不好，大部分人说不上来，或者他们认为那不是重要问题，重要问题是，他面相破坏了。比如说现在，小夫妻俩就觉得他不是实在人，甚至，他可能不是好人，这房子会有什么猫腻。若不是何满的中间担保，他们可能不会轻易租他的房子。

拾得想象着这两个美好的人儿，加上他们可爱的孩子在他的家里相亲相爱，过着美满小日子，他们爱惜他的家，把他的家保持得干干净净，他们遵纪守法，生活规律，二楼那个总电表里，他们家的运行数字总是正常的，那些红色跳动的数字，总是在该闪的时候闪，不该闪的时候它们绝不会闪。

三千八少了，凑个整数，一年四千。拾得说，看着何满，希望何满给他帮个腔，却不想何满看向别处。

行了啥也不说了，各让一步，一年三千九，我们明天就来付钱。大学老师说。

何满及时回过头来说，好了就这样吧，大家都是实在人，交个朋友最好。何满冲拾得挤挤眼。之前，何满对拾得说，认识他们这样的人，对咱只有好处没有坏处，你孩子将来上学啥的，说不定人家能给帮上忙。拾得心里也有所准备，房子租给他们，总比让那些不知根底的外地人住着强。

第二天，他和夫妻俩在房子里见面，签合同，交钱。何满不再出现，他完成了他的职责。何满家本也是永宁村的，在村最北边住，改造的时候不知怎么恰恰把他家画到了外边，现在何满家在阳光小区的北围墙外住着，隔一条小马路，紧贴路边。谁也不知这种被划在外面，到底是福是祸，是喜是悲，只是急忙给自己家房顶又摞一层，以备下次拆迁时算面积，他们家是二层小楼呢。现在他们一家三口住上面两间，把下面两间当成小门面租出去，分别是理发的和压面条的。出于房东和房客的情谊，何满全家人理发和吃面条不花钱。两年来，何满的头式总是很漂亮，是理发店老板齐丽娜给他精心打理的。何满妻子身体很好，从来不知道什么是累，长这么大没进过医院，给阳光小区里三户人家做钟点工，给附近一个小公司做饭，每天跑来跑去挺忙的，一个月有千元多收入，何满在中学做传达也有五百元，日子过得要比拾得家好得多。关键是我就一个女子，不像你，非得生俩儿子，给自己找罪受，我告诉你，儿多不是福。何满不知是嫉妒还是真不屑，常拿他的两个儿子嘲笑他。拾得也不在意。拾得跟何满从小一起耍大的，何满大他几岁，总护着他，他一直记着小时候他摔伤眼睛那次何满背起他往家里跑，一只鞋跑掉了也顾不上拾，光着一只脚把他背回家。

不愧是大学老师，合同写得很圆满，强调双方职责，包括在他们居住期间，房东宁拾得不得擅涨房价。

签了合同，交了钱，拾得将钥匙交给大学老师，说，你们可以再换一把锁，我这把锁放好，将来你们搬走的时候，我再换上就行。他又环视了一眼他的新房，吸吸鼻子，深深地闻了闻石灰味塑料味，转身走了。中学老师把他送到门口，好像是看透了他内心，在他身后安慰般柔声说，宁师你放心吧，我们会把你房子维持得好好的，啥都不破坏。拾得没有回头，也没有说话，手中紧紧握着被一张A4纸合同卷着的三千九百块钱。

拾得常常来了后——在他心里，这里还是永宁村，他的永宁村。阳光小区里的老住户也都把这叫永宁村，只有不知底细的后来者，把这里叫阳光小区——先不进院子，而是在院子外，马路边，抬头看自家窗户。六楼，凸出来那个是厨房，凹进去那里是客厅，厨房窗户排气扇下，已经滴了一些油。有一天中午，他仰头看时，那排气扇竟然是转着的，好像在跟他打招呼，他好似听到呼呼声，好似看到急速被抛出窗外的油烟。心，没来由地有点激动，有点温暖。有一天天快黑了，他该走了，可却在楼下马路边，磨蹭着不走，他想等，等天黑下来，想看到那两个窗子亮起灯光。果然，两个窗户灯都亮了，厨房里安的灯泡，是淡黄色光，客厅里洁白灯光亮起的同时，窗帘被拉上，他好似听到哗啦一声响，那窗口变成了暗黄色，暖暖的样子。是谁拉的窗帘呢？是大学老师？还是中学老师？看那窗帘急速拉上的样子，应该是大学老师，中学老师在厨房忙碌，排气扇呼呼转着呢，他们的孩子在客厅沙发上看电视，电视里演的动画片。想着灯光里一家三口美满的样子，骑着自行车的拾得心里暖暖的又酸酸的。

拾得几天不来阳光小区，心里就不舒坦。这里是他的家，是他出生的地方，他在这里生活了快四十年，却以这样的方式离开了。心有不甘，可也无奈。过几天来看看，跟从前的村里人谝一谝，打会儿牌，或者啥也不干，坐在熟人故交身边，让阳光小区的阳光照射到他身上，想象着从前村子的样子。二号楼二单元那里，是他家的院子，院子不大，在村上算小的。他爸说，从前他们家地盘可大了，在他爷爷手里，他们家是大户，在城内东大街上有门面，在村里院子最大，房盖得最好，现在自行车棚的地方，都曾是他们家的。解放后，叫政府收了去，分配给他们一个小小的院子，是从前村上穷汉的家。一家三代住到上世纪末，不想世道轮流转，公家又要改造这里，现在却不平均分配了，只是按原有面积给。拾得睁开眼睛，阳光小区里进进出出的人，有一多半都不认识。从前贴着地面住的村里人，现在都摞起来了，就为公家腾出了地方。阳光小区马路对面的区政府家属院，从前也是永宁村的地盘。区政府的房子盖得又大又好。拾得没有进去过，只看那楼房外观，就气派非凡，宽阔的院子，一模一样四幢楼房，不叫 1 号楼 2 号楼 3 号楼 4 号楼，而是 ABCD，也不是用颜料随便喷涂上的而是金属牌烫字，几十公分方方正正，镶嵌在二层的楼角，下午阳光照射上去，返光投射过来，刺人眼睛。楼距开阔，中间种的花草也很名贵，绝非阳光小区里平凡低贱的植物能比。门口是不锈钢金属自动伸缩门，该开的时候，那门就谦卑地把自己折叠起来，就像胖子见了领导连忙吸了肚皮给让路。车辆出入后，它又闪着红色灯光，威严地伸展出来，只留下能走人的一道缝。那门卫有非凡的能力，能一眼辨出人的高低贵贱，在他某种衡量标准以下的人进入，他立即出来问，干什么的，找谁，登记。而不像阳光小区，铁栅栏门从早到晚大敞着，好人坏人，无赖小偷，随意出入。据说对面这四幢七层楼房，统一一梯两户，每套 120 个平方。他们自己没有那么多人，住不了，所有的顶层都出售，24 万一套，不打广告，不办按揭，亲戚熟人介绍，钱悄悄拿来办理。怎么弄来弄去，把我家的家产弄没了呢？现如今，只有这套 48.5 平方米的房子是我的。根据房子档次，折合房地产行情，值五六万吧。想想他活在世上所有的一切，也就是这五六万，拾得再次闭上了眼。他靠墙跄蹴着，像农村人一样，眯眼晒太阳。生是农民，可从没种过地，他们没有土地，从前村里的人做各种小生意，出租房屋，青年人靠参军、求学、招占地工为出路，可这些，拾得都沾不上边，他那形象，连当工人都没人要。

虽然拾得住在五公里外的浐河边钱家湾，但拾得的生活圈子还在阳光小区，他鄙夷钱家湾的农民，与他们保持着某种距离。他买米买面，打酱油打醋，买咸菜疙瘩，给孩子买学习用具，甚至修理手表、收音机还是要来东关商场。提着油瓶子醋瓶子酱油瓶子，打满了放在小区传达室，混在打牌的人中间，却不轻易上桌，他嫌他们打得大，半天输下来，要几十块，谁受得了。咱不像人家灰灰，家里分了六套房，大中小都有，爸妈住一套，他们住一套，给了出嫁的姐姐一套，剩下三套出租，每个月坐收一千多块钱，比上班还谄，灰灰和媳妇啥也不干，就剩下每天打牌了。小区内外，天天有牌桌支起来，哗啦哗啦响，最多的时候，拾得围着小区转个圈，再在院子里转个遍，挨个数了，二十八桌。常常他看人家打，跟乡亲谝谝闲传，看看热闹，评评理，劝劝架，厮混一天，天快黑时，骑车子走人，明天可又来。

如果永宁村的人，过十天半月见不到拾得，会相互打问，咦，拾得阿达去咧，咋不见回来了咧？不想家咧？就会有人说，拾得啊，八成找到活干咧。

拾得能找到活干，确属不易。因为他对工作是很挑剔的。太累的，不干；太低贱的，不干；离家远的，不干；技术含量高的，想干干不了。拾得常常看到大东门小东门外，那些拿着榔头大锤滚刷找活干的外地农民，每天要出那么大的力，心生怜悯和优越，想他们才是可怜，在这城市里像一片落叶，飘哪是哪，被谁踩了也就踩了，碾了也就碾了，正像树叶一样，踩疼了碾碎了也不吭声。看来，农民跟农民也不一样哩，我是城墙根下的农民，有着一套房产的农民，转了居民户口的农民，怎么也不至于沦落到干这活吧，我也没那劲呀。拾得此生干得最好的一份工作是在东关国营煤店当电工兼传达，离家近工作又轻松，当然啦，他是有技术的人，他会些基本的电路活。那两年，他养成了读书看报的习惯（不，他从小就爱读书看报，看闲书，他只是不爱学习，一上课就犯迷糊，逃学打架翻墙头，一直学习不好）。跟村里人说话时，嘴里时不时冒出新名词、国家新政策。好景不长，国营煤店散伙了。可这两年对他挺重要的，他的档次上去就下不来了，在他的意识里，所谓工作就是不要太累，上班时间能够看看报纸喝喝茶。

拾得这次找的工作是在一个超市里做电工，固定晚班，主要是守店，基本没啥事，就是去睡个觉，一个月三百五。他挺满意的，因为整个白天都是他的，他早上送完孩子，就可骑上自行车回到永宁村。有时候他会在小区门口碰到大学老师。骑着车子的大学老师见了他就下车子打招呼，宁师，上楼去坐会儿吧。拾得说，不咧不咧，不方便，你们中午要做饭吃饭哩。

没事，中午她不回来，就我一个，你有空就上来坐会儿喝点水，来谝嘛。

不咧不咧，也没啥事。拾得客气着。

那好，你有事就来啊。大学老师推车子进院子。

过了些日子，拾得真的有事了，想起了房客夫妻俩。岳父病了，需钱住院看病。他在小区门口等着，中午见大学老师骑车子回来，他走上去说，我等你半天了，还真个找你有点事。大学老师说，走，上楼说吧。他跟着大学老师一起往院子里走，大学老师进车棚存车子，他站在车棚外面，想起他爸说的，当年这一片地方都是他家院子。大学老师修长体面地走出来，手里车钥匙车牌子哗啦啦响着，迈两条笔直的长腿前面走，进楼门，上楼，皮鞋锃亮，轻盈地用脚尖踩着楼梯，拾得倒腾两条不长也不直的腿，布鞋无声，紧在后面跟着，倒好像这里真的已经成了人家的家。

哗啦打开门，大学老师说，请进。

客厅里摆放着简单家具，收拾得挺干净，有一股淡淡的好闻的气息，这是家的气息，女人的气息，幸福安宁的气息。天冷了，他们在客厅里生了炉子，烟囱从窗户那里挖了个圆洞伸出去。拾得看到自家窗户上被挖个洞，心里不舒服，可再一想，要生炉子必得开这个洞。他在浐河边的钱家湾，也是给人家房东的窗上开了洞的。

有个炉子屋里暖和些。拾得像是安慰自己一样地说。

嗯，起码不瘆了。大学老师附和着，给倒了一杯水，放眼前的茶几上，也不脱外套，跟他一起并排坐在沙发上，腼腆地不说话，等待拾得张口。

拾得提出想借一千块钱。大学老师痛快地说，行啊，你也不用着急还，明年的房钱少给你一千就行，这不是再过几个月就得给你下年房钱了嘛。

于是说好，他明天让媳妇去银行取钱，拾得明晚来拿钱。

大学老师说，在这吃饭吧，媳妇不在，咱俩随便下点面条吃。

不咧不咧。拾得坚决地走了。关上门，大学老师心想，这人经常在这里晃悠，中午在哪吃饭呢？

拾得有时候去爸妈那里吃午饭，有时候自己带点吃的。他也曾被弟弟砍柴叫家里吃过两次饭，弟媳妇脸色不是太好看，他再不去了，任砍柴咋叫，他都不去。哪人多，哪热闹他往哪儿去。再不然就是一个人到环城公园里转会儿。初一十五的早上，他会很早就来到小东门内，那里有相传多年的鬼市，卖一些来路不明的东西，非常便宜。小时候他跟他爸逛过鬼市，吃的喝的穿的戴的都有，大家在黑暗中交易，天亮时四散而去。买了东西转身走人，出城门前，借着光临古城的第一缕亮光，再回头看，那里空空如也，刚才的卖主突然不见了，就像是做了一场梦，只是手里的东西还在，证明你刚才确实买到了个便宜货。拾得在附近转悠的意思也就是散散心，岔心慌。常常他从小区后门出去，到罔极寺里走一圈。寺里住的尼姑，村里人叫作姑姑。他们小的时候，何满常叫拾得说，走，去看姑姑去。那语气透着几多亲热，有点像现在的昵称。现在姑姑们老了，再没有新的姑姑进驻。拾得在寺里转着，有时会与年老的姑姑迎面相遇，姑姑微微点下头，绕开他一点走过，似笑却又没笑，或者你认为她笑她其实没有笑，看他的目光既像熟人又是陌生。寺里有几棵粗大柏树，不知长了多少年。如果是唐朝建寺时种下的，那就有千年了。静默地屹立着，叶子有点苍白干枯，跟姑姑们风格有点像。大殿里清凉寂静，尘土在角落里发散清甜的气息，莫非它们也生于唐朝，已经在墙角躺了千年。院子里静得叫人不知所措，拾得觉得阳光小区在很远很远的地方了，仰头看去，小区的楼房顶檐就在眼前。环顾四周，一幢幢高楼，把小小的罔极寺团团包围。

出罔极寺，路过何满家门口，压面机隆隆响，女主人身披一层白霜在小柜台前收钱称面条。隔壁理发店里，那个叫齐丽娜的，暂时没有顾客，陪着来串门的灰灰说笑。牌桌子要午后才摆出来，上午灰灰就没事干，他也习惯每天半晌午起床后围着小区转一圈，就像从前上了年纪的村民围着永宁村巡视。灰灰唤拾得进来谝会儿。拾得脸一红，咧嘴笑笑，挤一挤那只不好的眼，径直而去。拾得是个正派人，他没事从不与女人东拉西扯说闲话。

向东拐个弯，走到八仙庵门口。八仙庵里住的是道人。拾得小时候就听村里人说，真是日怪得很，为什么寺里住着姑姑庵里却住的道人，应该换过来才对啊。没有人解答这个问题，怎么会这样，总有它的理由吧。罔极寺和八仙庵都是货真价实的真文物，每天香火不断，每年大年三十半夜，周围车都堵满了，人们争着来上初一头炷香，据说非常灵验。拾得不进庵里去，因为这里收门票，三块钱一张。小时候不收的，他们常常进去玩，偷大殿桌上的供果吃，道人轰他们走，叫他们今后不要擅自进入，却也不是真恼。当时的中年道人，现在已是老年，鹤发童颜了。凡要钱的地方，拾得都不去，他只是在门口转转，看看各种门面房里、路边地摊上的假古董，想起他爸说的，从前他们家曾有各种各样瓷花瓶，瓷盘子，都打碎了弄丢了。要是有一个能留下来。拾得常这样想。

第二天晚上，拾得在楼下看到他们家灯亮了，就绕进院子上到六楼敲门。

一家人正在吃饭。中学老师说，宁师，一起吃点吧。拾得说，不咧不咧。坐在沙发上，等着人家拿钱给他。女主人从包里拿出钱，男主人拿来纸和笔，拾得在窄窄的沙发扶手上垫着写借条。

炉门打开着，炉子上的火尽情燃烧，屋子里挺暖和。拾得拿了钱没有立即起身，好像他被一条新闻吸引住了，盯着电视看。男主人又说，宁师在这一起吃饭吧。拾得说，不咧不咧，你们吃不要管我。桌上三盘菜，有荤有素，色彩也挺好看，孩子吃得很香，两个大人不好意思吃了，搁筷子，和拾得一起看电视。拾得夸奖了一番女主人的手艺，说做饭也是一门艺术，一个人，能把饭做好，也是挺了不起的一件事，职业女性又要上班，又能做饭，还做得这样好，更是了不起。他虽然没有尝，可他想，这样女人做的饭，怎么会不好吃呢？中学老师面露喜色。电视里一条新闻结束，拾得毅然，或者说突然站起身告辞。中学老师说，宁师你等一下，进厨房，一会儿手里提着个塑料袋出来。这是几瓶饮料，给孩子拿回去吧。拾得接过，转身出门。男主人要送，拾得将他推回屋，自己替人家拉上房门。一折身，看到西边城墙上，一连串小灯泡勾勒出女墙的轮廓，迷蒙，温情，如梦似幻。拾得打个冷战，觉得夜更冷了。

之后，拾得又因手头紧去借过几次钱。房客夫妻的手里，总有拾得的一张欠条。到第四年付房租的时候，竟然不用给拾得钱了。

有一天在小区门口碰上，大学老师说，宁师，跟你商量个事，你这房卖不卖？我们想把它买了。

这个问题拾得从未考虑过，他说，我回去商量一下。

其实拾得不用跟谁商量，拾得的妻子总不说话，她更爱默默地听拾得说话，听孩子说话，她最懂得沉默是金，她是世上最好的倾听者……干脆直说吧，拾得的妻子，是个哑巴，或者说半哑巴，她耳朵能听见，她只是小时候发烧烧坏了声带，发出声音很艰难，就算好容易出了声，很不好听，常常吓人一跳，自尊心使得她不轻易出声。她常年在家做饭干家务，接送孩子，或者间歇性给人帮忙带个孩子看护个老人，挣点小钱。家里大小事情，拾得说了算。当然并不是说拾得在家里搞独裁，搞一言堂，实在是两个人相亲相爱，相互信任，她常常只是用温柔的眼神看着拾得，她相信拾得为这个家着想，为两个孩子着想，能把各种大事小情算计好，处理好。拾得说商量商量是个借口，他自己要权衡利弊。

去年院子里白老太把七楼的一个48.5平米卖了五万八，拿到钱先给自己买了块好墓地。白老太说，我自己有住的，娃也有住的，这个房子，租着，一个月收三百多，不是这事就是那事，操不完的心，不够苜乱人的，一卖完事，给自己安置好后事，剩下的，想吃啥吃啥想去哪去哪，我还能享受几天呢？

拾得的房子比白老太低一层，起码能卖六万吧。这辈子也没有拿过六万，他甚至不知拥有六万是个什么感觉，存银行里，过几天存折拿出来看看，是不是心情挺好的，富人的踏实感。

吃饭，走路，睡觉，骑车子，满脑子都是六万这个概念，充满诱惑，在前方召唤他。他盘算着，六万块钱，分成两份，三万存银行，不到万不得已绝不动，三万在阳光小区附近投资弄个门面房，做个小买卖，说不定运气好就能翻身致富呢。对，也许六万块对我来说，是个机会。嗯，拿到钱，先领两个娃到肯德基美美吃一顿，往饱的吃往死里吃，省得娃路过肯德基门外，总是扭着脖子往里看。也曾咬牙跺脚给娃买过肯德基里的炸鸡块，两个儿子吃得两眼放光，吃完还舔手指头。他还要用这钱给自己把容整了。现在社会，讲究形象注重美，像他这样的人，找工作去特别难。多年来，他把自己找不到好工作归结为他的容貌问题。并不是男人就不注意自己的长相，他其实心里特别在意，走到街上，别人看他一眼，他总觉得那一眼别有深意。花钱整容，这对他也是个合理投资，容貌整好了，他就能找到好工作，有好工作了，他就能挣钱轻松些。

他要价六万五。经过一番耐心地讨价还价，最后定好六万二。说好下周哪天，一起去做公证，房产证换主人。

拾得晚上做了个梦，他爷爷站在远处怒目看着他，不说话。他跑过去问，爷你想说啥呀，爷还是不说话，只是瞪着他。

半夜醒来的拾得突然觉得自己是败家子，不肖子孙。这是爷爷给他们留下的家业，他怎么能卖了呢？六万二看着是个钱，可钱总会花完的，房子却是不动产，房子在，永远都有希望。

拾得一大早骑自行车来到永宁村，在小区门口堵上了出门上班的大学老师，只为告诉他，这房他不卖了，房子他们可以永远住下去，想住多少年都行，他永不涨价。当然拾得知道他们不会永远住下去的，听说中学老师单位正盖房呢，大不了他们住得超过五年，那又怎么样，他君子一言既出驷马难追，就不涨价，能亏成什么样子呢。房客夫妻俩也是通情达理的人，总不会亏了他的。这几年他去借钱，他们总是及时给他，不打绊子的，在某种程度上，他们就像他拾得的小银行。

大学老师表示理解他。

这样吧，我给你留心问着，这院子里谁的小套要卖，就介绍给你。拾得说。

那就算了，我们也不是非得买，反正单位的房也快下来了，关键觉得租房还是划不来，比如住五年，花两万块钱，到时候圈铺盖走人，啥也不落。我们现在手头有了点积蓄，买下来也挺好的，将来我们不住了，也租出去，算是个小投资。你要不想卖，也就算了。

一番话说得拾得更是胆战心惊，好险哪，庆幸自己及时醒悟，打住卖房的念头，否则六万二总有花完时候，他也是啥也不落，上对不起祖宗，下对不住儿子，这一辈子岂不是彻底失败。

拾得一直想着大学老师说的，这房子住了几年，住出感情了，也就是说，他们爱上他拾得的这套房了，那么，他们会不会连带着对他拾得也有感情了呢？拾得更加爱自己的房子了。白天房客夫妻俩不在家，他像贼一样，潜入单元，轻手轻脚上楼，走到自家门口，站一会儿，屏住呼吸，心咚咚跳，贴耳朵听一听里面安静的声音。他似乎听到墙上的钟表在走，听到厕所里轻轻滴水，听到空气在屋里缓缓流动，听到尘埃在卧室的阳光里跳舞，想象着站在阳台上，就能看到西边的城墙。离城墙几步之遥，这是多好的地段啊，这是多好的房子啊。他深情摸一摸门把手，想象着门打开，里面的温暖画面，女主人温柔的笑脸，男主人文质彬彬的样子，小男孩胖胖园园，干净有礼貌。他不但爱自己的房子，连带着也爱上了房子里的一家三口。常听到院子里，老住户抱怨房客，今天这个出什么事，明天那个又惹下啥乱子，那些人说到自己房客，分明像是说仇敌，可拾得怎么总是想起房客，心里就有暖暖的温情。他真希望他们永远住下去。

听说东关商场就要拆除了，那里也将盖起高楼。拾得提着油瓶子醋瓶子酱油瓶子，想最后光顾一次东关商场。那个巨大的平房里，那些柜台，那些布匹，那些文具，那些散发着胶皮味的网球鞋，柜台与柜台之间头顶上扯着的铁丝，哗啦一声响，柜组之间传送交款的小票，好像传送的是惊喜和秘密。那些高高在上，脸上写满优越，可以随便训斥顾客的售货员，穿着蓝大褂，接过他递上去的瓶子，用提子小心地往瓶子里倒醋，倒酱油，然后接过他手里的分币、毛票。醋三分，酱油五分。这是他童年时的价；他少年时，醋五分，酱油七分；后来价格涨了再涨，他就记不清了。那盛油的大桶才是神奇，密封的油桶上高高伸出一个挺简单线条挺优美但在拾得眼里却非常了不起的管子。压一下是一斤，菜油亮晶晶舒缓缓缠缠绵绵直直落入油瓶嘴里。小时候拾得总想亲自操作一回那油桶。每次幻想着，那卖油的刚按好计量的那个小疙瘩，正要往下压那个把手，旁边有人喊他，老王，来一下，那差不多很像是姓王的叔叔说，来你自己压，只许一下，不许多压啊，自己匆匆走开，那他多高兴啊，他不会多压的，他的油瓶子就是一斤的，他多压也没地方装。后来，有了桶装油，颜色不知为什么会淡那么多。拾得家从来没有吃过那种桶装油，那油贵，据说吃着不香，好处只是没有油烟。为什么怕油烟？想吃油还要没有油烟，想煎炸烹炒还要叫厨房里洁白一片，人真是，又想这样又想那样，总也没有知足的时候。

他的永宁村，一切都变了，除了村后的罔极寺和村东的八仙庵。他给何满说，东关商场要拆了，我心里不是滋味。何满奇怪地看他一眼，拆了多好，看那房子破成啥了，哪天再塌了去把人砸了，拆了盖大型超市呢，多美。他给灰灰说，我心里不是滋味。灰灰不解地问他，你脑子没病吧？人家东关商场要拆，跟你有屁关系，社会要进步，要发展，看谁能挡得住，那词叫个啥，螳螂挡车你这是。

他早早回到永宁村，早得东关商场还没有开门。大冷的天，也没有人在室外活动。他在小区门口卖牛奶的亮亮房子里逗留。

看到路边停下一辆出租车，车里正下来房客夫妻俩，女的包得严严的，像是生病的样子。他忙从屋里出来，问，这是咋了？不是放假了吗？这么早出门干啥？二人下了车，男主人付了钱说，昨晚煤气中毒了，送医院抢救一晚上。亮亮媳妇也出来说，怪啥呢，昨个半夜里看到一辆救护车开进院子，我还以为是谁家老人要麻达了，原来是你家呀。拾得嘴里欷歔不已，立即对那小娘子心疼起来，跟着他们一起上楼。男主人扶着女主人，他本想也上去扶住小娘子另一边，想想不妥，再说楼梯又太窄，两人并排都不宽余，只好乍着两手跟后边。中学老师一句话不说，只歪在丈夫身上。哎呀呀，真让人心疼。

娃呢，娃没事吧？拾得问。

娃放假回我妈家了，幸亏不在。我也在屋里，只觉得难受，却不知是咋回事。唉，只是怕冷，这两天忘开窗户了。

屋里冰冷，显然惹事的炉子昨晚已灭。

男主人把女主人扶到卧室。卧室门口的地上，堆着撤下来的床单，可能是昨晚女主人吐的。

拾得过去拿开炉子烟囱。天哪，烟囱里堵实了，这烟囱过一段时间要通一下呢，否则煤气就出不去，都聚在屋里了。拾得打开客厅窗户换空气，站凳子上小心把烟囱卸下来，拿到门外用捅火棍敲敲，通通，磕磕。大学教师站在他身后，虚心地看。噢，这烟囱还得通啊？前几年没通不是也没事嘛。

前几年没通是因为它是新的，撤炉子装卸它的时候，振动来振动去，里面的杂质自己脱落了一些，没有堵严，这都第四年了，里面堵实了。

唉，她从前在娘家有暖气，结婚后住我家也有暖气，从没用炉子取过暖，不知咋弄，昨天晚上只说是怎么屋子里有股味。

拾得立即觉得让这样两个人住自己这条件有限的房子，着实是受委屈了。他拿块蜂窝煤，放在煤气灶上引着，又把烟囱收拾得干干净净，重新安装好，把着了的煤放进炉子，关好窗，拿笤帚把屋里屋外地上扫干净，又把门口的蜂窝煤拿进来十来块，把炉子旁边的小纸箱里放满，洗了洗手坐沙发上喘口气。一会儿屋里明显暖和了，他也就没有理由再待下去了，告辞走人，到亮亮的门面房里拿瓶子去东关商场。他的房子，他从没有用过，没有这样有人烟气地在里面穿梭忙碌停留过，刚才那一通帮忙，想想也是件温暖的事，有一个时刻他觉得，这是我的家呀，床上躺着的那女人，难道不是我的媳妇吗。

二、南方女人

春天的时候，房客夫妻给拾得说，他们会在夏天搬家，请他提前就可再找房客，到时他们会给他准确离开的时间，这样可以把日子掐好，让下个房客尽快住进来，以减少他的损失。拾得心里对夫妻俩更加不舍，可人家有了新房，不可能永远住在这里，阳光小区除了给他们留下煤气中毒的记忆外，在他们的生活里，恐怕并没有什么特别之处。

按照他们的好心提醒，拾得提早找好了下一个房客。这次是灰灰给介绍的。一个约三十岁的南方女人，带一个六七岁的女孩子。拾得要价四百八，现在基本也就是这个价了。南方女人象征性地还了一下价，拾得没有答应，她也就不再坚持，一次付了半年房租。拾得立即觉得占了便宜，他心里的底价是四百五。

搬家的那天，拾得前来参观，站在院子门口，看一辆小卡车进院子，他装作无事看热闹的样子走到自家单元门口，见灰灰也在那里闲看，还上楼去问了个什么话。

拾得看那女人，却不像南方人，皮肤黑，窄窄的脸，鼻子狭长，看起来凶巴巴的，她对你笑的时候，你更觉得那是一个陷阱，这笑不是真的，不像前面那个中学老师，笑容是一汪春水，从心底里自然流淌出来的。她扎个长长的马尾巴，随着走路在脑后凌厉地甩来甩去，像鞭子一样，弄不好会抽你一下。她的女儿跟她是另一个小翻版，脸长得像，扎的马尾巴都非常像，还在辫梢一半的地方焗成黄色。不知是一开始就焗了一半黄呢，还是整个焗了，后来黑发长出来成了这样，嗯，有可能是一开始就焗了一半，当妈的没舍得让焗油膏染上娃的头皮，毕竟是碎娃嘛，那些东西都是化学产品。拾得专爱琢磨这些小事，在心里分析判断，自己给出最满意最合理的答案。拾得有点想不通，一个六七岁的碎女娃，给头发焗油干什么。碎女娃很活泼，楼上楼下跑来跑去，很开心的样子，一点不怯生。

从车上抬下一个大家伙，锃光明亮。南方女人好像有感应似的，跑下楼来，专门叮咛，小心点，楼道好窄，不敢碰到噢。拾得仔细打量，好似一架钢琴。

东西看来不多，一个小卡车就拉完了。

拾得不再像从前那样深情地站在楼下马路边往上看了，只是路过的时候，顺便抬头看上一眼。厨房里排气扇还是从前那个，那是开发商给每家赠送的。从前教师夫妻总是让排气扇按时转动，轰轰烈烈的油烟急速抛出来，顺着窗子流下的油，在玻璃上蜿蜒出画卷。从这南方女人住进来后，油烟机就没有转过，傍晚时，厨房的灯也从不见亮。他正站在楼下走神，突觉马路对面的门面房换了新颜，从前是小梅理发，现在成了忆江南美发屋，几个年轻女孩子坐在里面，其中的一个，拾得定神一看，竟是自家房客，那个南方女人，她正跷着二郎腿，皮鞋头像刀尖一样向上卷着，给几个女孩子训话，长长的手指头伸展着，指来指去，好像在说她们中哪一个的不是。几个女孩子恭顺地听着。

拾得立即心中不快，对灰灰有所抱怨，他当时说是自己一个朋友的老婆，朋友在外地不太回来，托他给家里找个房。却不想这女人是开发廊的。当然，发廊跟发廊还不一样，小区后的齐丽娜，人家那发廊不用说正儿八经是理发的。那齐丽娜，连个帮手都舍不得雇，从早到晚一个人忙碌。可她这忆江南美发屋，咋不咋呢，弄这么多年轻女娃干啥。拾得进到院子里，在一个牌桌上找到灰灰，说灰灰我有事找你。灰灰说，啥事你说。拾得说，一边说。灰灰说，啥事这神秘的，等我这圈下来。拾得就在一边等待。看灰灰那戴着大个金戒指的手熟练地摸牌，那手骨节大而突出，一层单薄的皮裹着，心狠手辣的样子，拾得突然觉得这手怎么跟刚才南方女人的手那么像。

灰灰从牌桌上下来。坐得时间久了，腰一时直不起来，腿也好似伸展不开，就那么上下呈反方向弯着，看起来他已经被麻将这项终生为之奋斗的事业损耗得快要老去。不解地眯着眼睛问，啥事你说嘛。拾得突然觉得没头没脑，好像不好开口了，吭哧一小会儿，说，你介绍租我房那女人，咋是开发廊的？

开发廊咋啦？灰灰更不解了。

你要早说她开发廊，这房我就不租咧。

哟哟哟还把你拾得要得大的，还有你这样挑房客的，管人家干啥的，你那房得是只能租给大学老师？可惜，人家不住咧，你白给人家人家都不住咧。灰灰把眼睛翻得几乎找不见黑眼仁，用手转着另一只手上的金戒指。我给你说拾得，开发廊可是正当职业，凭技术吃饭，你想干还干不了呢，你有培训证吗？你会剪个头吗？又不欠你房租,你弹嫌那么多做啥？你算弄啥的？你不见马路对面就是派出所，你说她这发廊除了理发还能干别的不成。

灰灰给拾得来了个理屈词穷。拾得还真就说不出话，两眼骨碌碌了几个来回，转身走了。可他总觉得心里不是个味，从大学老师到发廊女，他觉得自己堕落了，层次降太低了。后来他安慰自己，是咱心理有问题观点太守旧，为什么北方人开发廊就认为只是理发而南方人开发廊就觉得人家有什么名堂呢？何满不是也把房子租给理发的齐丽娜了吗？好几年了,齐丽娜一直老老实实在理发，慢慢赢得了大家的信任，永宁村人常说，头发长了，找丽娜去，或者老人给自己儿子说，头发乱成啥了去去让丽娜给你拾掇拾掇。齐丽娜分明已经成了大家的齐丽娜永宁村的齐丽娜，她收费不高给每个人理得仔细认真，你回家睡两夜了觉得哪不合适去找她，她还认，接着给你修理，直到你满意为止。拾得虽然从没有去齐丽娜那里理过发（拾得从不进理发馆，他常去他爸那里，叫他爸拿推子给他推两下了事），可却常听到她的美名在永宁村到处传播。现在，他想象着这个南方女人也像齐丽娜一样，在永宁村能把美名扬，那他这个房东脸上也有光。拾得是个注重名声的人，人活一世不就是活个名声吗？就图个正正派派吗？至于钱多钱少，吃好吃坏，那是个人造化，不由自己定的，而名声，却是由个人掌握。要像爱护眼睛一样爱护自己的名誉。眼睛不好的拾得常常想起这句话，内心没来由地悲壮一小会儿。咱虽然眼睛伤了，可名誉不能伤。

过了几天，拾得又想，发廊里那些女孩子，她们住在哪？不至于跟那南方女人挤在一起吧？有四五个呢？她们挤得下吗？啊，四五个！小小一套房间的理发店，两间房打通，也就是三十个平方，要那么多女娃干吗？天天坐在里面，却不见他们理发，倒只见给男人洗头，那些男人顶一头沫子，长久闭着眼，那女孩子把他们的头拥在胸前，抓呀挠啊。

拾得觉得这样下去，早晚一天要出事。要是派出所找他去盘问，他该怎么说呢？得提前想好对策。拾得那精明的脑子开始盘算了。实在不行，都推到灰灰身上，是灰灰引来了这女人，灰灰说她男人是他的朋友，在外地工作，可这都快一年了，从没听说那男人回来过。他每次路过发廊门外，余光只看见那女人坐在一只高桌子上，像时装模特那样把蚂蚱一样的细长腿跷着。拾得有一回在门外跟人说话，见那女人给一个男人理发，轻声细语跟顾客闲聊着，虽然隔着玻璃门拾得听不见，但她脸上的表情证明她一定说着软软的南方味普通话。突然之间，她挥舞剪刀，回头大声训斥一个女孩子，用的是她们家乡土话，一句都听不懂，像外语一样，又似机关枪扫射，声音特别大，无所顾忌的样子，跟半分钟前完全不是一个人，她刚才那一套温柔语言都是扯淡只是假设，只有这会儿她才是真实可信的，具有绝对权威性可靠性。拾得虽然听不懂，可根据表情他觉得那话里有一句应该是，我可以负责任地告诉你。身后被她训的女孩子立即身子缩小好多，头窝得更低了。她却又回转头来，继续刚才的耐心服务，一只手把眼前的脑袋轻轻扶了一下，安慰受惊吓的人。一个人，情绪转换如此之快，真是奇迹。拾得觉得还有更快捷省力的办法，那就是给她配一个面具，威严冷酷的那种，张大嘴吵人的那种，罩在她的后脑勺上，再提前由她自己录好音，用于威慑身后那女孩子，这样，她就能工作训人两不误了，需要的时候，只需腾出左手按一下开关，放录音给那女孩子说，我可以负责任地告诉你，不好好干，立马走人！

拾得有事没事，在发廊门口转悠，瞄进进出出的顾客。他慢慢发现，那几个女孩子，没有一个会理发的。有一个妇女，领着七八岁的女儿进去，很快又出来，说怪了事了，坐一屋子人，连给理个娃娃头的都没有。拾得知道，那南方女人不在发廊的时候，就在家里。拾得进到院子里，进自家单元，轻手轻脚上楼，快到六楼的时候，听到他家屋里传出钢琴声。那女人在家里监督孩子弹钢琴。他站在两层楼梯之间，听了一会儿，那声音还不成曲调，一个音符一个音符地往外蹦。看来发廊女培养自己女儿成为钢琴家的路途任重而道远。他觉得自己再站这里明显不合适。他下楼，看到四楼一户门刚被打开，一个身影轻快闪进去，看装扮有点像发廊里一个女孩子。他继续下楼，在二楼楼梯拐角碰到一个男人，那男人见有人下来，突然转回身，脸朝外站下了，好像他要透过隔窗往外瞅什么。可外面是一堵高墙，什么景致也没有。拾得从他身后下楼，站在楼门口听上面的动静，听到那男人上楼，他又轻轻折回，踮脚尖上到三楼，听到四楼那扇门关上的声音。

拾得绕出院子，到外面马路上，假装在发廊门外等人，果然发现里面少了一个女孩子。

拾得脱下布鞋坐在屁股底下，无所事事地看路上来来往往的行人，其间他看到自己的弟弟砍柴开着突突响的三轮摩的过去，车上有顾客，砍柴匆忙打声招呼，忙着营运去了。砍柴去年花五千块钱买了这车，加入摩的大军。这种摩的前几年叫拐的，多是残疾人驾驶，穿小街走小巷，弥补出租车的供应不足，延伸公交车到不了的地方。起步价两三块，运行里程不远，至多两公里吧，再远就不敢去了，或者害怕罚款，或者不属于他们地盘不能去。政府曾因形象问题、安全问题对拐的进行查封，却不想上百辆车停在市政府门口，残疾人在政府门口抗议。最终从政府到交警，大家都睁只眼闭只眼。拐的不但禁不住，反而越来越多。有需要就有市场，不断有健全人也加入到这个队伍中，慢慢的人们与时俱进将拐的称为摩的。

拾得还看到奂奂从眼前走过，一身膘黑脸膛的奂奂快乐地大声叫，拾得，做啥呢？奂奂永远都是快乐的，他从来没有发过愁，他的命总是那么好。奂奂从小没上过学，他妈把他送进学校他就哭，他妈一转身他就跑出来，要他念书那就是要他的命，奂奂十八岁时遇到公交公司招收占地工，他家有个什么亲戚能跟招工的人说上话。公交公司招工启事上明明写着，高中以上文化程度，可不知怎么就把学历为零的奂奂招进去了，招工表格还是他妹子给他填的。奂奂从农民成了国家正式职工，一个月拿几百块钱，更是天天乐，他满身用不完的力气，拉一车人，轮大方向盘对他来说跟玩一样。奂奂每天不认为他是上班去了，受累去了，而是要去了，逛去了。奂奂开的那趟车正好路过东关，时不时就碰到村里的人，本不打算坐车的也被奂奂叫上车去，高兴地坐一站，钻城门洞穿过城墙，就进城逛了一圈，再美滋滋走回来，见人就说，从城里浪回来咧。有一回拾得路过公交车站，奂奂大嗓门叫他，拾得，上来耍走。拾得笑笑，并不像别的老乡那样，颠儿颠儿跑上去，而是很淡泊地扭开头去。拾得心里不平衡，你奂奂凭什么呀，你连字都不识，听说你拿到调度员交给你的路单都看不懂。此刻拾得看着奂奂颤动着的坚实背影进入小区内，心里轻轻骂一声，死奂奂，哪天出个事故才好。

发廊推拉门被拉开，一个男人出来，焕然一新地走了。正是刚才上楼那人。

拾得找到灰灰，要他去给那南方女人说，涨房钱，每月五百五，否则叫她走人。

说好的价钱你凭啥要涨，这才一年多，院子里像你这么大的几户，都没说涨呢。

我不是为钱。

不是为钱你为啥？

原因你知道的。

我还知道原因？我知道啥原因？我只知道你拾得想钱想疯咧。你要欺负人家一个女人带个娃，从前大学老师住五年你都不涨钱，你咋？你还有行业歧视，你凭啥？

灰灰，我不想给你说那么多，我只告诉你，要是不涨钱，我到派出所告去。

告去告去告去，你再不去你是个啥？灰灰不耐烦地上来推一把，把单薄的拾得推得一忽闪。派出所就在对面，大门开着，你去呀，看你说得出口，看你有啥证据。灰灰推开她，给自己辟出一条路，扭头走了，从此不再理他，远远见了他，轻蔑地把鼻子一哼。

拾得越想这事越气不过，去找何满诉说。何满说，但凡干这个的，都受到派出所的保护，你想，她们在派出所眼皮子底下，如果没有受保护，给她们十个胆，看她们敢。我亲眼看到派出所民警去他们那里洗头呢。

那我就咽下这口气咧？拾得不解地问何满，他就不明白了，这世上没有说理的地方。

那你不咽你还能咋？好在那些女娃不住你的房，他们住在四楼，那房是外面人买的，不是咱村里人，你那房，就那女人和她娃住，估计那女的不卖，只弄来这些女娃们，她给提供发廊、住房，跟男人在底下发廊里谈好价，引到四楼去。

你说到时她们出事后，有没有我的事？

那你就咬定不知道呗，只能这样了，还能咋。

拾得胆小，从此这事成了他的思想负担，晚上做梦都是警察来抓人，看到电视里哪里抓到卖淫女，穿着吊袋裙露着白花花的肌肤，只是捂住脸，拾得再不像以前那样觉得只是看了个新闻，总觉得是派出所对他的警告。

拾得说涨房钱只是借口，为的是赶那女人走。可是当初给人订的有合同，只要不欠房钱，他不能赶人家走。

这真成了拾得的心病，他来阳光小区更勤了，爱在发廊门外转悠，往里面瞥两眼。她就想不通了，好模好样的女娃，干啥不好呢，非得干这个，她们家里父母知道吗？何满轻轻一笑，你不知道吧，家里全靠她们呢，听说在陕南山区，从前家里穷得叮当响的，把女娃送出来，几年后，家里就盖楼了。

拾得早在几个月前就失去了超市的工作。那个超市被拆迁了。据说两年后迁回。他问人家，那两年后我还能回来干夜班电工吗？超市经理说，那谁知道啊，两年后我在哪都不知呢。

拾得又跑着找了几个工作，都以失败而告终。拾得在家苦闷了好几天，终于下决心走进银行。当初永宁村拆迁时，给他们家补了一些钱的，爸妈给他和弟弟一人分了三万。他存进银行，说啥都不敢轻易动用。

阳光小区里，打牌的人，在摸牌出牌的间歇，在等待别人出牌的时候，在漫无目的谝闲传的时候，在阳光下打了个盹醒来的时候，转身看看小区的门口，扭头瞭望小街的尽头，打一个长长的哈欠。咦，咋不见拾得咧？十几天都没见来，得是又找到工作咧？谁知那人又在家出啥洋相，他每次一不来，就得有点事。

自行车铃丁零零响起。

啊，拾得来了！眼尖的人喊。

眼见从小街尽头的坡上，那熟悉的身影在自行车上，飞翔一样翩翩而至，四月的风吹起他的衣角，春光写满他的脸，他显然精心打扮了自己，头上一定打了摩丝，风尘仆仆十几里来，发型不乱，连这辆破自行车都擦得干干净净。

啊，拾得变了模样咧！更有眼尖的人喊。

闲谝的人立即打住，众人停下手里的牌，摸着炸弹的人也暂且不炸，几个桌子上的人都围上来，花瓣般形成一个包围圈，拾得就是那花心心，众声啧啧地看着他。拾得从来没受到过这么多人的关注与赞赏，他心里有点后悔，早知这样，他早就行动了。

三千多块钱花得值，他的眼睛再也不斜了不鼓了，他是一个五官端正的人了，他容易给人好感，容易得到信任。昨天，他眼睛拆线回到家，妻子惊喜地看着他，啊，丈夫变了模样，不说多英俊吧，却也端鼻正眼，干净爽利，脸上写满自信和幸福。两人紧紧拥抱，像新婚时一样新奇冲动。孩子回来了，兴奋地看着他，爸吔，你变漂亮了！现在，乡亲们也高兴地看他，大家都忘了他曾经哪只眼睛不好，现代医学真是先进，把拾得那只伤了三十多年的眼睛，整得跟好眼一模一样了。

早知有这么好的效果，为什么不早点去做呢，前面那对夫妻在的时候，当时应该问他们借钱干这件事啊，叫他们看看他们一年的房租起了如此大的作用，能让一个有缺陷的人变得正常，变得好看。他知道大学老师所在的大学，哪天，找个借口去找他一回，问个事呀，借点钱呀什么的，让他见识一下变得好看的自己，他一定会回去给他媳妇说，宁拾得，你还记得吧，咱的房东，他变好看了。他会说的，他肯定会一回家就迫不及待地告诉她。

可用人单位不管这些，他们不给拾得以惊喜，一天又一天，一次又一次，那些各式各样的桌子后面，竟然没有一个人惊奇地说，呀，你变得好看了。好像对他们来说，世上就根本没有发生这件动人的事情。

好看了的拾得，无所事事的拾得，只要不是恶劣天气，天天回到永宁村，混在打牌的乡亲里，看看，谝谝，转转，可终究因为他不愿上牌桌，而大家都忙着垒四方城，除了几个老汉老太婆，没有人陪着谝闲传。常常一个人，出了小区后门，到罔极寺门口遛达一圈。他不再进去，因为罔极寺也收门票了，三块钱一张。站在罔极寺门口，想象着里面的大殿，姑姑，大树，香火，寂静，想着对联上的一句话，繁华有度，万物恒常，想着功德碑上刻的人名。掏得起钱修葺的人，名字被认真恭敬地刻在石头上。佛家却原来也是这么现实，出不起钱的人，不愿进香的人，不舍得掏三块钱门票的人，你再说一心向佛，谁信呢。啊，是万物恒常呢还是万物平常？拾得竟然记不起来了，因为三块钱的门票，他再不能进去温习那对联，不能再细细琢磨那句话，心里还是有点淡淡的忧伤。

向南看，东关商场的废墟上，拔地而起三座一样格式的高楼，宽大高耸，底座连为一体，实力雄厚的样子，似一座神秘的城堡。拾得仰着脖子，数到了二十九层，还不算完结，那大楼还在雄心勃勃地长高。下面几层是商业门面写字楼，上面是住宅，每平米卖到了五千多，听说还会涨。

向北走，路过何满家门口，左边压面机轰隆隆响，右边齐丽娜专心给顾客理发，好像顾客的头顶上有眼睛一样，她理发的时候总是带着微笑。齐丽娜正好抬头看见他，似笑非笑，算是打了招呼，拾得也不说话，缓缓走过。

向东拐，他想再到八仙庵门口看看那些假古董。那些各种各样的古董，可够他消磨半天时光的了。假古董是个汪洋大海，海有多深它们就有多深，海有几多变幻它们就有几多莫测，制作假古董的手法也是各有流派，婉约派浪漫派谨慎型豪迈型，现代古典玄幻穿越，无所不包，人有多大胆假古董有多大产，人有多聪明假古董就有多精彩，他有一回在地摊上看到一个底座上印着大清乾隆图案的笔筒，筒身上竟然是齐白石的虾。他常常在那里一泡就是半天，想象着哪个却原来是真的，主家不懂当成假的卖了，叫他拾了漏。常听人说，谁谁八十年代花五块钱买了一个碗，现在值几万，听的人心潮澎湃，啊，才五块钱，毛毛雨啦，当时要是叫我碰到……却不想在八十年代，花月工资的十分之一买一个没用的碗也是要有非凡魄力的，就像现在你花几百块钱买一个没用的东西一样，你会买吗？所以，我们大多数人，永远只有羡慕别人的份。右边他家楼下，传来喧闹声。啊，有热闹看了！他拖拉着鞋子，快速过去。是灰灰的媳妇在忆江南门口跳脚大骂，围着许多人向里看。合得严严的玻璃门里，那南方女人镇定自若正在给一个男人理发，还时不时双手的两个指头扶正一下顾客的头，像是对人家的歉意和抚慰。轻声说着什么，她一定是在说，我可以负责任地告诉你，就好了，再坚持一小会儿，没事的，别理他们。那男人局促不安地坐着，显然他感到难受，好像挨骂的是他，但头式还没有打理好，又不能这样站起就走，只得尴尬地坚持着。终于，那敬业的南方女人用海绵块给他扫了脖子、脸上的碎头发，撤下围着的大布单，收了他的钱。那男人匆忙拉开玻璃门，畏惧地看一眼灰灰媳妇，仓皇而去。里面那南方女人给手下女孩子交代两句什么，转身打开后门走了。她一定上楼去了，可能到了回家敦促女儿弹钢琴的时间了，一会儿她的家里会传出叮咚叮咚的钢琴声，孩子现在弹得还不好，可没关系，她总会弹好的，这世上任何技艺和境界不都是拿时间磨出来的，拿钱供出来的，妈妈只要有钱给老师交，女儿何愁将来当不了钢琴家，会弹钢琴的女孩子，总是不一般的，走到哪里受人尊敬的，绝不会再像妈妈一样开发廊的，也绝不会随便让人指着骂的。所以她妈妈往楼上走的步子就打造得气定神闲，抱着必胜者的自如，不跟楼下那泼妇计较。这边厢，灰灰媳妇看情敌走了，自己再骂下去，只是个没趣，众人一劝，就势下了台阶。真实的水泥台阶，一二三四五，她的花布鞋踏了五步走下去，回家找灰灰继续算账去。

第二天小区里传开来，邻居听到灰灰家里骂仗砸东西，闹到半夜。

从此阳光小区外面，常有灰灰媳妇在忆江南玻璃门外叫骂，差不多成了定时定点保留节目。里面那南方女人，该干啥干啥，从不与她搭腔。灰灰媳妇有一天怒不可遏，她来时手里携了板凳的，本是要自己累了坐上去歇歇的，本是影响生意叫她挣不了钱的，却不想这不要脸南方女人越发给脸上经营出高傲轻蔑，对她一点不重视，倒好像她是空气一般。姑奶奶气成了这般模样，在家里吃不下睡不着，你还在那里玩清高，你们想想现在这什么世道啊，不要脸女人在玻璃门里装得跟真的一样，倒是我这来声讨的，自带板凳茶水，叫骂多日，连个小波澜都不起。知道什么是一不做二不休吗？我今天就表演给你们看。灰灰媳妇挥起板凳，忆江南制作精美的玻璃门哗啦一声，坍塌了，从前朦胧隐约的景致突然暴露在众人眼里，神秘感骤然消失，突现南方女人一张冷酷的长条黑脸和几个女孩子无辜的煞白脸，灰灰媳妇将杯中茶根儿向着几张脸泼洒出去，又引发几声尖叫。气成那样了，谁还能对准哪张脸泼呢？反正里面都不是好东西。弹簧一样从里面跳出一个女孩子，抱着头跑进小街对面派出所。泼妇骂街上升为治安案件，对面派出所民警来处理了，责令灰灰媳妇赔人家玻璃钱。灰灰媳妇更是大骂，说警察和卖×女人穿一条裤子，你贼过她咋的。民警不与村妇一般见识，当众说了处理决定，转回出门，走人了。南方女人不再那么镇定，体会到身在异乡的艰难，体会到地头蛇的嚣张，或许是感召于爱情的神圣力量，却终究不敢与灰灰媳妇对骂，到卫生间拿自己的专用毛巾擦干眼泪，和几个女孩子一起，拉下卷闸门，放假半天，她上楼去了。她一定是回到楼上，哭着给她亲爱的人打电话了。不一会儿，灰灰来到发廊门口，揪自己媳妇回家，两人又当着众人上演了一场男女格斗，灰灰媳妇好歹被众人劝回家。

卷闸门好几天没有开，叫灰灰媳妇整天这样闹着，忆江南无法经营下去，南方女人在此安居乐业的梦想也被打破。她给拾得打电话，说她下个月搬家，问拾得能不能退还两个月的房钱。拾得心里略有思忖，如果他说房钱不退我们签好合同的，你这样提前走造成了我的经济损失，那也是合理的。那女人见他迟疑便说，那你退我一个月吧，咱们各担一半损失。拾得说好吧。

南方女人叫来搬家车，拉着女儿和钢琴走了。

灰灰媳妇得知拾得给那女人退了一个月房钱，指着拾得鼻子骂他闷怂，咱走得正行得端，倒怕一个外地人。拾得说，唉，都不容易，她这一走损失不少哩，你把人家也骂够呛了，人家也不还你嘴。

给她一百个胆，她倒是还呀，我就说灰灰当初这么热心给她介绍房子，他啥时候也没这么好学雷锋呀。跟踪了他两回，果不其然，上六楼你家去了。哎我说拾得，快上楼把墙铲了重刷吧，够恶心的。

三、小张

拾得没必要铲墙，他也没有时间铲，前脚南方女人刚走，似乎钢琴的袅袅余音还在，似乎一种气息还没有消散，后脚就住进来两个大学毕业生。拾得这房子处在这样地段，出租太容易了。房租五百，两个青年一人二百五。两青年也曾还价，我俩二百五，太不好听了，哪怕再便宜二十呢，二百四也行啊。拾得说真不行了，五百是最低的，你们可四处打听啊，院子里这个面积的都有租到五百五的。俩青年只好认了，他们在这一带找了好久，就想要面积小的，好价格便宜点。两青年都在挺体面的公司工作，要求西服领带的那种，单元房对他们来说非常必要。

过了两天，拾得突然想，一室一厅，他们怎么住，两个男人，不能睡一张床上吧，难道一个睡客厅吗？他们会不会改变房屋结构？看来他这个房东有必要去视查一下。晚上灯亮起的时候，拾得上楼敲门，打开门迎面就看到客厅被一大块复合板隔着一堵墙，墙上打开一个门。拾得走过去敲一敲、推一推那个简易门。

你们不能动房屋结构的。他严肃地说。

没动没动，你本身的墙体一点都没损伤，我只是做了个隔档，很简易的，薄木板而已，就这么卡进去的。小张打开自己的门，叫拾得进去参观。从前十四平方的客厅，留下通向厨房的一个走道，被隔成一个跟西边卧室差不多一样大的房间，这里立即变成两室单元房。拾得想，这倒是个办法，今后这房出租方向又拓宽了，两个不相干的人也可同时租住，租金分摊，怪不得他们没有再还价。再看墙体真的没有破坏，两个年轻人晚上也都规规矩矩按时回家，挺让人放心的。当时据二人说，他俩是大学同学，家在外地，去年毕业碰上金融危机，碰来碰去今年好容易找到工作。拾得在心里对文化人有种亲近感，没来由先喜欢几分，也就原谅了他们把自己家隔成那样。

楼下忆江南又安了玻璃门，还是那几个女孩子每天坐在里面，遇到真正来理发的，总是告诉人家，师傅这会儿没在，问什么时候在，答，哎呀不知道，你下午再来看看吧。你如果信她的话下午再去，还是同样的回答。谁让你死心眼，附近理发店好几个，比如拐个弯，绕到小区后面，只三分钟，就可找到真正的理发师齐丽娜。

据说那天搬家车拉着南方女人就没走远，在东边不到一站地拐进另一个家属院。第二天下午，灰灰穿着一件新衬衫出门，他给媳妇说出去看个同学，小区出门闲转的人却见他进了那个家属院。永宁村里都是厚道人，当初有人嘴快透露灰灰的行踪，害得他们闹成鸡飞狗跳墙，不利于建设文明社区，何苦来着，这次村民吸取教训，再不给灰灰媳妇通报了，只村民之间饭后消食相传这个秘密。看起来他家天下太平了，小区里也安定和谐了，这不挺好吗。南方女人再不来发廊露面，每天有女孩子去她家里汇报工作。灰灰媳妇浑然不知，或者她装着不知，反正那女人已经被她赶跑，自己有了台阶下，打不散二人，只落个肚子疼。

两个大好青年一个小张一个小王，小张住客厅改装的房间，小王住卧室。两人早上出门很正点，就像是表针一样准时指向小区大门口，回来却没点，有时按下班点回来，有时到深夜。

拾得又是许久不来永宁村，永宁村村民打牌打得百无聊赖时嘟囔几句拾得跑阿达去了。看样子是遇到了麻烦，或者碰到了好事。常常是这两种情况让他不能回老家来。

拾得在跑着找工作，一次次碰壁。他之前总认为，他整了容，变得五官端正，找工作就迎刃而解，却不想这世上人大多都五官端正，用人单位挑着用都用不完。

没有工作，一家人每月就吃五百块房租和那不足三万块钱的微薄利息，无论如何是不够的。大儿子眼看升高中了，拾得想都不用想儿子会上什么好高中，什么全市六大名校，也别说他考不上，即就是考上，几万块的择校费从哪里出？他想好了，儿子如果考上普通高中就上，考不上就趁早回家，找点活干。人的命天注定，再挣扎也没用，平平安安过完一辈子，也就行了。

长着青春痘、不到万不得已不开口讲话的中学生基本上每星期都要从学校带回来交钱的消息，辅导费啊，卷子费啊，摸底费啊，拾得简直都怕孩子叫爸，他一叫爸准没好事。当然不能太亏孩子，当爸的没本事不能让孩子跟着受委屈。拾得不得已的时候，来问爸妈要钱。儿子问他要钱，他也问爸要钱，应该顺理成章。这个时候他不从小区前门走，前门那里聚集熟人太多。人心情不好的时候，不想让人看到自己，不想跟他们打招呼。他骑着车子过了那条小路，继续向西走，快到东门的时候，从三座连体大楼的阴影下拐弯，向北缓缓穿过。这里从前是他们村子的最南头，住着一个打拾得记事起就很老的老汉，他不是本地人，好像没儿没女，一个人生活，听说是国民党特务，早被打倒了，踏上了好多只脚，一个人在村子里默默生活，他老得不能再老，在一个夜晚睡下后，再没有起来。现在拾得辨认老人的屋子，是根据那棵大桐树，这桐树跟老人一样，在拾得小的时候，它就很大，现在拾得四十多了，它更大。一树桐花开得浓烈，悲愤，桐树花的香气像一个要抹脖子的女人，亮闪闪的刀架在面庞下方，只需轻轻一动，就可鲜血飞溅。孤独的老桐树，在四面高楼的挤压下，除了中午短暂的一会儿，就再也见不到太阳了。像迟暮的女人，拼了全部的力量，怒放烈焰般的花朵，在大楼的身躯旁边浅浅低吟，苦啊……所有走过的人都听不到，人们匆匆赶路，穿过大楼高贵的阴影，走到外面喧闹的大街上，争分夺秒追赶时代的脚步去了。只有拾得听到了，老桐树长叹一声，散尽全部芬芳，只对他一个人说，苦啊。拾得推着车子，像中了迷魂阵，就停在了罔极寺门口，不知所措的情致。他扎下车子，脱了布鞋，坐屁股底下，望着那棵浩大而衰老的桐树。她老得成精了，又处在发情期，缠绵地绽放，倾吐，将空气燃烧成她的气息，拉住拾得走不脱。

砍柴开着突突响的摩的从罔极寺门前过，匆忙问他一句，哥你在这干啥，待拾得反应过来想张嘴时，早突突着跑远了，只看到车后的广告纸忽闪忽闪：治大骨病。这两年，摩的生意越发好了。这城市好几年没有增加出租车，打车是难事，你要是下午四五点有急事而出门顺利打上车，跟买彩票中头奖差不了多少。拾得从不坐出租车，可他常听人说，车难打啊打车难。摩的的局限是不能跑远，不能跨街区，不能到大街上去，那么砍柴们就穿小街走小巷，拾遗补缺，就这每天也挺忙的，有时候饭都顾不上吃，厕所都没时间上。

人们都忙忙乱乱干什么呢？就像给狗的眼前挂了带肉的骨

头，往前奔往前跑总也够不着，却总是一心去奔去够，有一千想一万，有一万想十万，没完没了，没完没了，穷的富的，总也没有满足的，总也没有停下来歇歇的，美其名曰奋斗。像我们这样的人，是被社会淘汰的，被人嘲笑的，说我们不思进取。可人来世上是有很多权利的，有奋斗权也有不奋斗权，有进取权也有退缩权，有勤劳权也有懒惰权，我们不偷不抢，不嫉恨不仇视，安于自己的穷日子，我们没有给社会带来一点麻烦，因为我们穷，我们的日子简化简化再简化，我们的孩子没必要上好的学校，我们理发没必要进理发店，吃饭没必要吃太好，购物地摊上解决了事没必要逛商场，我们的灯泡是最小的瓦数，我们开水管都不敢开大只让它细细流淌点点滴答……我们的一切以将就凑合为原则，我们已经为世界节约了太多资源，我们才是真正绿色环保低碳的生活。

快中午了，拾得推起自行车，从后门溜进阳光小区，来到父母家里，坐沙发上，眼睛直呆呆不说话。他一这样，爸妈就知是咋回事。

儿女问父母借钱，那只是个说词，只是个形式，也就是刘备借荆州的意思。当年这里改造时，公家按人头补了一些钱的，爸妈掌握在手里，分家住进单元房前，每人给了三万，余下的，老人没说，许是拿手里不多的几万块钱作个筹码，到自己将来老得一无是处时孩子看谁还愿意到跟前来。

其实，像拾得这种情况，要钱是不需要理由的，谁都知道，每月不足千元的收入对一个四口之家是啥概念。饭后，拾得妈从里屋拿一千块钱给他。拾得接了钱，脸上有了活泛色，觉得自己更爱爸妈几分，又谝一会儿，下楼走了。这回他走小区正门了，跟牌桌上下的人打招呼时，心里也不再那么自卑。同样一个人，口袋里有没有一千块钱，感觉就不一样了。出小区门，见砍柴懒懒坐在摩的车前等顾客，兄弟俩隔着小街说几句闲话。拾得心里惴惴，砍柴不会想到我回来问爸妈要钱吧？

拾得狗东西干啥呢？奂奂下班回来了。红光满面的奂奂一脸工人阶级的充实和豪迈，老远就喊他，嗓门大得根本不像一个早上五点钟起床劳作到现在的人。拾得不想理他，拾得一直对文盲奂奂却能被招工而耿耿于怀。奂奂认为世界角角落落都是阳光和美好，他就想不通人能吃饱饱的喝好好的穿展展的还有啥事值得你发愁，拾得不理他他也不恼，跟门口老太太闲谝几句，伸手指头逗一逗谁家娃的小脸蛋，这才走回家，家里媳妇早已经掐着点给他把手擀面做好了。永宁村村民虽然早就统一农转非，成了市民，可他们还是保持着从前村里的风习。那些住进来的外来户，来自五湖四海，像种子一样混撒在他们中间，可他们的生活跟永宁村人无关，值得攀比算计的，还是本村人。内心充满阳光的奂奂可能永远也搞不明白，拾得为啥对他不冷不热，只当他就是这死样子，蔫人闷怂怕出力，每天无所事事只是游荡。

拾得又听到有人大声叫他，前方看去，并没有相识的，却只见一辆电瓶车旁，穿制服的人向他招手。天哪，拾得不敢相信自己的眼睛，何满！他快步小跑上去，真的是何满，穿了崭新的月白色衬衫，带肩章的。拾得从来没有发现，何满还是个这么标致的男人，精心修剪出的头式，满脸充溢着幸福的红润，简直像是电影里的英雄人物了。

何满，你这是咋弄的？找这么好一个差事。一辆半敞篷的治安巡逻车，由一个年轻人驾驶，看样子这会儿二人巡逻到此，停下休息，或曰检查市容。拾得羡慕地捏起何满衣袖，扯一扯，好似看那料子的好坏与真假。何满脸上带着出人头地的满足，接受好朋友的参观，同时他脸上表情也告诉拾得，他很急切地愿意就此人生重大转折接受好朋友任何询问，并且用两人的友谊和他的人格保证他所回答都是真话。

来来，谝会儿谝会儿。他拉拾得到路边，不像平常那样随便跄蹴下来，而是一只脚——穿了新皮鞋的——踏在道沿上，上身弯下来，胳膊支在大腿上，与轻车熟路跄蹴下的拾得尽量拉近距离。

咋弄的嘛？弄来这好的美事？拾得好像只会说这句话，只会表达两个关键词，咋来的，美事。

掏钱了嘛。何满俯下身来，先是回头目测一下和那位年轻同事的距离，确认他听不到二人谈话，头又扭回来，与拾得的头更接近一些，快抵到一起了。这个数。他伸出三个指头。

三万？我的天，找个这工作三万？拾得嘴张得多大。

没硬邦关系，有钱弄不来。何满转着手里的钥匙环，一串钥匙在他右手食指上飞快旋转。拾得真怕他不小心把那串铁家伙转飞出去。这串钥匙很明显内容丰富，绝不是无业人员能够拥有的，你没办公室，没车，没抽屉，阿达会来这些钥匙呢？一把钥匙开一把锁，这得是能打开好多锁的人才能有的。

齐丽娜一个表弟在工商所工作，内部招聘合同工，给办三金，管这一片市容市场，小商小贩，收费罚款，弄得好的，一年挣十来万。何满踌躇满志，好似那十来万已经在向他招手。

可你得黑着心去罚款，你能做得来？我可知你，心软得跟啥一样。拾得立即记起当年，何满背起眼睛受伤的他，往家里跑，连惊吓带心疼，何满的喘气里带着哭腔，拾得眼睛流血，何满眼里流泪。为了那永远难忘的一幕，拾得从不嫉妒何满，现在更是一心为他高兴。

唉，齐丽娜和我老婆都这样说，我下决心咧，从此后，想混得好就不能心太软，拾得你看呢，我穿上这身衣服就不能像从前一样咧，有啥大不了的，就是心一横，要钱不要脸嘛，我能做到，一点不对劲的，罚款！再不听，三轮车开回来扣下再说，要不，咱光可怜人家呢，谁可怜咱，我一个月在学校传达室，挣五六百，这些黑了心的，一年弄几万几十万。我给你说拾得，现在心软就不行。手里那串钥匙不再转了，沉甸甸停下来。何满叹口气，说是这样说，我不可能做得太过，你说那些农民，不就是进城卖个东西嘛，把人家往死里罚，有啥意思，咱心不黑，少挣点就行了。齐丽娜给我规定了，收费归收费，该几块收几块，坚决不能罚款。

你一口一个齐丽娜，她倒是你啥人？这几年，总有人说何满和齐丽娜的风言风语，说齐丽娜给何满理发时，精细异常，一根头发不对都要立即修整。趁何满高兴，拾得也就借机问。

何满笑笑，更幸福了。她说我要是乱罚款，就再不理我咧。

你个狗东西，跟灰灰学，你媳妇不气死。

我跟灰灰不一样，我跟齐丽娜是真感情，这么几年了，她理发挣了些钱，早就能换个好门面，可人家就在这，她不走我也不想叫她走。不瞒你说，三万块钱齐丽娜借给的，你说我媳妇还有啥话说。

两人在路边掏心掏肺谝了好一会儿，临走何满伸出手要跟拾得握手，好，就这，今后有啥事你来，我电话没变。何满适应公家人的调调看来很快，伸出来的手也很规范。拾得伸手打掉他的手，笑笑，去去去，跟真的一样，好好干，别坏良心就行，有合适机会也给咱瞅视一个，只要给办三金，我豁出去三万块钱咧。何满坐上电瓶车，跟那个穿同样制服的小伙子一起，轻快平稳地滑走了。

拾得总觉得住他房子的人跟他有着什么关系，他要是能在进出的人里看到他的房客，就觉得这一天是充实的。可那小张小王天天早出晚归，见一面不太容易。拾得只是偶尔晚上看到小张房间的灯亮起，有时候厨房灯也亮着，大晚上的换气扇还在转。断定是他们两个中谁在做饭。大小伙子还挺会过，自己在家做饭吃。有一个星期天，却见小张和一个女孩子提着菜从外面回来。两个人走一起挺般配的，都是矮矮的瘦瘦的，面目不清表情不详的样子，也或者戴眼镜也或者没戴，脸上既没有爱情的甜蜜，也没有青春的朝气，仿佛从成年那一天就苍老了，混在人群里立马找不出来。女孩子身上衣服并不光鲜，甚至不太合适，不求物美只求价廉。看得出学习曾是他们唯一的出路，现在基本学出来了，却不像当初想象的那样会有好前途，经过一两年社会上的磕碰，明白了一些事情，渐渐知道前二十多年所接受的人生格式只是一场骗局，所向往的只是一场梦幻，孩子断奶般经历过撕裂的疼痛，获得了某种新生，接下来只是按部就班慢慢捱日子，大多数人怎样咱也怎样。

东关商场原址上那三幢大楼盖好了，共三十三层，高高的顶上搭了和东门一样的屋顶，咋看咋怪，像是吃了怪药无限长高的古建筑。

新一轮商业活动开始了，每天大喇叭、音乐混合响起。踩脏的红地毯，飘落的广告纸，找不到停车位的汽车，急切穿梭却反复滞留的人群，把楼前空地占得满满当当，超市开业大酬宾，礼品券，超低折扣。永宁村人像过年一样，一天能跑来几趟，被蛊惑买了个新东西，回去一想不划算，去退，去换，退不了换不了引得吵嘴骂仗，气鼓鼓回来，聚在小区楼下相互倾诉。永宁村好像也在进行商业活动周。

拾得也去看，也去挤，可他啥也不买，他只是看，只是等，只是观望，除了真真正正的派送、分发，他伸手接住，其他任何方式的有奖销售、回馈，都打动不了拾得那颗淡泊名利的心。

他手里拿着白得来的东西，绕过连体高楼，回到永宁村的地盘。秋天了，那棵老桐树开始掉黄色大叶子，飘飘摇摇落了一地，好大一片领地，快要延伸到罔极寺门口。他两年来再也没有进去过的罔极寺，小小寺院安静地端坐在那，根本不像是与楼前喧闹相距咫尺。拾得有点恍惚，收回眼神一看，除了寺院，到处墙上都画了大大的“拆”字，有了“拆”还不够，还要给“拆”画个大圆圈，像老师课堂上的板书，想加强哪个字，下面画个小圆圈。可那圆圈在字下，是小心的叮咛，透着亲切与关照，现在这圆圈气派极大，把“拆”字牢牢围在里面，霸气十足，有跑马圈地的意思。真奇怪了，谁统一了这个符号，好像所有墙上的“拆”字都要这样画一个大圆圈。何满家那秀气的小楼上，大大的圆圈占了半堵墙，显得触目惊心。

何满家和拆迁办谈条件没有谈拢，何满老婆一口气没有上来，高血压发作，送到医院抢救，人是救过来了，落下偏瘫，躺着回家来了。

周围房子全拆完了，只有何满家的小楼在路边，背后一片废墟，小楼屹立前沿。天气不好的时候，那小楼就有了风雨飘摇的意思。压面条的是个良民，早在“拆”字刚画上的时候，就收拾一堆家什走了。何满的女儿去年出嫁。现在楼上楼下四间房，剩何满夫妻和房客齐丽娜。理发店已经开不成了，因为门前盖起了一堵墙，把小楼围在里面，何满拿铁锨扒开一点小口子，能从里面跳出来，他去上班了，留下病妻和齐丽娜在小楼里。顾客们就算再热爱齐丽娜，也不可能跳墙头去理发。

拾得突然接到电话，叫去派出所接受询问。他问人家啥事，民警只说你尽快来。好在拾得刚好在八仙庵门口闲逛。去了派出所，见小王坐在那里，脸煞白。拾得坐下来，听那民警询问，才得知小张吃安眠药自杀。他立即拉住小王问，为啥。小王目光呆滞，千言万语口难开的样子。

民警无非也就是问一些，你是房主吗，你有房产证吗，他们啥时租住的，租金多少这样的话，拾得如实回答，他很想斗胆问一下民警，这跟小张的自杀有关吗？可终究没敢张口。拾得胆小，从不惹事，进了派出所又没来由地害怕，只老实回答问题，哪里还敢反问。

出了派出所，拾得连忙问，啥时的事？两人一起往家走，小王说，昨天晚上睡前，我俩还说了几句话，早上临出门，没见他起床，想着他是不是临时休息，也没管，上班去了，到单位打开电脑，信箱里见他给我写了一封信，交代后事。我赶忙跑回来，他已经在床上冰凉了。噢，他给你写了个纸条，在厨房放着呢，说对不起你，死在你房子里，给你添了麻烦。

年轻轻的为啥要这样嘛？是因为女朋友吹了？

跟女朋友没关系，比那严重得多。我俩大学四年，我最清楚情况，他家里是西部山区的，为他上学借了好多钱，那钱都得他工作后自己挣了来还，父母又有病，还有弟弟妹妹也在上学，也要考大学。他在一个保险公司上班，你知道，这种工作其实跟没有工作一样，你必须每天不停地跑不停地去发展业务，停下喘息几天，收入马上就得下来，他要每月给家里寄钱，供弟弟妹妹读书，供父母吃药。这些还不是最折磨人的，你知道跑保险总得找经济能力好的人去拉业务。小张说越结识有钱人，他越觉得绝望，想想他山区里的父母，想想他身上的几万欠债，看看有钱人挥金如土，最近他总说一个词，恍惚……他说他算过，以他的实际情况，就是不吃不喝，也供不起家里的花销，更别说还债，更别说在城里买房，结婚，发展，他看不到一点人生的希望……噢，宁师，我给你说，你这房我不能再租了，当初我俩合租就是为了图便宜，现在我一个人，承受不了房租，你能不能帮帮忙，把我们下个月的房钱退了？

四、齐丽娜

拾得的第四任房客是何满夫妻和齐丽娜。

天好的时候，人们常常看到齐丽娜推个轮椅，何满老婆坐在上面。何满早上上班走的时候两人一起把她抬下楼。

何满已经在工商所转岗，他干不成那种坐着电瓶车巡逻的城管，开着小卡车罚钱的城管，因为他最终不忍心罚任何人。这样下来，他连着几个月完不成指标，给工商所交不上钱，更别说自己挣钱了。齐丽娜求了她的表弟，叫他转岗位干点别的活。

于是何满成为工商所的门卫，只不过工资比中学里高，每月一千。唉，没办法，咱就是干传达室的命，那些看着挣钱的事，咱干不了。你知道不，我有一次硬着心罚了个卖菜老头，晚上难过得一夜没睡，第二天就去老地方找他，想把五十块钱还给人家，可再也没找到那老头，从那后我就像生病了，老想哭。你说人爱钱也对，吃苦下力没明没黑挣钱咱能理解，可为了钱连良心也不要，我就理解不了咧，坑别人把钱放自己口袋，就是挣个金山，又能咋？人活着还有啥意思？我就挣这每月一千块传达室的钱，看我能活得成？

拾得见到过何满那个年轻同事，开着带后斗的小卡车，不由分说将卖豆芽豆制品的三轮车绑到自己车上，开着就跑。后面追着一个男人，一脸讨好的笑，一路跟着卡车跑啊跑。第二天那男人和他的三轮车又出现在小街上。拾得问，车子要回来了？那人说，一交罚款就回来了呗，怪咱新来的，不懂人家这里规矩。拾得问，罚了多少？那男人憨厚地笑笑，不答。这是个秘密，每个经历这秘密的人都不说，他们只知道，跟着他们跑去一回，见识了一些事情，劝慰自己说，该出的血还是要出的，从此就平安了。拾得当时心里一紧，难道，何满也这样干吗？

我咋能这样干？干不了嘛，罚一个老头都把我悔成啥了，我这辈子一定要找到那老头，五十块钱还给他。何满叹口气。你知道不？那个小伙儿，现在混得可好了，听说挣了钱，还老受表扬。亏他先人呢，也是从农村来的，就能下得了狠心罚那些农民。所以我跟你说，不是所有人都能干得了那工作，也不是所有钱都能挣。我算是知道了，谁要是告诉我，他在这个时代成功了，那我可以肯定地说，他首先是不要脸咧，不要良心咧。

脱了制服的何满也不再显出英俊了，又回复到每个传达室里该有的那副面孔。

可他在齐丽娜眼里，还是个完美的男人。对漂泊多年的齐丽娜来说，遇到个靠得住的男人，这就是最大的收获和幸福，至于钱是俩人谁挣来的，那又怎样，说我倒贴，我就倒贴了，我愿意，人活着幸不幸福，合不合适，只有自己知道。

齐丽娜推着何满老婆小区内外转转，歇歇，天好的时候转到环城公园，到连体高楼前看看超市搞什么优惠活动。常常她们回来时何满老婆怀里放好多东西，各种广告纸，路上拾的饮料瓶子，超市买来的便宜货。

齐丽娜的理发工具放在门口卖牛奶的亮亮屋里，她推着何满老婆进出时，常有人叫住她，丽娜丽娜，给理个发。有人立即搬来两个板凳，天热时在阴凉处，天冷时在太阳地儿，齐丽娜的流动理发摊开张了。身边围上来一圈观摩的，啧啧称赞，看人家丽娜，咋这么平常一个脑袋，叫你这样一弄，就顺眼得很。齐丽娜面带一贯的职业微笑，不卑不亢，似乎大师风范。理完发，人们给她在理发店里同样的钱。也有个别人说，你现在这是露天摊点，也不管洗了，比从前少给两块行不？齐丽娜笑笑，说行啊。灰灰不知从哪里突然跳出来伸长脖子对那人喊，有意思没有意思？人家把你的头倒饬得跟从前一样规整，你就缺这两块钱得是，来来我给你两块钱。说得那人不好意思，见众人也都拿斜眼看自己，讪讪地笑笑，哎呀开个玩笑嘛，谁还真的在乎两块钱。给了齐丽娜从前的价钱，匆忙走了。

永宁村也有人闲谝，不知这三个人在家里咋住哩，有人起哄，拾得，你敲开门进你家调查一下，他三个晚上咋睡觉，得是睡一张床，何满在当间，俩女的一人一边。

我吃多撑得咧我去调查！你管人家咋睡！这叫侵犯人家的隐私权你知道不？拾得不愿大家这样拿齐丽娜开玩笑。其实他心里也想过这个问题。他帮何满搬家时就注意了细节。看到何满把他们夫妻俩睡觉的大床支在客厅里（小张订做的隔档已经被拾得拆除),把齐丽娜的单人床和她的所有东西,搬进卧室里。

大家毕竟没有恶意，只是图个嘴上快活，当齐丽娜推着何满老婆从院子里走过，人们常常争着打招呼，不说话的人，向她行注目礼。两人过去后，灰灰媳妇感慨，唉，灰灰狗东西，要是能找来齐丽娜这样的女人，你说我会跟他闹吗？我欢迎都来不及,还用他们出去偷鸡摸狗,我都做了好吃的把她往家里请呢。

齐丽娜推着体重一百五十斤的何满老婆款步走过，有时候停下来，给她擦擦嘴里流下来的哈喇子，蹲在她面前，仰着头，听她困难地从嘴里发出声音。像推着孩子的人一样，不停地跟她说话。你看到刚才那人没？跟咱打招呼呢，叫你名字了嘛，你不理人家，那人以前老去理发，没有一次不再回来修理的，不是这儿不满意，就是那不满意，我后来明白了，他不是对头发不满意，他是闲得生烦，想找个人说话；今天豆浆好喝不，我咋喝着有渣子，没滤干净，你不能喝甜的，不敢放糖，知道不……就像从前把理发当成事业，现在把照顾何满老婆当成了她的事业，理发成了副业。

从小区里走过，看的人越多，指指点点的人越多，她越发的镇定自若，一副任人笑骂任人评说的豁达劲。也不像从前，有点讨好巴结着永宁村的人，耐心笼络她的顾客。现在走到院子里，都是别人主动和她搭腔，有事没事喊声丽娜，相互闲谈也爱把丽娜挂在嘴上，好像这两个字是世上最美的发音，喊了这俩字就像信佛的人每天唱了几句阿弥陀佛。有时候何满女儿回来，两人一起推着轮椅，何满女儿把叫齐丽娜阿姨。

当时何满一家在那堵围墙里终于撑不下去。有勇气和毅力做钉子户的，毕竟是极少数人，何满确信自己不是那种人，只好打算搬家。他不想离开永宁村，他生长在这里四十多年了。可附近全是高楼，再没便宜的简易房，也就是说再也找不到二三百的房子，只好在阳光小区里找，一楼二楼找不来。刚好拾得的房客小张出事，小王也不住了，拾得的房子突然空了下来。拾得的房子对他们来说，楼层高，房租高——院子里这个面积，一个月涨到六百了。拾得说，何满，咱俩谁跟谁，你要住，五百。何满还是觉得有点住不起。齐丽娜说，去住吧，拾得那房挺好的，就是高点，每天咱俩扶着她慢慢上下楼，还是个锻炼。别为钱操心，人活一世，钱不重要，人重要。齐丽娜给他透露，这几年她是攒了些钱的，她父母已经去世，她当年离婚时也没孩子，一个人离开家乡，漂在这里，如今这世上除了何满夫妻，再没有她可牵挂的人了，为了跟何满在一起，她愿意伺候这个女人一辈子。何满也只好听她的。

慢慢的永宁村人不再好奇于他们晚上咋睡觉的问题，这世上每人有每人的活法。看到齐丽娜的身影，坐着闲聊的人若有所思，吵架骂仗的人停歇下来。齐丽娜是一阵细雨微风，轻轻拂过。那些骂过婆婆的女人，跟婆婆分家另过的女人，见到婆婆像见到仇人的女人，突然有一天在婆婆路过身边时，出人意料地喊一声，妈，做啥去呀？我包的饺子，你来吃吧。

钱家湾所有的墙上，几乎一夜之间，写满了“拆”字，无一例外地画了大大的圈。远离市中心的浐河边钱家湾，几年来被城市觊觎已久，城市那无处不在的触角摇摇晃晃飘飘忽忽一点点伸向这里，现在她摸着她了，抓住她了，就要吸附她。拾得看着那些大圈圈，还是不解，谁发明这样写呢？为什么非得画个大圆圈呢？

拾得向东走，找房子。

难道，我就这样一步步被向东赶吗？直到有一天，被赶到白鹿原上，流放到灞上，退到临潼不成？

骑着自行车，向东走，一路打听。拾得庆幸他当年没有把房子卖给教师夫妻，现在他这房，值十来万了，也就是说，在这座城市城墙根下有一套属于他宁拾得的房子。人在房在，只要我活着，这房我绝不卖，当然，我也绝不住。

灞河边的村子，真真正正的农村，房租每间八十，他租了两间。孩子成了大小伙子，再不能跟他们挤在一间里了，他就要中考，没办法转学，给买个旧自行车，来回骑车上下学。

拾得的财产不多，不值得花钱叫搬家车，回永宁村借个三轮车，来回跑几趟，自己把家搬到灞河边一个村子里。

离永宁村更远了，离城墙更远了。

夜晚来临，向着白鹿原缓缓过渡的高高灞河边，安静黑暗的村子里，西望处，灯火通明的西安城盛大璀璨，千年荣辱升腾绽放，不屈不挠地拓展光华，熟烂灼热得像要燃烧像要爆裂，夜深时，拾得仿佛能听到，她发出哔哔剥剥的声响。

骑车差不多快两个小时。年龄大了，不像前几年，骑着车子猛跑。现在路上汽车又多，郊外的拉土车，按趟挣钱，疯子一样狂奔，出事故轧死人是常事，得躲着点，小心着点。

且慢慢骑着，反正也没事，永宁村没有人等着他去相会，没有事等着他去处理，只是他自己，要回去，要回去。

发表于《芳草》2011 年第六期

转载于《中篇小说选刊》2012 年第一期

《北京文学·中篇小说月报》2012 年第 1 期

（注：刊物期数为大写，表示此刊物为双月刊。全书同）

胜利稗记

一

胡胜利二十多年前花四毛钱买两张票，和女朋友王家芳一起走进电影院。正当女朋友哭得泪人一般，正当电影院像开追悼会一样呜咽声一片，胡胜利笑了起来，他先是小声吃吃地笑，后来咯咯咯笑，一看控制不住自己，干脆放开了笑，他前仰后合，东倒西歪，捂着肚子，差点笑出了眼泪。他一开始是笑剧情，后来是笑大家的哭。那时他知道了，这世上好多事情，再轰轰烈烈再庄严神圣再真事一样，如果你抽身出来用旁观者眼光看，都显得可笑。他的笑让所有的哭戛然而止，人们寻着笑声找到他，用黑暗忧伤的目光谴责他。他费了好大的劲收住笑声，正襟危坐。他仍在心里笑。

电影结束，王家芳疾步走出电影院，披肩发愤怒地飘起来燃成黑色火焰。胡胜利亦步亦趋，眉毛头发被烧焦了似的，满脑袋煳味，口干舌燥，顾不得擦一下被火燎疼的脸，他弓着腰身，上身前倾，极力拉长脖子，伸开两只手给她解释，或者想拉住她。他的两只手不断被甩开，打掉，他执著地伸出去，再去拉，再去拦，再去解释。

太可笑了，这就叫悲惨吗？这就值得哭吗？如果这叫悲惨，如果这值得哭，那把我们家的事拍成电影，大家早就该泪流成河了，我给你说过的，哪一个不比这惨得多。我爸打我妈，打我们，下雨天站雨地里不能进屋；我妹小时候夜里哭，我妈干一天活累得要死，哭得她睡不着，给她嘴里塞满盐捂住嘴；我九岁时跑两站路打酱油，上台阶时不小心把瓶子打了，我爸把我耳朵差点拧掉，站大太阳下不许动，不能哭，站两个小时直到昏倒；我偷了邻居家两颗糖拿回来给妹妹吃，我爸把我打得皮开肉绽，一个礼拜躺不成只能趴着睡觉；我们挨饿，我们讨饭，我们被人踢出大食堂；我们在大食堂捞鸡食，家里喂鸡，下的蛋拿去卖；我妈给招待所洗衣服，从早上洗到天黑，我们不停提开水，不小心开水洒到脚上，一脚面的泡，还得提；我姥姥小脚跑农村拾麦子，十里的路一天跑两个来回，落下病，死在城里，我们把她打扮好，两个人架着，坐到火车上，送回老家去……这些，哪一个不比那电影里面惨。那电影算什么呀，那么有钱的人，穿得那么好，住着大房子，吃饱喝足，谈情说爱，为一个鸡巴小孩扯来扯去。

王家芳不听他的，一直快步向前。人们常常从电影院出来，银幕上的帅男美女还在视觉停留，审美标准一时半会儿降不下来，突然觉得身边的伴侣俗不可耐，面目可憎，再加上胡胜利不识实务，还在继续说他们家不光彩的往事，这更让王家芳恼恨，恨自己的男朋友是个品位低下不懂艺术的人，只会给她丢脸。她在自家门口决绝地甩开他，跑上楼去。

胡胜利呆呆站在楼下，想这些人怎么了，被一个瞎编的电影弄成这样，而对真实的生活却不为所动，莫非这就是人家说的，艺术的魅力？

胡胜利还是天天在楼下等待女朋友，送她上下班。王家芳每天下得楼来，看到他，气呼呼头扭一边，不理他，在前面趾高气扬地走。他知道，要是下楼看不到他，她会更生气。他跟在后面，理屈般落下两步，走十来分钟，到了王家芳车间门口，看着她进去，胡胜利大声说，再见啊，下班我等你，老地方。这样天天如此一个星期，胡胜利始终忠心耿耿的样子，腰有点弯，脸上一副心虚表情，尤其王家芳身边另有女伴的时候。王家芳脸上阴云即将散去。有一天，王家芳在前面走着，突然脚下一崴，差点一屁股坐地上。胡胜利一个箭步冲上去，扶住了她，脱下鞋一看，鞋跟松动，就要掉了。四处看看，没有钉鞋的，他扶王家芳坐在路边说，你等着我马上来。百米冲刺的速度跑回家，拿了梅梅的一双鞋跑去，先让她穿上去上班，残了的鞋提在自己手里。下班时他接了王家芳说，走，去给你买双新鞋，然后再找地方把你这个鞋跟钉好。他们一起买了鞋，钉了跟，吃了夜市，送王家芳回家，被王家芳的小拳头在胸前打了好几下，算是回到从前的谈恋爱状态。

可是半年后，王家芳还是跟他吹了，吹了的真正原因是，王家芳跟一个南方合作单位来厂里定点委培的技术员好上了。比起南方人技术员，胡胜利当然条件差多了，他没人家长得好，没人家拿钱多，没人家嘴会说，关键是他没人家有文化，这是王家芳一口咬定的理由。

可是你能保证他比我对你好吗？胡胜利问王家芳，他认为这世上再也找不到比他对她更好的人了，她王家芳也不是仙女，不但不是仙女，而且还长得有点差强人意，单眼皮，小眼睛，一张尖尖的嘴巴，牙齿有点向外龇，从侧面看，她像某一种鸟，不是那种少有的尊贵的体量很大能飞得高远的鸟，而是那种随处可遇到处可见的，用一个箩筐、几粒小米就能搞定的雀类。可是情人眼里出西施，或者我们每人找对象只能结合自身条件，胡胜利对她越看越顺眼，她那像小鸟一样叨来叨去的利嘴也成了优点。这张嘴平时对胡胜利和他们家人多有刻薄言语，胡胜利两个妹妹都受过她的言语攻击，可梅梅朵朵为促成哥哥婚事，能忍则忍，对王家芳曲意迁就。胡胜利完全是把她当仙女对待呢，这让王家芳觉得自己身价百倍，再加上南方技术员夸她白净水灵，像我们南方姑娘，她突然觉得自己很抢手，她这两年跟胡胜利在一起真是亏大了。她义无返顾扑向南方技术员那米粒饱一些、多一些的箩筐下，陶醉地听到箩筐猛然扣下，想象着一年后，跟着技术员去南方，为了爱情，换一个城市生活，这不就是电影上演的浪漫人生吗？

胡胜利晚上在夜市以酒消愁。夏天的餐饮夜市是各种不良事件的温床，燥热的天气，酒精的刺激常常让各种纠纷和斗殴一触即发。当然胡胜利不是爱惹事的人，他从小胆小怕事，遇事让人几分。可人该出事的时候怎么都跑不了，喝多了酒眼神不免有些痴呆，看住一个地方不灵活。他看过去的恰恰是几个有劲没处使的小流氓，忙活半晚上挂不来一个女孩子，正在郁闷，胡胜利眼神一时半会儿收不回来，不但收不回来，还直愣愣寒森森，好似独孤求败更像英雄末路，风萧萧兮易水寒，叫人家看来分明是找事，叫板，胡骚情。干燥缺水、喜食辣椒的北方城市，养育性情暴烈的市民风骨，市井街巷的流血事件起因大都非常之简单，甚至无原因，啥都不为，就为谁看了谁一眼，茫然四顾时目光相碰，瞬间擦出火花，就像男女的一见钟情，众里寻他千百度，蓦然回首，那人却在灯火阑珊处，突然于茫茫人海中找到敌手，读懂对方眼神，点燃自身欲望，渴望爱情般需要体力较量，争吵迅即发生，完全是西安特色的，用字节俭而意义深远，平仄平仄平平仄，仄仄平平仄仄平，不辱唐诗故乡光荣使命：你咋？你咋；我不咋，我也不咋；你不咋你想咋？我咋也不咋；你把我看了你能咋？我就把你看了，咋？这是通常意义上势均力敌的争吵。而今天对方人多势众，连争吵都省了，不屑与他多言，几个人以迅雷不及掩耳之势上来一阵拳脚表演，胡胜利当时趴在地上起不来。别人喊来他爸老胡。老胡是单位有名的没人敢惹，年轻时敢掂刀跟人拼命。人家喊来老胡的意思是想让他救儿子于危难之中。老胡气冲冲来了后那几个小流氓已跑，而自己儿子一败涂地躺着。恨铁不成钢，他走过去又给他补了几脚，骂几声转身走了。眼看着胡胜利抱着腿在地上痛苦地打滚，几个认识的人一起把他抬到了职工医院的急诊室。

胡胜利左小腿骨折，被板子架了躺在病床上。梅梅朵朵每天来给他送饭，有时候陪他说会儿话，可她们都还要上班谈恋爱，也都不能长时间陪着他。胡胜利的妈在市场上摆小摊，挣钱要紧，没时间来看他。他爸老胡只在第二天来看了他一眼，哼了他一声走了，之后再无来过。他一个人躺在病床上，杂志看不下去，只是对着窗户发呆。他期望王家芳能回心转意来到他身边，或者，她出于人道主义精神，起码应该来看看他，在他床边坐一会儿吧，表示一点歉意吧。单位就这么大，职工连家属上万人，形成一个小社会，生老病死一锅烩，大家抬头不见低头见，像胡胜利这场遭遇，叫做好事不出门，坏事传千里，男女老少奔走相告呢，她王家芳不可能不知道。可一个星期过去，她始终不见人影。

二

打扫卫生的刘阿姨趁病房里其他病人不在，拖着地停在他床边。

小胡，看你这样子是没有女朋友了？来的那俩女娃都是你妹子是吧？

是。

想不想找个女朋友？

想咋？不想咋？你看我这样子，到阿达找去？胡胜利心灰意冷，淡淡地说。他终归是个厚道人，他还忘不了配合一下刘阿姨的身份，给她说几句郊区土话。

阿姨给你介绍一个，要不要？

第二天，照样是其他病人不在的时候，刘阿姨领进来一个姑娘。胡胜利眼前一亮，全身哪哪都不疼了。通则不痛，这多天来积淤在他体内不通的气息全部通顺了，流畅了。这姑娘长得比王家芳漂亮多了，不但比王家芳漂亮，走在人群中也绝对算是数一数二的俊俏女子，个头比不高不低高了一点点，身条比不胖不瘦瘦了一点点，眼睛比不大不小大了一点点，双眼皮，长睫毛，眼睛扑闪闪，小嘴饱澄澄，就像歌里唱的，实实爱死个人。胡胜利眼睛都看直了。

咋个向，能看得上？来个痛快话，你要说看不上，我们立马转身走人。刘阿姨历经半辈人生，早已经把人情世故沟沟坎坎走遍，世态炎凉边边角角摸透，在医院打扫卫生两三年，看惯医生护士白眼，受尽城里人驱使，更把她打磨成一个外圆内方的思想家，明断秋毫的观察家，只是这社会，不给她这样乡下女人以用武之地，否则，凭她的聪明才智，咋不得当个车间主任啥的。看胡胜利那直呆呆的眼神，她就知事情成了一多半。使个眼色，那女孩子立即走到床头，拿起暖水瓶去打水。

我女子，西丽，虚岁二十，没谈过恋爱，你占大便宜了。

胡胜利当下一凉，继而心有不甘地问，她在阿达上班？

嗯，初中毕业后，胡乱上了几个地方，都不合适，这会儿在家闲着哩。

胡胜利不吭声了，他知道事情有点麻达。这刘阿姨家在东郊白鹿原上，全家都是农民，也就是说，她的女儿也是农民。再怎么说，自己也是正宗西安市民，大企业里的正式职工，总不能找个农民吧，她没有工作没有城市户口，将来孩子也是农民户口。当然农民跟农民不一样，他们要是城中村农民，那倒好了，他们盖了房，出租给城里人，每天只是打牌逛街谝闲传，日子要多美有多美。随着城市扩建，土地被征，一把分给每户几万块。可刘阿姨家在离市区几十里的原上，城市鞭长莫及扩不到那里。

西丽打开水回来，暖水瓶放到床头柜上，坐在床边，低头看着地面，不说话。刘阿姨意味深长地看一眼女儿，拿着拖把出去了。病房里气氛有点尴尬。胡胜利咳两声，西丽立即头凑过来，你要喝水吗？

不，不喝。

胡胜利不说话，西丽显然也不知该说啥。胡胜利盼望有人进来。可病房里没有人。这里是他们单位的职工医院，在上个世纪八九十年代，住进来的很多职工都是泡病号，落个住院的待遇，费用单位全包，每天来跟医生打个照面，其余时间，人就不知哪去了，胡胜利住进来几天，基本上是单间的待遇。

嗯，我觉得吧，咱俩年龄不太合适，我二十五了，大你有点多，你应该找个更年轻的，我家里人想叫我早点结婚，我也想找个大点的……胡胜利想把西丽支走，他想翻下身，给她个后背，没想到西丽站起来，上手来帮他，那温热的小手托住他的腰，给他用力，他赶忙说，不用了不用了。他不再翻身，就那样平躺着。

我村上二十岁结婚的女娃多的是。刚才她问“你要喝水吗”五个字出口得慢，说的是普通话，带着拿捏和慎重，听起来还有点温柔，她现在突然一急，就变为此地话，急切而锋利，听起来干巴脆。城里人都知道，这样说话的郊区女孩子，常常是不好惹的，再想到她全家是农民，胡胜利心里一紧，可又忍不住抬眼看她。西丽脸有点红，张着小嘴，为她刚出口的话有些不好意思，双眼羞怯地瞄他。又是歌里唱的，一对对毛眼眼望哥哥。有哪个当哥哥的能经得起这样一对毛眼眼的望呢？那眼睛里灌满羞涩，流淌纯情，带着胆怯，那毛茸茸的眼睫毛轻轻地在你心上扫啊扫的，痒痒的。胡胜利为难地闭上眼，他感到一双小手为他拉了拉薄被，还隔着被子轻轻在肩头掖了两下。他假装睡觉，想躲开这个局面。他想王家芳可能真的不会再来了。啊，爱情是什么，为什么说变就变呢？那些美好的时光，真的就再也不回来了吗？曾经认为没有她这世界就没有存在的必要，可现在太阳还是每天升起，人们还是该干啥干啥，他的失恋对这个世界来说毫发无损。她希望妹妹来，打破这个难堪的局面，梅梅、朵朵，哪个来都行。可她们两个，今天怎么就不来了呢？

家里五个孩子，上面两个哥哥，长得像电影明星，下面两个妹妹，一个比一个漂亮，他是中间那个受气的。他来到世上纯属误会，意外生成，1966 年老胡家添两个儿子，一个年头一个年尾，也许父母当时大意了，认为不会那么巧，不想他却见缝插针，顽强地坐胎。一怀上他，他妈就没奶给二哥喂了，仅此一项就是他不对，他妈不想要他，拼命干活想把他累出来算了，可怎么折腾他就是稳稳驻扎里面不挪窝，他妈气得隔肚皮打他，把他骂来咒去，他在里面安之若素。他长得最不好，从小病也多，爸妈没钱也没心情带他去医院，每次都是在家扛着，他永远记得家里人都走了，他一个人躺在床上，在寂静中听着钟表走动，数着光阴，盼望有个人回来，好跟他说句话。不过生病也好，生病就不挨打了。成人后的他个子中等，偏瘦，还有点驼背，不像两个哥哥高而顺溜。他在五个孩子中学习最不好，学那么多年英语只会念一个单词：所罗门；初中以后数学就没有及格过；语文老师让他背毛主席诗词，他倒是痛快，张口就来，雄关漫道真如铁，娇儿恶卧踏里裂。

人都说挨打的孩子容易造成童年阴影，心理不健康。啊呸，他就不信那一套，他们兄妹几个怎么个顶个阳光灿烂，尤其是他，花儿谢了他难过，太阳出来他高兴，看到要饭的他同情，踩死个蚂蚁都不忍心，总之他们的一切指标正常极了。大哥胡国强前几年去当兵，穿上军装的大哥更英俊了，人们都说，这哪里是胡国强，这简直就是唐国强。部队首长的女儿，职位比他高出好多，爱上了他，“唐国强”几次三番给她说，我们家条件特别不好，你这样的人是想象不来的，你绝对要后悔。那女军官说，这让我更爱你，因为你真诚，给我说说你家情况怎么个不好吧。两人见面时常常是“唐国强”痛说家史，女军官听得吃惊万分，听得眼泪汪汪，好似她听到的是天方夜谭，啊？这是真的吗？天哪真有这样的事吗？怎么新社会还会有人挨饿呢？公主爱上了穷小子，于是认为自己遇到了传奇式的爱情，多么高尚多么浪漫啊。现在她忠心耿耿，跟着“唐国强”转业回到西安来了。“唐国强”当年在部队上军事演习被炮弹震坏了小脑，落下了一点点后遗症，不发病的时候跟好人一样，一发病乱骂人，不分场合对象，突然呈现一种首长女儿从未见过的面目。可她一如既往爱他，爱他们家人。

二哥是几个孩子中文化程度最高的，上了个大专，分到西郊一个大企业，就近在那找了对象结婚，不太回东郊来。

大妹梅梅已经结婚。这种家庭缺少温暖的女孩子，往往会爱上大很多的男人，那男人不但大梅梅八岁，不但个矮长得丑，还离过婚，可梅梅说就图他对她好。老胡带着他哥儿三个去往那男人家里，家具砸得稀巴烂，勒令两人断绝来往，不然打断那男人的罗圈腿。可是那男人说，腿可断血可流，对梅梅的爱不能丢。这更增加了梅梅的爱情崇高感，加速了他们的婚姻，梅梅来了个生米做成熟饭。眼看肚子大了起来，老胡只好把户口本扔给她，赶快去领结婚证。那男人龇着牙对老胡鞠躬说，谢谢爸。老胡说，去你妈的！滚远远的，这辈子别来见我。话是这么说，可不到一年，老胡就怀里抱着外孙女，跟大女婿坐一起喝酒了。

朵朵从小乖巧伶俐，现在高高的个子，一张圆圆的娃娃脸。有好多男孩子追，她说出嫁是女人的第二次投胎，她一定要投个好人家。朵朵还懂得多，没来例假前她知道例假是咋回事，没谈恋爱前她知道恋爱是咋回事，现在她还没结婚，她又知结婚是咋回事，给同伴们说什么精子卵子受孕期什么的。她不像那些女孩子，唧唧咕咕小声说，见不得人似的，她说的时候一脸严肃，好像她在给女伴们进行婚恋知识普及教育，如果有女伴吃吃地笑，朵朵一脸正气认真地问，哎你笑什么，我说的都是真的，不信你去看书去。胡胜利住院后，朵朵跑得最勤，送饭，陪伴，还劝三哥想开点，别难过，天涯处处有芳草，她王家芳没什么了不起的。为了安慰失恋又住院的哥哥，朵朵称了半斤混纺毛线，说要给他打一件毛背心。朵朵十三岁时自己给自己买过一件衣服后，就一直自我装备，她也不再问爸妈要钱，她攒牙膏皮，攒旧报纸，拾废铁，把它们变成钱，用钱去批发市场买了本子卖给同学，买卫生纸装书包里卖给突然来例假的女生，慢慢的五块钱变成八块，十块，再变成学习用具和自己身上的衣服。上个月，她用大红毛线给自己织了一件长毛衣，跟时下热映电影中女主人公穿的那件一样。朵朵说，哥我先用你这件毛背心练练手，练好了将来给我男朋友打毛衣。朵朵说这话没有一点扭捏，就像她说那些科普知识。胡胜利问，人找好了没，就想着打毛衣呢。朵朵说，嗯，现在有两个人选，还得再挑挑，可我得做好准备呀。她突然停下手里的毛线活，哥，你说他们会不会嫌咱们家条件不好？胡胜利没有吭声。朵朵似乎不需要回答，她有现成的答案放在那，她生活中很多问题都能自己找来正确答案。我想，他们不会的，真正的爱情是不管这些的，他们看上的是我这个人，你说是吧？朵朵脸红扑扑，小嘴一撅一撅，可爱极了。朵朵是五个孩子中挨打最少的，她记得，除了爸爸用手猛力扯过她一回马尾辫，除了在她背上不轻不重拍过一掌外，她就没挨过打了，不但没挨过打，爸爸还最听她的，同样的要求哥哥姐姐提不行，她去提，爸爸就同意。她可能不记得小时候她晚上哭，妈给她嘴里灌满盐的事。那时她太小，一岁左右，可胡胜利是记得的，那时他五六岁吧，他记得很清，妈那晚气坏了，永远在操劳的妈，不但操劳还要被爸打的妈，对他们少有耐心。胡胜利上学时候，学到慈母这个词，怎么都跟自己的妈对不上号，胡胜利那时就明白，妈是妈，慈母是慈母，这是两个概念。妈那晚只想好好睡一觉，可朵朵像中了邪，或者她哪里不舒服，半夜了还不好好睡，只是哭。妈一手狠狠堵住她的小嘴，一手打她屁股。她嘴里灌满了盐，哭不出声，脸憋得青紫。既然朵朵不记得这事，胡胜利也就再不提起。

可今天，都到了午饭时间了，朵朵怎么不来了呢？难道她知道病房里出现了新情况，她想给哥哥一个机会？善解人意的朵朵，你可知哥这会儿等你来救场呢。

胡胜利当然不知，朵朵此时正被一个年轻人缠着脱不了身。由于那是新出现的一个小伙子，不在朵朵正考验的两人之列，我们也无法揣摸事件的可行性，所以暂且不表。

只说这厢，眼看到了吃饭时间，西丽去打了饭，回到病房安顿他吃，吃完了去洗碗，而自己和妈一起吃带来的干馒头。这让胡胜利心里极为不忍，叫她们一起来吃菜，怎么都叫不过来。

吃完饭，西丽还没有要走的意思。刘阿姨拖地进来，胡胜利说，刘姨，一会儿你该下班了，西丽你俩一起回去吧。

回啥呢？西丽就在这伺候你了，晚上那两个病人不来，这床都是空的，西丽就睡这床上。

那咋能行？胡胜利吓坏了，青年男女，又刚认识半天，晚上怎么能睡在一个房间呢。不用，不用，我自己能活动，不用晚上陪人，你看前些天晚上不都是我一个人在吗？

前些天是前些天，现在不一样了，前些天你没有对象，现在你有对象了。

这怎么就算是对象了？我还没考虑好呢。胡胜利急忙申辩。

这当然就算是对象了，你看了她没说不同意，那就是你同意了，这是我们原上的规矩，如果不同意，当场就说不行，双方各自走人，谁不欠谁，可你没说不行，也没说叫西丽走，那你就是同意了，她留下来照顾了你半天，这在我们乡里，就算是处对象了。刘阿姨虽道理扳得硬，可语气是软的，柔的，诱惑的，她知道胡胜利也舍不得西丽走，她想无论如何让西丽留下来。只要过了今晚。

刘阿姨下班，果真自己走了，走之前把西丽叫出去嘀咕了一阵。西丽进得病房来，撅着小嘴不吭声。他假装睡觉，装着装着，真的睡着了。等他睁开眼睛，见西丽还是那样坐在床前，好像从没换过姿势，眨着毛茸茸的眼睛，就那么看着他，长长的弯弯的眼睫毛在他心上扫啊扫，他就觉得心里痒啊痒。

两个人没有话，一个坐着一个躺着，又一起待了一个下午，胡胜利想，这下我更说不清了。病房里暗了下来，他一声叹息，给西丽一个后背，像个大虾米一样把自己蜷起来。

朵朵终于来了，朵朵还带来一个小伙子，她摆脱不了这个高烧不退的年轻人，她说，你别跟着我了，我去医院看我哥呀，他住院了。小伙子说，那我跟你一起去看他呗，反正我不想离开你，你走到哪我就跟到哪直到你答应跟我好。朵朵就带着他，也带着幸福和欢乐来到病房，那小伙子还买了营养品，放在床头柜上，摆得满满的。

病房里两对刚认识的人，各有各的情况，各有各的心事，西丽见到朵朵，一味讨好。那个小伙子小马不明就里，真把西丽当成了胡胜利的女朋友，也对她极尽讨好，一下子，几个生人相见甚欢。

朵朵见哥哥这里有了新情况，也不好久留，只待了不到一小时，和小马双双走了。

夜彻底黑了下来，护士查完房，关门走人。西丽转身拉上窗帘，给他打来热水照顾他洗漱，他越客气，西丽越觉得他是个好人，尽管这个人躺在床上不能利索走路，但他是个真正的城里人，干干净净，长得也不丑，说一口好听的普通话，身上有一股好闻的味，听妈说他好脾气，好心眼，在这么大的单位有正式工作，每个月稳拿几十块钱。像她这样的乡里女孩，到哪去找如此好对象呢。她们村上也有嫁到西安城里的，不是残疾，就是傻子，要不就是又老又丑，他们还有个共同特点：没有工作，常为日常生活发愁。西丽越想眼前病床上的人对她是千载难逢，只是她想起妈给她出的主意，心还是怦怦直跳，不敢轻举妄动。

第二天，上班来的妈问她情况，当得知昨晚二人相安无事一人睡一个床时，妈在她肩上重重打了一下，唉，碗大个瓜拃厚的皮，你瓜实了，一晚上都没动向，我给你咋说的？这么好的机会你不抓住，过两天他出院走了，阿达找他去。妈狠狠推她一把，将她推回病房，笨死了你，教都教不会，我给你说，不能心软，要想成事，就看谁下得去手了，吃不到你嘴里没人同情你。

下一个晚上，护士走了后，西丽站在床边，看胡胜利盖着薄被把自己蜷成大虾米，青年男子的轮廓清晰可见，一股那么好闻的气息迷醉人心。想起妈的推搡，小声斥责，展望那似乎伸手可得的未来，贞洁而勇敢的少女无师自通，咬咬牙，掀开胡胜利的薄被，把两人裹进一个突发事件中。

十几天后，眼看胡胜利要出院，西丽的爸妈叔叔伯伯们来到病房，催促两人去领结婚证，放明话出来，先领证再出院，没啥含糊的。胡胜利吓得躺床上不敢动，他当然已经爱上西丽，心里也很愿意娶她，可他怕他爸，他在医院短短二十多天就订下了终身，女方是农民，老胡指不定气成啥样呢。他躺着不表态，只说，我得跟家里商量一下。女方家长们说，商量是这，不商量还是这，反正你得娶了西丽，否则我们让你这些天的治疗白费，转眼就让你重受二遍苦，不，比当初你抬着进来时还严重，你信不信？胡胜利当然信，都知道东郊原上农民刁蛮不好惹，从他们这里开往东郊部队大学的一趟远途公交车，常听说轧死一条狗一只鸡而走不脱，全村老少拿家伙出来围攻，必得赔十条狗十只鸡的钱，否则走不脱。没有司机愿跑那趟线。胡胜利转念一想，反正他命该如此，不是被女方家收拾就是被自己爸收拾。他心生一计，说，你们看我这样，也走不快，你们到我家去，把情况给我爸一说，看他同意不，反正户口本在他手里，咋都绕不过他。

女方家派两个人去了老胡家，剩下的在病房里待命。一会儿，老胡来到病房，见到西丽，又听女方家长陈述说，你儿子已经把俺女子睡了，清清白白黄花闺女。老胡审时度势，果断对胡胜利发布命令，起床，回家拿户口本，跟人家女娃领证去，啥废话别说。

三

老胡之所以把老婆孩子打来打去却不被仇恨，当然他身上就有非凡的人格魅力。这得从老胡的家史说起。老胡的父亲老老胡在国民党时期是市政府里一个科长，解放后自然倒霉，几个漂漂亮亮的儿子娶不上媳妇——在西安市内娶不上像样的媳妇，退而求其次，娶傻女人残女人，娶乡下女人。老胡的妻子就是从老家开封介绍来的，一个正上高中的女学生，爹死得早，学也上得艰难，她带着寡母嫁给当年铁骨铮铮的小胡，十年内生了五个孩子，英俊小胡变成暴躁老胡。家里除老胡外，其余七人都是黑人黑户，老胡一个人的工资要养活那么多人，吃饭成了首要问题。当人的温饱解决不了时，脾气不用说是暴躁的，而坏情绪是会传染的，老胡老婆想她如果当年不是高中没上完，也许已经上了大学有了工作，何来这么多罪受，当时只想着上学是为进城，嫁人也是为进城，进城就意味着美好生活的开始，可没想到进城后的生活如此艰难，而且这艰难得一天天过，并不像书上写的，戏里唱的，牙一咬脚一跺上下嘴唇一碰就能对付过去，她满腔怨恨无处发泄，也打孩子出气，她认为是孩子造成了她的悲惨命运，倒好像这些冤家不是她自己生出来的而是别人强加给她的。

老胡虽然打老婆打孩子，却拿岳母当自己亲娘一样孝敬，每顿饭老人吃第一碗，家里有好吃的先让老人吃。孩子们谁敢顶撞老人一句，老胡上去拿脚踢。老胡把岳母实实在在孝敬了二十多年，直到她老人家拾麦穗累出病死在城里，老胡说什么也得把老人送回开封老家，埋到乡下祖坟里，因为这是老人生前最大的愿望。足智多谋的老胡想出一个办法，把老人包严实，像重病号一样，由胡胜利的舅和胡胜利一人一边搀着架着，上得火车来，三人坐在一起，一路上两边的人把尸体紧紧夹住，当然两人一路没吃没喝没去厕所，动都没有动，这样把老人送回乡下埋了。还有一回，老胡在家门口路上，看到一个警察拦截一辆外地牌照大卡车，说车上拉的东西不合规格要罚款要扣车，老胡听到司机家乡口音，看到车牌家乡牌照，上去替那外地人说情，和警察据理力争。警察一看是著名的老胡，果真就不再坚持罚款，放那车走。老胡给那司机说，你等一下，快步跑路边水果摊买了一把香蕉让人家带着路上吃。而平常老胡给自己花钱省了又省，抠了又抠。老胡常常教训他们说，我告诉你们，不管你们出去咋野，犯法事不能干，缺德事不能做。不然，小心我打折你们腿。

他们的城市户口是八十年代初报上的，老老胡平了反，落实政策，家里一系列问题得以解决，几个孩子也正常地上学工作。老胡的家庭条件走向好转，但老胡的坏名声没有改变，坏脾气也没有改变，在单位里，人们还是怕他恼他讥笑他。

现在，老胡果断命令胡胜利去跟西丽领结婚证，一定是他认为，你既然睡了人家女孩子，就得娶了人家。

胡胜利一出院，就和西丽张罗着结婚。虽然他腿还有点一跛一跛的，但西丽全家知道这只是个过程，几个月后，胡胜利就是个完全正常合格的城里人，他们感谢胡胜利的暂时跛腿，感谢那些把胡胜利打伤的小流氓……如果往深里说，还得感谢抛弃了胡胜利的王家芳，他们现在可以理直气壮地讽刺王家芳。

王家芳是找上门来让人家讽刺的。因为她想跟胡胜利和好，因为那个南方技术员走了，他走之前信誓旦旦，回去后就跟你联系，可他黄鹤一去不复返，一个月不见消息，王家芳一次次给他单位打长途电话，翻电报，都没有回音，万般无奈的王家芳坐着火车去了南方，辗转打听到那人家里，这才发现，那人的孩子都会跑了。王家芳一路哭着回到西安，从火车站直接来到胡胜利家，她等不得，她怀孕了，她想让胡胜利接管她，如果有可能，最好连她肚子里的孩子一起接管，她想好了，她进门抱住胡胜利就哭，一哭他准心软，一心软她就施展美人计，胡胜利一上钩，肚子里的孩子就有了说法，她就可有理有据地去做人流，她会得到胡胜利和全家人的理解与安慰。从前胡胜利陪她去做过人流的，做完后把王家芳领回自己家，让他妈给她做饭吃。那时胡胜利他妈就说，不行你们就结婚呗，年龄也都够了，何必这样受罪。王家芳那时还不愿结婚，她嫌他家没房，结了婚大不了家里给挤出一小间，跟他父母妹妹们住在一起，她不甘心，总想再等等。现在，王家芳决定，算了我就下嫁于他吧，一辈子跟个可靠人也还不错。进了家门看到胡胜利正在和西丽布置新房，在新房里帮忙的还有西丽娘家人，他们体谅胡胜利腿刚好不能累着，西丽也怀孕了更不能累着。大家正齐心协力地挂彩纸，扯红绳，王家芳进来了，这阵势把王家芳弄了个措手不及，她对二人重逢有过多种设想，也就是说她有针对胡胜利各种态度的相应对策却只没有做好他即将结婚这件事的应急预案，她先是吃惊再是委屈又是恼恨，她走上前去狠狠推了胡胜利一把，她连哭带骂一屁股坐在胡胜利的婚床上，原本这张床的主人应该是她,却不想来了个更年轻更漂亮的小妖精。天哪，没我什么事了。胡胜利你真不是东西，这才几天不见你就变了心，我就说这些天找不到你人，给你车间打电话你老不在，背着我又找了人，我肚子里怀着你孩子你知道不？她来不及想更好的措施，一下子有点失控，她事后想想不该这么莽撞，起码她应该避开这些新出现的竞争对手。管它呢，先把局面搅乱了再说。她这一喊一闹，引来胡胜利家人和左邻右居，邻居们一看情况也都相信是胡胜利变陈世美了。

反应最激烈的是准新娘、准妈妈西丽，人最屈辱最恼火的是受人愚弄和欺骗，何况是这靠不住的城里人，她听到村里人的风凉话，说那西安市民肯定有问题，要不年轻轻有正式工作不瓜不残咋能找你一个农民。看来妈说得对，城里人没几个好东西。

西丽抄起桌上放的一个暖水瓶，兜头向胡胜利砸下来。胡胜利手疾眼快，一个转身，给她个后背，双手抱住自己脑袋。先是感到后脑勺生疼，再就是一股灼热从后背灌下来，严密地兜紧他。他跳起来，扯动衣服，瘸着腿跑到另一个房间，找干衣服换上。只听到新房里，霆棱哐郎一阵响。他不敢出门。过了好一会儿，听到一群人骂骂咧咧走了。

等到骂声走远，胡胜利出来，来到新房，那一小间房子里一片狼藉，在这一片狼藉里，站着眼泪汪汪又面带得意的王家芳。他默默站在门口，好一会儿说，这下你满意了？

当然满意，我就是想让她们走，走了好，这里是咱们的地盘。

你想太简单了，她们还会来的，不信你看着，队伍会更强大。

胡胜利果然说对了，天黑前，来了好多人，声势浩大，都是青年男女，进门只问，这事，你说咋办吧？胡胜利说，能咋办？我和西丽结婚呗，证都领了那还有啥说的。

那这是咋回事？那些人指着王家芳。

这件事与你们谁都无关，你们相信我是清白的，我会处理好的，你们给我时间。他示意王家芳赶快走人，三个小时内他都在劝说王家芳离开，王家芳不听，认为她不离开这就是她的地盘，像从前一样，想到几十天前，她还是这间小屋里的女王，她现在试图把这里毁坏一切的重建起来，她已经初见成效，她相信胡胜利不会赶她走，她太了解胡胜利了。这不，胡胜利刚才都说了，我知道你肚子里的孩子不是我的，但我还是愿意陪你去医院。他能陪她去医院，他就不能再次接收她吗？所以她待着不走，她不走胡胜利也不能撵她走，胡胜利连个蚂蚁蚊子都不愿伤害，何况是曾经好过的女人呢。

天黑透时王家芳哭着走了，她终于明白，从此这间小屋有了新的女主人，胡胜利说了不算了。

胡胜利和西丽的新婚伴随着冷战和争吵，西丽从那天变脸后就再没给过他一个好脸，她变成了冷美人，她只当胡胜利是仇人。

四

婚后八个月，西丽生下个男孩。

朵朵最终嫁给了小马，也生下一个男孩。朵朵嫁得心满意足，小马家经济条件好本人工作好，最关键是把她捧在手心里。

老胡已经退休，老伴也不再到处干活，他们的全部工作就是四个小孩（西郊那个离得远，不用他们管）的接送吃饭问题，还有这四个孩子的妈或爸，这个来接的，那个来送的，有的定时定期来，有的偶尔来，有的路过顺便吃顿饭，有的要吃米饭，有的爱吃面条，这个吃饺子不吃韭菜馅，那个吃面条不吃二宽面，这个不吃辣子那个不放香油，这个不吃酱油那个不吃蒜。家里常年像开着流水席。女儿好对付，进得门来，有没有饭，合不合口，问题都不大；女婿是客人，来了双方都挺客气，不合适处自己克服一下尽量能保持一团和气；大媳妇从小家教好，知书达理，自己又是军人出身，严以律己，在单位是个处级干部，一两个礼拜来一回，从未空过手，说话行事不由得让人起敬，连老胡都对她有点崇敬有加，他常常认为这不是他的儿媳妇，倒是个和蔼可亲的领导到他家来访贫问苦呢。

最难伺候的是西丽，哪怕她在外面刚刚欢声笑语，一走进老胡家门，立即冷下脸子，婆婆把饭盛好端给她她也不领情，饭不合口当场就皱眉嘟囔，摔摔打打，倒好像她从前在娘家吃得比这好似的，吃完饭丢下碗就走，想叫她洗碗收拾一回，痴心妄想。对另几个孩子也没好脸，从来不想她是当舅妈或婶婶的，几个孩子从小连她一颗糖都没吃过，后来孩子们见了她也都不叫，本来正在家闹着玩，见她进门，立即收了脸上的生动表情，消没声一边去了。西丽常常从别人的每一句话里能听出弦外之音，认为是城里人花心思挤兑她。有一回朵朵顺口说小马，你穿这西服像个农民进城，正吃饭的西丽将碗咚的掼桌上，摔了筷子，放大声喊，农民咋咧农民咋咧？农民吃你的咧喝你的咧？农民还给你胡家生个儿子哩！

西丽在厂门口摆了烟摊，胡胜利想从她这里抽一盒烟也得掏钱买，零售价。胡胜利有时候口袋没零钱，拿一盒走，她都记在账上，到了月底她盘点结算时，会追着胡胜利要某一天的烟钱，拿出账本给他看，他乖乖交出钱那还罢了，如果拧趾一下，那就有劳她亲自动手翻他口袋，拿的钱，比那烟钱只多不少，从来不找零。所以胡胜利常常乖乖地交钱了事。

此时胡胜利被单位借调出去，给局里一位领导开车。副局长司机动了个大手术，向下面单位借一个可靠人选，声明要技术好嘴严实能吃苦，大家不约而同想到胡胜利。胡胜利去试用了一个月，领导非常满意，胡胜利便一直借调着。

他脸上经常带着西丽给他抓的道道子，人多时候躲车里不下来，局长有时候叫他一起进酒店吃饭他也不去，自己在路边餐馆对付一下，他说，局长我不能给你丢脸，让人家看你司机把家里事摆不平。他在车里看局长订的《新华文摘》《人民日报》。原单位人都认为他给局长开车地位有所提高，油水也大，他却认为最大的收获是这两年的读书看报，觉悟提高了好多，他怎么能跟女人一般见识，女人打你骂你那是她不对，你如果还击就是你不对了，女人怎么能经得起你打，男人手重把女人打坏了怎么办。

西丽不认为是胡胜利谦让他，她认为他就是个窝囊废，我把你打了骂了你也咋样不了我，谁让你挣不来大钱，还让我风里雨里摆个小烟摊苦苦支撑。胡胜利从单位带回来好吃的或给孩子们买东西常常一人一份，他怎么能够只给自己儿子买好吃的，让那几个孩子干看着，那是自己的侄女或外甥呢。西丽说，你不会先放到车里，回咱自己家再拿出来。胡胜利做不来那种藏藏掖掖的事，仍然我行我素。西丽看见他往老胡家里拿东西就必得跟他闹一场。

局里给职工发放年终福利，副局长给他争取了个电饭锅。他自己家有个电饭锅正在用着，而他妈前几天说，他们的电饭锅坏了，胡胜利就直接把电饭锅给他妈拿去，给妈专门交代，就说是你自己买的。可西丽眼尖心亮，他见老胡家里新出现个电饭锅，挺高级的那种，问婆婆啥时候买的呀，婆婆说，上午你爸刚去买的。西丽想哄谁呀，你们能舍得买这么高级的。西丽转过身悄悄问胡胜利大哥的女儿，是不是你叔拿回来的电饭锅。小孩子不知其中奥妙，说，是的，我叔说，局长送他的。

西丽跟胡胜利闹了大半夜，逼着他去要来买电饭锅的发票。胡胜利说，好好好，那电饭锅是我给我妈的，你和孩子见天去那吃饭，咱们从没交过钱，一年到头了，我给个电饭锅怎么了！

西丽呼地掀开被子，跳下床，打开电风扇，调到最大挡，对准胡胜利吹，而她，穿上棉衣坐在风扇吹不到的沙发上，大腿跷二腿，骂得花样百出登峰造极。胡胜利知道，他不能拉过被子盖上，那样西丽会更恼火，给他身上泼盆凉水都有可能。他蜷着身子，抱住自己，抵抗冷风，他想起小时候，下大雨，他爸把他妈和他们三个男孩子推到雨地里，恶狠狠指着他们，谁敢动，小心点！这会儿，西丽的意思是，敢拉被子，小心点！那么他就不拉，就不盖，就那样任风吹着。有时候，你的反抗会让施暴者更加愤怒，变本加厉。施暴者的理由也千奇百怪，比如他小时候把酱油瓶打了，提着绳子吊着瓶嘴回来，爸爸打他的理由是，瓶子都打了，你还把这破嘴提回来干啥。他那时的理解是，他要是把瓶嘴扔掉空手回来，爸也许会打他更厉害，咬定他把五分钱买糖吃了。

响起了敲门声，西丽气愤地开了门，见婆婆端着那个电饭锅进来，咚地放到桌子上，走过来关了风扇，给自己儿子盖上被子。她是想咬着牙指桑骂槐的，窝囊死了你，连媳妇都治不住，你还当什么男人。但她终于什么都没说，转身走了。刚才他们一开始吵，儿子就穿衣跑出门，到奶奶家禀报了此事。

第二天，西丽没有摆烟摊，骑自行车回原上娘家，把电饭锅送给自己妈。西丽高兴地大声说，妈耶，你今后再不要用那煤炉子了，谁说咱乡里人用不成洋玩意儿，咱也洋火一回，来，我给你演示一下咋个用法。西丽从娘家回来，进婆婆家门，自己揭开锅盛饭吃，哼哼唱唱的。

大媳妇掏钱给婆婆买了电饭锅送来，劝婆婆别生气，也别为这事再责怪胜利，他一天到晚在外开车，辛苦又操心，只要他俩不生气，好好过日子，就万事大吉。妈对胡胜利说，今后，你啥都不要给我了，我连你一根线头都不要，只求你俩安生过日子，别再闹仗。老胡哼一声，我就不信连个女人你都治不住，叫她骑你头上把屎拉尿，我要是你，打死她一百回了。

五

朵朵正在家跟儿子糖豆玩，大咳不止，一口气没有上来，脸憋得青紫，栽倒在地。爸爸出差不在家，三岁的糖豆吓得大哭，哭得邻居生疑，折腾大半夜把门撬开，送到医院，误了抢救时间。

刚过完二十七岁生日的朵朵死于哮喘。

朵朵从小爱咳嗽，十几岁时，更加厉害，常常喘不上气，捂住胸口一个劲咳。那时家里也没钱给治，就老是抗着，朵朵长大工作后自己有了钱，去医院检查，得出结论是哮喘。

胡胜利认为朵朵的哮喘跟小时候妈给她嘴里塞那把盐有关，那夜，朵朵哭了好久，妈打了她好久，打了不解决问题，打了不解恨，用勺子灌了两勺盐堵住嘴再打，打累了把她扔门后，自己蒙头睡了。一岁的朵朵趴在门背后，小嘴里不断往外吐。胡胜利从被窝里爬出来过去抱住妹妹，让她趴在自己腿上，面朝下，轻拍她后背，让她往外吐，吐。他小声给妹妹说，不哭，不哭，朵朵乖。朵朵也许是哭累了，果真不再哭。胡胜利给碗里倒了点开水，吹了吹晾了晾，喂朵朵喝下去，他搂着朵朵睡了。不知道朵朵记不记得这一切，反正长大后的朵朵，跟他最亲。现在他胸前搂着朵朵给他打的那件毛背心，记起那个遥远的夜晚他搂着朵朵发抖的小身体，朵朵在他怀里很快睡着了。第二天早上醒来，朵朵向他甜甜地笑，完全忘了昨夜的事。

他本来想给妈说，朵朵的哮喘肯定跟你那把盐有关。可他看妈已经那么伤心，就没有再提这事，朵朵已去，就让这件往事，埋藏起来吧。

小马觉得自己上当了，朵朵家人和朵朵一起隐埋了病情。现在朵朵撒手而去，丢给他一个儿子，基本上就是毁了他的幸福生活。小马说自己命真不好，十几岁失去母亲，现在儿子才三岁就死了妈，比他更早。他要经常出差，没人管糖豆，怎么办？胡胜利妈说，那还能怎么办，领过来我带着呗。小马说好吧，我每个月给钱。可小马只好好给了三个月钱，朵朵刚过百天祭日，他开始马不停蹄找对象，没时间来看糖豆，更没时间来送钱了。

胡胜利对糖豆比对那几个孩子都爱，甚至某种程度上，超过了爱自己儿子。过年过节给他买新衣服，有好东西先给他吃，一有机会开车带他出去玩。往往这些事，都成为西丽和他干仗的导火索。西丽认为他没记性，不断为这些事生气打架，可他下次还不改，见了糖豆比见自己儿子还亲。用西丽的话来说，胡胜利就是贱毛病，欠收拾，人家小马扔下儿子不管，你倒去管。西丽给胡胜利起了个外号：驴叫不改。西丽说，胡胜利长得就像一头驴。

好好过日子这个简单愿望，对胡胜利来说，就是个奢望。常常为一件小事，一句话，西丽不依不饶，明知道他明天要早起出车，可就不让他睡，推他，摇他，抓他，骂他，怎么折磨人怎么来。在夫妻生活上，她是个激进的女权主义者，她说要的时候，他不能推拖，他再敢说累再敢说瞌睡再敢说没心情，西丽马上说他外面有人。胡胜利说，你一天把我看这么紧，我连十块钱的自由都没有，到哪里去找别人。西丽说那你为什么不行？胡胜利说你以为这是水龙头吗，拧开就来，总得有个情绪吧，总得有个准备吧。西丽说，好你准备，给你五分钟时间！西丽翻身给他个后背，拿起桌上小闹钟捣鼓，胡胜利以为饶过了他，松一口气，刚要昏昏欲睡，那闹钟骤然响起，足以让人心惊肉跳，西丽像考官一样说，时间到！这样一来，偏偏就不行了，越急越不行，西丽冷嘲热讽，胡胜利就真的不行了。到下回他行了的时候，她却理直气壮地拒绝，我累了我病了我不舒服，被子一裹，给他个后背，胡胜利企图用柔情感化她，给她说好听的，在身后启动肢体语言，纠缠得西丽烦了，甩出一句话，石子一样迎面击来，去去找你妈弄去！胡胜利立即被石子击中要害，瞬间瘫软。

他的钱，西丽可随时拿走，她说这叫交公。西丽的钱，他休想动用一分。有一次他钱没藏好，被西丽翻到，拿个精光，第二天开车带领导出外开会，过收费站时，怎么都找不到钱，只好让副局长先拿钱垫上，副局长跟他开玩笑说，小胡啊，我见过怕老婆的，可没见过你这么怕的呀。

他先回家给父母商量，他想跟西丽离婚。老胡一声断喝：我明着告诉你，我老胡的家里，不允许出现离婚二字，你就不会把她毛病治过来，打死我给偿命。大嫂劝他，离婚不是目的，不如解决眼下的问题，你们俩好好谈谈，多沟通啊。胡胜利想，你以为世上人都像你一样，能沟通吗？跟常人能讲通的理，跟她讲不成，跟常人能说来的事，跟她说不来。他也试着要打她一回，当然不是主动打她，是在她打他的时候奋起还击，以暴治暴，可每一次，他都下不去手，他长这么大，从没打过人，小时候，爸打他们，他心里多惧怕多仇恨啊，他诅咒粗暴，诅咒殴打，他那时就想，我将来，绝不打妻子孩子，连一句粗鲁话都不会说，我要好好爱他们，我是一家之主，我要顶起风雨，让他们过幸福和美的日子，而不是因自己的无能无奈拿他们撒气。

现在他虽然只是个司机，挣钱也不多，可他对家里人确实好啊，西丽一说想穿什么新式衣服，他自己省吃俭用都要给她买来，本想他在西丽烟摊上拿烟抽就不用再去买，省下钱还不是自家的。可她一次次问他要烟钱，郑重其实地记账，开始他以为是开玩笑，或者她只是为了好算营业额，记也无妨，可她真的是每次必把烟钱从他手里要过去。有时候局长顺手给他一盒好烟，他拿回来炫耀，西丽说，你没必要抽这么好的烟，卖了它算了。胡胜利一想也行，卖十几块钱也挺好的，我就抽两块五的金丝猴，与我的身份也般配，反正钱都是她存起来了，还是为了我们这个家，为了儿子。

可慢慢他发现，西丽把钱都拿回了娘家，她家不是这事就那事，前天她家买化肥钱不够，昨天她妈被压面机把指头挤伤了，今天他爸病了，明天他弟把人打伤要赔钱，后天家里翻修房子，再后天她哥盖大棚就差三百，再再后天他侄子发烧住院，再再再后天她大舅妈死了要随礼，反正她家的事都是刻不容缓，必须火烧眉毛要拿钱去。西丽但凡被旁边的小卖部叫去接听电话，就跑回来收了烟摊，飞快地骑车向东而去，那就是去给娘家送钱。当然胡胜利不是小气人，他觉得她娘家用钱也是应当。人家把姑娘养那么大给了你，你应该在人家家里有事的时候拿出钱来。西丽跟了他十年，也确实没享过福，每天风吹日晒摆个烟摊，为挣一点钱，或者为了给全家农民的娘家有个来钱的地方，起早贪黑地劳作，眼见着一个可人疼的小美人变成憔悴妇人，夏天晒得像非洲美女，冬天双手生满冻疮，伸出来吓人一跳。这一切，也都让胡胜利挺惭愧的，他惭愧的后果就是更加疼她忍让她，打不还手骂不还口。可问题是西丽对两边父母截然不同的态度叫他心里难受，你父母是父母，我父母就不是父母吗？我妈辛苦拉扯我们长大，领着我们要饭捞鸡食，没日没夜给火柴厂糊火柴盒给招待所洗床单给煤店拉煤，多不易啊，你张口就骂我妈，这应该吗？

他想跟西丽好好谈谈，他想说，西丽我是爱你的，我虽然没有大本事，挣不来大钱，可我在乎你，我愿意跟你好好过一辈子，只要你对我不那么苛刻，只要你不骂我妈……试着开了头，西丽手一挥，别给我来那一套，我就是这，咋咧？谁让你当初娶了我，我就是农民意识，咋咧？我全家都是农民，咋咧？一年干到头谁给发一分钱，明着给你说，我家就全指望我这烟摊哩，咋咧？

永远是胡胜利没理，往往西丽那气势就先把他压下去了，西丽好像谁都不怯，她油盐不进，在他们家总是绷着一根弦，总有一道鸿沟，她与他们家永远都不能转化为人民内部矛盾，她对城乡差距、市民农民这样的话特别敏感，三步一岗，五步一哨，设着警戒线，埋着导火索，随时都会引爆。

年前时候，西丽突击检查胡胜利钱包，盘问胡胜利的钱，对不上号，她问得越发紧急，立即冲过来恨不得想掐他脖子，胡胜利急不择言说，给糖豆买了双鞋，下雪了，糖豆没棉鞋。

胡胜利我把你妈贼了！他没棉鞋关你啥事？西丽破口大骂。胡胜利还没来得及表态，他妈进了门，就像是她老人家进门时踩着了电门，开启了西丽的骂人开关。刚要进门的胜利妈转身走了，好像她也在同时忘记了自己来儿子家要干什么，那已经不重要了，她这么大年纪，总不能跟那小贱人脸对脸对骂吧。儿媳妇对自己这样嘹亮的问候，好几次了，她只能装作没听见，她只能转头走开。要说西丽这句骂能把老人气成啥样，也不可能，胡胜利的妈，那是谁呀，跟个火爆性子丈夫，生养五个孩子，讨饭洗衣捡破烂，挨饿挨打受磨难，四十多年来，啥辛酸没见过，啥样罪没经过，这一声骂，对老娘来说，比蚊子叮一口的劲都不如，权当没听着，只是胜利这小子活该，当初怎么给他说，你堂堂大企业工人，到哪找不来对象，非得找个原上农民，可是他看上人家一张好脸，先让人家把他搞定，这会儿，罪自己受着吧，大不了，老娘从此后不进你家门。

老胡叫来大儿子商量，一起把这贱人教训一下，他就不信他不能重振家风，重树威严，这些年来他对这女人一忍再忍，他觉得不管怎么说，公公跟儿媳妇发生冲突是不体面的，他时常教导胡胜利，打到的媳妇揉到的面，都得下硬茬治理，可胡胜利这窝囊废，彻头彻尾怕媳妇，真是把他老胡的脸丢尽了。大哥“唐国强”也知道西丽骂自己妈，早已万丈怒火，仇恨满胸膛。这天，趁胡胜利不在家，西丽又来蹭饭，先由胡胜利妈出面，与西丽发生摩擦。好在与西丽发生摩擦是很容易的事，你来我往几句话下来，西丽伸手指了婆婆的鼻子说，我就这咧，你咋？！老胡和“唐国强”冲上去，揪住她头发就打，婆婆也上去给她嘴上扇一巴掌，警告她，贱人，从此嘴巴干净点。

西丽披头散发，满脸是血从婆婆家跑出来，回家自己拿菜刀在案板上猛跺，如果胡胜利在眼前，她绝对劈了他，直跺得案板破裂菜刀卷刃，要气死了，上吊的心都有了。转念一想，她不能死，她死了便宜胡胜利全家。她收拾了烟摊，骑车子向东而去。老胡给大儿子说，一定是去原上搬救兵了，你去，把你手下干警叫来几个，在这等着，咱今天就把事往大里闹。大儿子在厂公安处是个小头目，立即传呼叫来五个小伙子，手里拿着电棍，坐在老胡家门口。老胡一下子激动起来，他年老后，再没有跟人发生过械斗，可他这会儿摩拳擦掌，磨刀霍霍，仿佛又回到年轻时光。直到天黑也没等来敌方部队。老胡的判断是对的，西丽娘家人分析了敌情，觉得老胡既然敢伙同大儿子一起教训西丽，一定是有备而来，最后大家都想到了他大儿子的公安处，想来想去，罢了，这些年，西丽也把她那窝囊女婿整得够呛，算是扯清了。大家坐在一起骂遍胡胜利全家，劝西丽回家去吧，识时务者为俊杰，不要硬来，不要吃眼前亏，咱弄他的钱要紧，有本事把他的钱都掏过来才好，也就是说，今后要改变策略，智力取胜，不要只知撒泼。

西丽白挨一顿打，回到家里少不得对胡胜利变本加厉。胡胜利得知这一事件后，满腹委屈，怪他爸多事，你们倒是把气出了，我的苦日子还在后面。西丽从此再不进老胡家门，路上遇见公婆，大家都把头一扭，好像不认识。

副局长出差在外，不用车了，有一天胡胜利提前开车回家，见西丽的烟摊不见，以为她又回娘家。回去开自己家门，钥匙却拧不开，又敲又砸，好几分钟，西丽开了门，脸儿绯红，气急败坏，劈头骂他一句，你急着死呀！胡胜利见家里还有个男人，衣裳不整，一看两人就是没干好事，胡胜利扑过去和入侵者厮打，却不想西丽上来帮那人打他，奸夫淫妇齐上手把男主人打倒在地，西丽弯下腰大声对地上的胡胜利说，胡胜利我明着给你说，他啥都比你强，你就不是个男人。两人扬长而去。

在家里哭了半夜的胡胜利彻底寒了心，再次萌生离婚的念头。

西丽在镜子前打扮自己，嘴抹得血乎淋拉，似乎要往下滴，她知道自己脸黑，一个劲擦粉，粉渣往下掉。平时她风里雨里骑车子去批发烟，回来就守着烟摊，一双高跟鞋没怎么穿过，买几年了，还新新的，这突然一穿，锃明瓦亮，人高出一截子，走路也不自然，突然像换了一个人。她前脚出门，胡胜利后脚跟踪。西丽似乎想甩掉他，曲里拐弯迂回前进，逡巡行走欲盖弥彰。没那么容易，他胡胜利在此地生活三十多年，摸黑都能走道，他跟她斗智斗勇，敌进我退，敌驻我扰，地下党一样来到7路车站。7路车来了，西丽就要上车，她就要去跟野男人相会，他们转移了战场。胡胜利怒从心头起，恶向胆边生，他想要手里有半块砖头，果然就有了，手起砖落，西丽的脑袋开了花，鲜血四溅。

这真是有重大意义的一砖，史无前例的一砖，扭转乾坤的一砖。老胡要是知道了这一砖，一准得给他开庆功会。胡胜利在梦中都乐醒了。

他给西丽说，条件你来谈，只要能离婚就行。

西丽又是几番哭闹，索赔青春损失费，胡胜利这次铁了心。他甚至想，他去找到西丽那个相好，如果那人是光棍，他慷慨解囊，把媳妇让给他，如果那人有家室，他劝那人离婚娶了西丽，总之，他想给西丽找个下家，解脱了自己。最后西丽提出，离婚可以，房子是我的，儿子是我的，你拿上衣服滚蛋出门。胡胜利立即说好好好，明天就去办手续。两人当下写了字据，一周内就把婚离利索了。他拿着自己的几身换洗衣服，来到父母家，说了事情前后经过。老胡上来给他一个耳光，再一脚把他踢倒在地，说那房子是我问单位要来的，你凭什么给她？儿子姓胡，你凭什么给她，你个败家子就会给老子丢人！老胡指着门外说，立即滚蛋，我没你这个儿子!

胡胜利在同学家住了几天，认识了一个比他小十来岁的北郊农村女孩娜娜。

此时那位副局长要调走了，胡胜利被退回原单位，原单位却没有他的岗位。一个在深圳的同学打来电话说，这里钱好挣，你来我们一起干吧。

胡胜利带着娜娜，带着买完两张硬座车票后仅有的五十块钱，带着脸上的淤伤，眨着肿涨得快要睁不开的小眼睛，在世纪末的躁乱不安中，南下广东。

六

胡胜利再回到西安已经是六年后，四十岁的他，背更驼了。他曾经生活三十多年又离开六年的地方已经大变样，过去的一片平房拆完了，代之以高楼。儿子和糖豆都长得好高，西丽早已不知去向。

在他走后，老胡和“唐国强”一起，使用武力把西丽赶出那间平房。西丽万想不到，一心想让别人净身出门的她，倒是落得个自己净身出门的下场。胡胜利走了，再也没有人爱她护她忍让她，她连儿子都见不到见不成，在娘家疗养身心伤痛。妈劝她，对了对了猪娃死了都扔到城壕里了就再不要夸猪娃条条好了，过去的事不要老是挂在嘴边，没啥大不了，阿达跌倒阿达起。西丽擦干眼泪，趁着还算年轻，色未衰，爱不弛，抖一抖身上的昨夜露珠，一个成熟窈窕的美人再次焕发生机，她擦干眼泪，走下白鹿原，来到市区，以找工作为名紧急绑定一个男人，远走他处，走之前深情说，妈，等着我给你寄钱回来。

厂里大面积拆迁时，老胡把拆迁指标给了梅梅，而他和老伴承包了厂门口自行车棚，车棚内一间房子旁边又自行搭建两小间，运用他水暖工的技术，给室内走了上下水，硬是在车棚里给自己开发出设施齐全的两室一厅。

胡胜利从深圳带回三十多万资产，这三十多万包括十八万银行存款，十五万欠条。他跟着同学起起落落地做了几年生意，有时候几个月折腾下来白忙活，有时候一把下来给他分几万。可慢慢胡胜利看出这里面有危险成分，并且同学并非每次都痛快给他分钱，而是能拖就拖，眼看有伤了和气的危险，再想起他爸说的，犯法事不能干，缺德事不能做，他见好就收，给同学说家里有事他要回西安，结了钱让我走吧，同学把十五万元的欠条当作临别礼物送给他。

当然，这只是他能说出口的理由。但凡我们的失败或退让，总得有一个体面些的理由，用来拿到桌面上给人看到给人解说，而真正的原因，缠绕在桌子腿上被垂到地面的桌布盖着。也就是说，胡胜利离开深圳的真正原因是，娜娜跟别人结婚了。前五年，两人确系真心相爱，任何艰辛和挫折都只能增加爱情的分量，异乡的漂泊和打拼因为有了爱情作后盾，他一点也不觉得苦和累，似乎可以上刀山下火海。可最终，就像电影上那些蹩脚情节一样，年轻的娜娜另投怀抱。深圳由胡胜利的福地变为伤心之城破碎之城，他立即决定，回家。如果不是娜娜，他带回的积蓄应该乘以二，但他对此无怨无悔，深圳之行除了让他脱贫外，他还为这座城市引进了一个有悟性的年轻女子，能及时抓住幸福，打开自己人生局面。这座城对得起他，他也对得起这座城。他归来的那些日子常常哼唱一首歌：往事不要再提，人生已多风雨。

胡胜利拿出十万作首付款买了个两室一厅的期房，他四处踅摸，想用余下的钱投资个小本生意。

大家应该记得，老胡还有个远在西郊的二儿子，这些年来，他一直在城市的另一头，他很庆幸自己离家很远，他终于摆脱了这个不甚光彩的家庭和这些他并没有多少感情的家人。他是家里文化最高的人，文化高的人容易想得多，想得多就容易脱离群众，他不像他的兄弟妹妹那么简单明了，做事直来直去，他总是跟这个家里的人隔着什么，这个家里的人也都觉得他不像他们兄弟。

就像我们真实的生活中一样，一个一直不出现的人，突然与你联系，他绝对不是只向你问声好拉拉家常就挂断电话或者告辞走人，他就是说一堆问好拉一串家常，他最后总得说出他这个电话或此次登门的真正目的：他需要你为他做什么。老胡二儿子在这个故事中的首次露面也是唯一一次出现，并不是只向亲爱的读者说声哈啰转身就走。这不是人口普查，登记造册，证明你家有这个人完事，这是严肃的文学和严峻的现实生活，每个人都有自己的切身问题，问题不解决，故事就无法向前推进。

他来问老胡要钱。

他所在的西郊那个大企业，职工福利分房，房款借来凑去，还差六万，这个时候，他想起了父母。他难得地，不年不节却提着点心水果来到老胡家里，并且住了下来，天天一大早赶去西郊上班，晚上回老胡这里吃饭睡觉。

如今的老胡，已经是六十多岁的老汉，头发花白，虽然腰身硬棒，心却日益柔软。儿子的困难让他尝到了失眠的滋味，想想他这一生天不怕地不怕，打老婆打孩子，可他们也都对他很亲，梅梅经常来看他，给他买好吃的，大儿子虽然发病时乱骂人，平常脾气也不太好，可对自己也还行，只是他有时候也抬手打自己媳妇，这莫非是父子遗传？想想啊，人家是部队首长的女儿，离开她南方的部队大院，跟着个除了长得好再无其他长项的儿子，来到咱的穷家里，孝敬父母，爱护弟妹，这样好的媳妇到哪去找。可大儿子犯了病，对着她大骂不止，指着她喊，赶快，听到没有，收拾你的行李，滚回你老家去，吃你的大米饭去，永远别再踏入我家门一步！媳妇保持沉默耐心等他神志好转过来，再与他恩恩爱爱，两人一旦出门，她必得挎上他胳膊，作依偎状，碰到熟人站下说话也不松开。

老胡慢慢心里对老伴和孩子们有了忏悔，他每天和老伴一起出门买菜，回家做饭，有时候老伴冲他发几声牢骚他竟然笑笑。孙子孙女再冲他高声喊叫几下，他竟然高兴地眯起眼配合人家的训斥。

现在，六万块钱难住了他，他的存款连六千都没有，谁都知房子是人一辈子的大事，想想人家都给自己孩子留下的有家产，而他要是现在蹬腿一去，给孩子们一个子儿没有。

老胡的头发在几天内白完了。

胡胜利在银行柜台前，他一点不着急，他希望取钱的时间长一些，再长一些。

像一只鸟。玻璃里面那个女孩子，脸圆圆的鼓鼓的饱饱的，眼睛大大的，双眼皮很宽，眼睫毛浓密上翘，五官饱满健壮均呈向前伸往外鼓的形状，下巴只好向后微微缩着，更显得她小嘴饱而满，可爱地微撅，使得她像一只迎着微风飞翔的鸟，她的食物多得是，就在眼前，她随时张嘴可得，所以她坦然宁静，慢慢地飞，不是赶路，不是觅食，她的飞只是飞着玩，她面目呈现尊贵之气，甚至她有点王者气象。你不得不信，世间万物，均有高低贵贱，人更是有高低贵贱，真的，一个人，往那一站，或坐在那里，甚或闪一下面，什么都不用说，贵或贱，昭然若揭。而这个女孩子，分明就是高贵之人。

世上每个人，是不是都像一种动物，可能上辈子就是那种动物，此生轮回变作人，还带有前生痕迹。胡胜利他爷老老胡，像一只猿，长胳膊长腿，都不太直，呈弯曲状，后背有些弓，脸上五官大而凸显，面呈悲愤，像一只随时引项嘶鸣的老猿。他爸老胡，是一匹棕色烈马，英俊而暴躁。他两个哥哥，无疑是两匹白马，得意洋洋，奋蹄亮蹶，胡胜利每当听到小孩们唱，白龙马蹄朝西，就想起他两个哥哥。梅梅长得漂亮，却简单直率没心眼，心里有话马上得说出来，爱唧唧喳喳，前世可能是只花喜鹊。朵朵是一只小白鸽，圆圆的可爱的纯洁的，她睁大眼睛跟人讲道理时就像那鸽子，咕咕，咕咕，你听我说，我说的可都是真的噢。而他自己，是一头驴，他不但长得像驴，他也富有驴的特性：吃苦，沉默，驯服，贫贱耐劳，给点阳光就灿烂，给点吃的就下苦干，永不疲倦。

胡胜利坚信自己爱上了她，近来他两次到银行，都刚好被叫到这女孩子的窗口，也就是说，这个女孩都叫到了他，随机抽的号呀，为什么都是她？这是不是一种缘呢？当然，有一点胡胜利是明白的，那就是，对于她，他完全是痴心妄想，一厢情愿，他与这只鸟相距太远了，一个天上，一个地下，可这并不妨碍他在心里爱她，爱是自由的爱只是内心的感觉，我就自己揣在心里感觉一下温暖一下，不行吗？她那么年轻，最多不超过二十五六吧，她美丽高贵，她穿着藏蓝制服，白领子翻出来，比那些花技招展的女孩子好看多少倍。她将钱放到点钞机里，哗啦啦啦。她对钱的响声不为所动，她见得多了，每天多少钱从她手下流过，钱也打动不了她高贵的心，她趁这功夫转头向营业厅内扫了一眼，马尾巴在脑后唰的一甩，像一只小雄鹰，振翅起飞，巡视她的领地。胡胜利看了看眼前她的照片和名字，照片上的她更动人，她为照相化了妆，她化了妆显得华丽，像明媚的绸缎，像点钞机里的钞票，哗啦啦啦，夺人耳目。她不化妆显得贞洁，她一心投入工作，忽略自己的美显得她更美，她怎么都好看，都叫人动心。她名叫陈洁。这名字实在不配她，太普通太常见了，是个女孩子都可以叫陈洁，而她，不是一般女孩子，她是只小雄鹰，她是只凛然高绝的鸟，只要她愿意，她就能展翅飞向高空，没有任何力量能阻拦她，她没有欲望，她志在蓝天志在本职工作，她爱本职工作她却不是爱钱，她甚至不用去爱异性不会去想异性，都是异性不由自主地爱她想她渴望她，她每按一次键就有一个人来到她面前，在玻璃外默默地爱她。她将每捆钱拆开，放到点钞机里，哗啦啦啦过一遍，这短暂的时间，她仰起头看向别处。她从点钞机上拿起钱，再用小手将它们两下里蹾一蹾，用那长长的白纸条将她们捆扎起来。从前胡胜利认为银行职员这一系列动作纯属多余，啥时候见过那钱少一张或多一张呢？现在他觉得完全必要。胡胜利愿意忘了她的名字，他在内心给她起了名字：我的小鸟。

他的小鸟用双手将钱从厚玻璃下的洞口给他递出来，欠起身子向他微微笑了笑，对他说，再见。人工播音器说，请按键选择对本次服务的意见。他的小鸟照片下方三个按键，满意、基本满意、不满意。他深情地缠绵地按下满意。他的小鸟在他身后的大玻璃里按了一个键，人工播音器又叫一个号到窗口去。他背后暖暖的他脚步软软的。我的小鸟，再见。

刚跟他的小鸟道了别，出得银行门，遇到了故人。

七

久久觅食终不得，扑来扑去白忙活，颠来倒去空欢喜，这一切，都言简意赅地写在王家芳脸上。王家芳现在更像一只鸟了，一只总也找不到温暖归巢的寒号鸟，一只开始掉毛的败运鸟，一只被露水打湿的断魂鸟，她头发稀疏，两腮下陷，脖子细长，皮肤干燥，眼珠和牙齿尤其前突。有福不在忙，无福跑断肠，说的就是那位银行女职员和银行门外徘徊的王家芳，不知她的出现是为了陪衬那只小雄鹰的神气十足，还是命运给玻璃后安放那只小雄鹰是为了烘托她的凄惨，总之，一脚高一脚低站在银行台阶上的胡胜利内心唏嘘不止，他想命运这是怎么了，在刚刚被那只可爱小鸟弄得内心温热潮湿的时候，邂逅了这只落魄的家雀。

刚才他进门上台阶的时候，与出门的王家芳迎面而遇，他专心走路没有注意罢了。王家芳从银行取了二百块钱出来，她现在每个月一百二的低保，用她的话来说，亏他先人哩，每月一百二，够干什么。她进出这银行，常常是二三百的项目，倒鸡毛般琐碎。她又跟进银行，侧身在一棵绿色植物后面，离几步远看到胡胜利抽了号，坐在长椅上等待，若有所思。二十年了，改不了他爱思索的毛病，其实也不是思索，只是发呆罢了，遐想和瞎想，也就一字之差。她背对着他，也在等待，瞥一眼他的皮鞋，用她一个月的低保，买不来一只。他被叫到 6 号窗口，他温柔有加地对玻璃后那只小鸟说，取六万。六万这两个字使王家芳一阵眩晕，继而心醉神迷，像初恋少女般心咚咚跳，她转身踮脚尖出了银行门，手插口袋，在路边徘徊。其实前些年，胡胜利去深圳之前，两人也见过面，同在一个生活区，怎么说也会遇到过几回，遇到了一般装作没看见，实在是修路了，把人行道挤得几十公分宽，两人迎面而过，那叫狭路相逢，只好点点头，没什么表情，各走各的路，写在脸上的都是一句话，你的生活与我无关。而现在，六万两个字，六万前身的深圳生活，又让胡胜利与她有关了。她后悔今天出门没有打扮，她久不打扮了，如今她连口红眼影这些东西都不备置了，生活对她这种年逾四十的女人来说，又能奈她若何？只好给她自暴自弃的特权。

她也在徘徊的时候有过一丝后悔，要是当初不与他分手就好了。反正对于有的人来说，总是要为自己的人生找尽托辞，她们每天要说几个假如要是悔不该，似乎这样才能安抚自己内心。

哟，胡胜利，从深圳回来了，大款啊，把咱忘了。她叫住他，手挥装了两棵芹菜的塑料袋恰似挥舞橄榄枝，她故作轻松，像当年一样，她总是能轻易将他搞定，他对她言听计从。

没有没有。胡胜利一阵紧张，因为他的情绪他的全部注意力从他的小鸟身上突然转到王家芳身上，就像从电影院出来，一下子接受不了身边的伴侣，明知道银幕上的俊男美女跟自己无关，可都要去看去想去痴迷，他的小鸟就是他的电影，现在，他走出电影院，背后带着文艺片的余音袅袅，面对他的现实生活。

你在这干吗？胡胜利不是电影中的男主角，所以他不会竖起风衣领子深情款款地问，这些年，你过得好吗？其实他也不用问，女人过得好不好，那是秃头上的虱子，明摆着的，哪里需要你张口去问，问不好问出个泪水涟涟怎么办。

我没事干，路过，你干吗呢？王家芳努力把自己一张很不景气的脸弄得阳光滋润一些，妩媚风情一些，她恨不得有一个魔法让她像动画片里的巴巴爸爸念一句，克里克里克里，巴巴变，变回到二十年前，她还是那个可人疼可人爱的王家芳。女人真该弱弱地抱怨一下万能的神，为什么不事先给我们一个暗示，让我们晓得哪天出门会遇到发达了的旧日情人，起码出门前花上几分钟打理一下自己，不要拉上这件起皱的衣服穿上就走，不要忘了抹美容霜。

也不是没事干，我接娃，出来早了，先买了菜，在这晒会儿太阳。王家芳这样说是想解释她没有打扮的原因，谁见过一个母亲接孩子去或者出门买菜要打扮得多光鲜，我没穿着那套三十八元的睡衣睡裤出来就不错了。

娃上几年级？胡胜利就势问，话题看样子有展开的趋势。毕竟在胡胜利心里，王家芳是他正宗的初恋女友，他把自己的第一次献给了她，胡胜利是个念旧情的人。

王家芳应付两句说，哎哟，娃下课时间到了，哎你啥时请我吃个饭呗，好好谝谝。胡胜利给了她电话号码。

胡胜利把六万块钱给老胡送了去。老胡说，那我让他给你打个借条。胡胜利说，算了你就说是你的钱，给他支援他买房。

胡胜利真庆幸自己已离婚，如果西丽还在，为五块钱都跟他闹翻天，何况六万。他趁机想说老胡几句，遣责他当年为他离婚而把他打得脸肿好多天，赶出家门，一看老胡头发全白，因为这六万块钱一下子变得有点战战兢兢，又想要不是老胡赶他出门，他哪里能闯深圳挣回来这些钱，话出口变成了，爸，以后他们几个的事你别操心了，有我呢，我现在是一个人吃饱，全家不饿。

从前的每一天，王家芳从这个饭馆门前路过，都眼红那些坐在里面吃喝的男女，她看那里面女人，没一个好东西，分明比男人小得多，那一对一对隔着桌说话又飞眼的样子，看起来也都不是正经夫妻，正经夫妻，谁家会坐在这里，一顿吃掉好几百，不是疯了才怪，用那钱买了排骨和鸡翅，放冰箱里堆成小山，让孩子吃多少顿啊。此刻，坐在这里的她终于明白，原来这世上好多场所，还真的不是为夫妻们而设，那些狮子大张口，那些黑了心乱要价，分明就是冲着狗男女们来的。她此时尝到了狗男女的幸福，她好多年没有这种感觉了。那些瞎了眼的男人，只盯着年轻女人。

胡胜利多年来一直改不了他的毛病，那就是爱扎势，没有钱也要装作有钱的样子，明明他的经济能力适合穿一百元的皮鞋，他非要买四五百的，今天，他明明应该在小饭馆请王家芳吃顿饭——参考他的经济实力，结合王家芳当年对他的寡情——四五十块钱了不起了，对得住她了，可他非要在这个大饭馆，花一二百心里才安生。他完全忘了她当年的做法，只同情她眼下的处境。当男人真正爱一个女人，她年轻紧致他爱，她被生活消磨得憔悴衰老，他更爱。

王家芳是化了妆而来的，她出门前花费四十分钟，廉价衣服堆了一床，试了这个试那个，哪个都觉得不好，最终瘸子里头挑将军，穿了个低胸的薄毛衣，露着胸前一道道骨头，下穿最流行的紧身裤，把个细腿绷得更加伶仃。

命不好，夫妻双双下了岗，妈的，你说要下早点让下呀，早想办法，现在，这把年纪，做鸡去都没人要了。她在威胁逼迫他，她知道胡胜利总是心太软，是个男人，谁会眼看着自己当年的恋人想做鸡都没资格呢。

胡胜利还是像当年一样，话不多，思绪常常被人牵着走，被命运牵着走。每个菜上来先给她夹，当年，他常常吃王家芳的剩饭，边吃边说，我就是吃剩饭的命，小时候要过饭的。那时王家芳特在心里看不起他，不是看不起他童年要饭，而是看不起他老提这些事。可现在如果他再提起来，那就是美德。可胡胜利这次没提，只是专心给她夹菜。这个动作让两人都想起了当年，相互看一眼，看到了对方心坎上。

饭后王家芳说，找个地方说说话呗。胡胜利就明白了她说话的真正含义，两个小时在饭桌上，话还没说完没说够吗？都是几十岁的人了，又是老熟人，没必要像小年轻一样再去电影院再去逛公园轧马路而浪费资源铺设过渡，这样的两个人只需直奔主题。两人心照不宣前后相差几步走进一个招待所。

临分别胡胜利给王家芳二百块钱，说，给孩子买点好吃的。

他一遍遍问同学要钱，他又看上一个门面房，他一直想自己做小老板，为的是自己说了算。那同学说，现在真的没钱，是这吧，西安有家公司欠我钱，他们有个三十多万的车只开了两年，想折八万给我，我转给你吧刚好省得来回托运，剩下七万，两年内准还清你，咋样？

还能咋样，现在欠债的是爷要账的是孙子。胡胜利去看了那车，两年来跑的公里也不多，他基本挺占便宜的。他那爱扎势的毛病又犯了，有个车开多神气。

现在，有车有房的胡胜利面临重新择偶的问题。倒不是他多想再婚，而是周围人想让他快点结婚，众多单身女性需要他再婚，老胡夫妻，不断托人给他介绍对象。胡胜利本人无所谓的态度，他对婚姻心有余悸，可他毕竟不能没有女人，跟王家芳呢，名不正言不顺。唉，随缘吧。他想起银行里玻璃后他的小鸟，心里有股甜蜜的哀伤。

天底下怎么这么多落了单的女人啊，还有那么多剩女，好模好样的，三十六七了却愣是砸在了爸妈手里，当然，剩女他见得很少，只一听条件他就拒绝，对方学历高得吓人呢，要不，怎么能剩下呢。有时候他一天能见两三个，他条件不高，只要对方心地善良，只要不奇丑，只要不是泼妇就行。现在城乡差距在缩小，户口问题也不再重要，对方户籍也不限，胡胜利除了泼妇这一条咬定不放松，其余完全是不拘一格降人才。介绍人说，别的都好办，就只泼妇这一条难办，谁会给自己脸上刻字说，我是泼妇别惹我，压根就没有人会承认自己是泼妇。再说，女人变数很大的，有的看着像淑女实际是泼妇，有的前两年还温柔似水后两年突然泼妇了，或者对外人态度极好回到自己家河东狮吼，这情况都有的。最后说好，对方泼不泼妇，由胡胜利自己观察求证，介绍人不对此负责。

王家芳动了离婚的念头。她想当年自己把路走错了，现在知错就改还是好同志，命运又给了她一次机会，两人已经无数次鸳梦重温，胡胜利还像从前一样，对她无微不至——有的人，就有无微不至的天性；胡胜利时不时给她点钱，给她孩子买东西——有的人，就有乱花钱的习性；胡胜利不计前嫌，从不提当年的事——有的人，总是没记性。不管怎么说，胡胜利目前是她的最爱，是她的唯一，假如她能嫁给胡胜利，她一定好好珍惜这来之不易的大好局面，重新开始幸福生活，书上都说了，人生从四十岁开始。

可他现在甩丈夫可不像当年甩胡胜利那么省事了。那男人说什么都不离婚，菜刀和眼泪并用，以死相拼，搬出双方家人，齐心反对。胡胜利也不主张她离婚，胡胜利说，咱俩这样不是挺好吗？王家芳说，那你找到对象结婚后，咱俩还能好吗？胡胜利不回答她。

两个人的约会常常是个问题。胡胜利跟他父母住在一起，在老胡家，他们基本无机可乘。王家芳叫去他家，胡胜利坚决不去。

睡别人的老婆不可恨，可恨的是睡到了人家家里，更可恨的是男主人回来后，两人还合伙殴打他。胡胜利想起他屈辱的过去。做人要厚道，做人要有底线，现在他的底钱就是，不去王家芳家里。

在车里比较麻烦，施展不开，到招待所，王家芳又心疼钱，虽然是胡胜利掏钱，可王家芳认为，为干那事再花个几十块钱，多划不来，两人一好，他的钱也就成了她的钱，花了她就心疼。

王家芳看离不了婚，也就不再离了，只一个劲对胡胜利施展温柔术（她将自己冷酷的那一面展示给家里那个男人，事情一定是这样的，越温柔越冷酷），叫胡胜利谈一个不成，见一个不行。眼看那些有点眉目的，王家芳搞到人家的电话，或在人家家门口等待，告诉人家，我跟胡胜利好二十年了，当年因种种原因没走到一起，但二十年来我俩就没断过。人家女方当然不愿纠结在里面，趁现在什么都没发生，转身走人最好。现状是，世上女人千千万，还是王家芳最适合他。用胡胜利他妈骂他的话，你就是个没记性，你忘了当年她怎么对你的了。两人有时候趁老胡夫妻俩出门买菜，抓紧时间在家办事，就像二十年前他们谈恋爱时一样，跟家长打时间差，还搞得挺惊心动魄呢。时隔多年，老境遇，老路数，真真让人生出些地老天荒的感觉，这难道还不是天长地久的真爱情吗？摆在两人面前的只有一条路，除了继续海誓山盟没别的选择。老胡不再有当年的坏脾气，再加上六万元，让他对二人的龌龊事装作没看见，王家芳叫他叔叔他也答应，这也像当年一样啊。两人不再避人，王家芳又成了老胡家的常客，常常留家里吃饭，把自己不当外人，还张罗着给胡胜利他妈买了件商店里打折处理的羊毛衫。

胡胜利在原单位也办了低保，低保本拿回来交给他妈，说，妈你辛苦一辈子，这是你每个月的退休金，虽然不多总比没有强。他找了个工作。因着他在深圳见过世面，又是同学推荐，工资还挺高，两千多。他每天开着车去上班，真事一样，好多人不知那车的来由，只知那是价值三十多万的装备，想这人一定有来头，或许他来上班，不为挣钱只为体验生活？胡胜利陶醉于别人对他的误读，每月一半钱用来养房，另一半用来养车养王家芳，自己基本不落什么，可还是觉得自己又过上了一种来之不易的幸福生活，可不是嘛，咱现在有房有车有情人呢——虽然房是期房车是二手情人更不知倒了多少道手，但在胡胜利眼里，这一切都美好之极，尤其看到王家芳日显丰腴，面色红润，他觉得自己还挺重要的。

八

老胡脑溢血送医院抢救，落下偏瘫躺在了床上。老伴一个人照顾他有点吃力，搬不动他啊。可他们几个都要上班管孩子，只好她一个人苦苦支撑。

糖豆生病发了高烧。胡胜利妈在医院照看打吊针，梅梅请假来照看老胡。老胡想大便，却不想叫闺女伺候他这件事，硬忍着，盼着兴许大儿子过会儿会回来看他。眼见老胡面呈痛苦脸变了颜色，梅梅说，爸，你就把吧，别讲究那么多了。老胡坚决不，僵持着。梅梅最后求他了，爸呀，我都四十的人了，半老婆了，你还讲究啥呀！老胡是个有尊严的人，坚守防线。梅梅心疼爸，给大哥打电话，请他回来解决爸的紧要问题，“唐国强”一听就火了，去他妈的，人家没儿子的人还不把屎了？我这忙着呢。梅梅无奈又给胡胜利打电话。胡胜利立即飞车回来，解决了爸的痛苦。

胡胜利辞去干了半年的工作，专门回家照顾老胡。他每天给老胡翻身擦洗，端屎倒尿，给老胡按摩，帮助恢复，直到扶起老胡在路边慢慢走路。在老胡家的门口，不，在工厂大门的自行车棚外，人们常常看到这样一幅场景：胡胜利搀着老胡，来来回回地走。下雨的时候，胡胜利打着伞，两人钻在伞里，紧紧依偎在一起，像平日一样，要走够那么多来回，一趟都不能少。胡胜利说只有这样天天坚持下去，才能恢复。老胡当然不愿意自己从此躺下，又有儿子的陪伴监督，也乐得每天在路边走啊走。父子相伴走路成了厂门口一道亮丽的风景线，胡胜利的手握着老胡那只知觉迟钝的左手，指引他方向，给他以力量，两人常常不说话，就那么沉默着，走啊走啊。

春天的阳光晒得路上暖暖的，晒得人身上暖暖的，心里暖暖的，来来往往认识的人给老胡打招呼，说老胡好福气，久病床前有孝子。老胡本想说，嗯，孝子是打出来的，可却张不开口，脑海里涌现各种各样打胡胜利的场景。几个孩子里胡胜利挨打最多，因为他最调皮捣蛋，他没记性，他嘴笨，不会说也不求饶，只是咬紧牙关，让你打，让你打，我就不信你手不疼。胡胜利身上现在还有好几处伤疤，最大的一个在脚上，还不是那次开水烫伤，是后来一次烧红的炉子盖放到他脚上，把塑料凉鞋和皮肉粘在一起。十岁的胡胜利没有哭，他坚强地站在那，咬着牙，看着爸打大哥，他不敢哭，不敢动。是二哥也被爸吓住了，被命令做饭挑开炉盖时，不小心放到他脚上。两个人心领神会，都想把这件新发生的事隐埋过去，因为害怕爸冲过来连他俩一起打。空气里飘散着一股煳味，如果有可能，他们要假装跳长袖舞将这煳味也掩盖过去。爸的注意力在打大哥上，没顾得上问煳味哪来的。他和二哥目光交流，心领神会，相互鼓励，二哥装作若无其实弯腰用火棍拨开他脚上的炉盖，他走回里屋，将凉鞋从脚上扯开来，把断了前绊的凉鞋藏起来，下午爸上班走后，二哥再用火棍给他粘好。他脚上炉盖的烫伤抹去了开水烫伤。后来他在课堂上学到黄继光董存瑞，觉得自己不亚于他们。

你脚上的伤疤还在不？爸问他，爸还是目视前方，不看他。

就那样了，一片肉揪着，不好看，幸亏是在脚上，要是在脸上，我一定得去整容。胡胜利也看着前方，跟爸的手紧握着，爸的手把他的用力握了一下，爸的手不再有力量，那当年毫不迟疑伸出去打人的手，变得松垮而僵硬，胆怯而真诚，依赖于他。

爸，我跟你商量个事，好不？胡胜利说。

啥事你说吧。爸因他的请求突然觉得自己权威还在，有意识直了直腰板。

今后这个家，我来当，我说了算，好不？

老胡转过头看看他，好一会儿，绷了绷嘴唇，点点头。

第二天，老胡家里客厅的墙上，贴了一张《家庭成员文明公约》，公约像展开的《人民日报》那么大，这张纸从搞装潢设计的门面房里出来，蓝底黄字，衬以百合花图案底纹，文字分为两栏。

一、所有家庭成员人格平等，没有高低贵贱之分，互相尊重，互相理解，任何人没有打人特权，不得随意殴打别人；

二、家庭成员之间不骂人，不说脏话，不说有损对方人格的话；

三、家庭成员之间互相尊重、谅解，勤于沟通，遇事商议，民主解决；

四、学说文明用语，灵活运用请、谢谢、你好、晚安等词；

五、出门前给在家的人说，我走了，进门后说，我回来了，外出不能按时回来，要给家里人打电话告之；

……

文明公约十二条之多，落款处标明，此公约参照《中华人民共和国宪法》制定，执笔人：胡胜利。

几个孩子充满好奇，每天都把这些公约念几遍，要是谁不小心说了个脏字，小朋友立即纠正。

大嫂买了花瓶、鲜花，供在文明公约下面的桌子上，梅梅每过几天来，换水，换鲜花，有时候是一朵，有时候没钱买花或没花可买，从买回来的菜里挑一棵菠菜、青菜或小芹菜，插到花瓶里。胜利妈说，老买花多费钱，我看长安他妈学用铁丝和尼龙布绷的花可好看了，我去跟她学学。一个星期后，那花瓶里的花换成了假的，胜利妈手艺还行，尼龙花瓣十分合乎规范，一个跟另一个完全相像，就像从流水线上出来的一样，它们不知疲倦地开放着最伸展的姿态。胡胜利给糖豆说，知道啥叫怒放吗？这就叫怒放，开躁了。

老胡在老伴和胡胜利的照顾下，能独立行走了。他天天要到三百米远胡胜利的麻将室里打会儿麻将，赢了是他的，输了是胡胜利的。

胡胜利一次次不厌其烦挤牙膏般问同学要回了五万元，他想，就这样了，剩下的两万，我想起来了就要一下，你还了还，不还了算，估计同学剩下两万，也就是不想还的意思了。他又借了大嫂三万，一次交三年租金，盘下一间约六十平米的门面房。房间里的墙上，贴了世界地图，中国地图，陕西省地图，西安市区图，贴着《不气歌》，他将《家庭成员文明公约》引进来，如法炮制了《麻将室文明公约》贴在正对门的墙上，公约指导思想：麻将就像人生，赢得起，输得起，赢莫得意忘形，输不气急败坏。他给麻将室订了一份晚报，给固定牌友赠一个喝水的紫砂杯，贴标签写上各人名字，免费供应茶水，他闲下来就数那些杯子，眼看那杯子快三十个了，他想，啥时候杯子能把这张大桌子占满就好了。他雇用一个农村女孩子打扫卫生，端茶倒水，跑腿给客人买烟买饮料。那女孩子很勤快，每天把麻将室打扫得干干净净，打理得温度适宜。他给那女孩子说，要让客人进来如沐春风（他觉得发明这词的人有问题，明明如浴春风才顺口才合理）。他给老胡说，爸，家里还有啥活要人干，尽管吭声，咱现在雇的有丫鬟呢。

他在一个角落给自己隔出个约六七平方的小房间，晚上他就住在这里，平时和王家芳在里面插空寻欢作乐。他批发了烟酒饮料，卖给客人，能增加一点收入，又省得丫鬟再跑路去买。

中午饭后，开门营业，等待各位牌友到来，那些可来可不来的，迟迟疑疑想来不想来的，他挨个打电话叫，对女牌友，他施展个人魅力，甜言蜜语，姐姐妹子地称呼，打情骂俏地召唤，直到把人家邀来算事。进来一个人，就是来了至少二十块钱。直到来的人坐满三四个桌子，一桌桌开始战斗，他的心才安下来，要是能够把六个桌子坐满，那就更好了。屋里烟雾缭绕，牌声哗哗，在他看来是一派欣欣向荣的丰收景象。你可别以为他轻松当老板，只坐着收钱了，小小麻将室，来来回回二十多人，内在关系错综复杂呢，有的人不跟男人打，有的人不跟女人玩，有的人不打两元以上的，有的人不玩十块以下的，有的人不跟四川人打，有的人跟河南人不坐一桌，有的人不坐老陕下家，有的人赢了牌就一个劲唱歌不照顾别人情绪，有的人输几把就噘嘴吊脸乱摔牌给别人下不来台，也有的正打得好好的突然哗啦掀了桌子走人的，打牌前还是街坊邻居好朋友，一场牌下来打成了仇人。这些，都得他来出面协调，哄哄这个，劝劝那个，好半天平息下来，他这才捧着他的紫砂茶杯，门外门内转转，看看，站在自己车前摆个造型，见到熟人高声打招呼，看到老胡从家里那边左脚搓地，左臂勾着，缓缓走来，他放下杯子，快步跑过去，将老胡搀来，安排坐下，叫丫鬟捧专用水杯上茶来，老太爷一样安顿好，给老胡找牌友。老胡反应太慢，又爱悔牌爱骂人，没人愿意跟他玩，他悄悄跟人说好话，少收你十块钱，陪我爸打一会儿。

他那辆三十多万的车停在门外，成了活广告，用于证明他是个有经济实力的王老五，这车真的就引来不少单身女人跟他见面洽谈，每次都叫王家芳搅黄，王家芳对他的弥补就是施展温柔术，叫他迷死了她。他本就对婚姻心生恐惧，近十年单身惯了，对再婚之事也不再上心，便任由王家芳掌控他的情感生活。胡胜利妈终于有一天把王家芳堵在他小屋里骂开了，控诉她二十年来害了胡胜利，使他到现在不能好好成个家。王家芳自恃有胡胜利宠爱，并不示弱，竟敢和老人顶嘴，一时间撕破脸皮，狐狸精、不要脸的话从胜利妈嘴里蹦出，满麻将室乱飞。众牌友停下战斗，暂且观戏。牌友中有一位长腿美女，人送外号狐狸精，这会儿认为有人冒用了她的品牌，心里不爽，撇嘴说，老太太啥眼神，你见过这模样的狐狸精吗？谁不谁都能当狐狸精吗？过会儿又说，唉哟，阿姨老骂狐狸精，我坐不住了我走呀。胡胜利劝解不下，示意丫鬟和他一起，一人架了老太太一边胳膊，好坏将她连拉带扯哄回家去。

王家芳不知怎么就看出胡胜利和丫鬟眉来眼去，想到她只是每一两天来看一眼，瞅空和胡胜利厮混一下，而丫鬟每天中午来，半夜走，谁知半夜走不走呢？她觉得一种危机山雨欲来，叫胡胜利开销了她。胡胜利说，人家干得好好的，凭啥叫人家走，再说她走了到哪找合适人手？王家芳说，我来呀，我在家也是闲着。胡胜利怕的就是这，王家芳来一点点介入经营，以老板娘自居，伸手收钱，那就麻达了。

近日胡胜利添了烦恼，他紧锁眉头，他在思索，看来他和王家芳之间也得有个文明公约，当然，这个公约不能落纸，也不能上墙，只能是口头的。公约指导思想：双方本着和平共处基本原则，相互尊重领土主权，不得干涉别国内政。

发表于《中国作家》2012 年第 4 期
转载于《小说选刊》2012 年第 5 期
《中篇小说选刊》2012 年第四期

宝 座

春

每回来一个固定车主，老强过去招呼人家停好，给车主手里发一张纸。

“一百五了？一下子就涨五十，你真够狠的。”固定车主说。

老强嘿嘿一笑：“是老板要涨，跟咱没一点关系。”

“什么呀这是，为了贯彻市上有关精神，还为了保障停车场秩序，保护我们的利益。市上什么有关精神，涨价精神吗？保护我们什么利益了？就知道要钱，啥臭水平，短短几句话快十个错别字了。”戴眼镜这位拿着纸，锁好车门嘟嘟囔囔走了，顺手把那张可恨的纸揉了扔进垃圾桶。

西起罔极寺，东到娘娘庙，大约一公里地段的路边停车，属于周老板承包，周老板又划分为五个区域，每区域三个人负责，三班倒，二十四小时值守看护。

老强三人负责的区域有一百来米，马路以北，从路边到大楼下的人行道上，十来米宽的路面，算是一个小型停车场。他们三人的工位在大楼下贴着墙根，也就是一个破椅子，几块破木板，都是周老板不知从哪里淘来的。见此处有堆积，就有人把不要的东西拿来给他们，慢慢他们的家当就多了个破沙发，一个小桌子，两个小凳子，一个半大木箱，摞着堆放起来。要是再有个炉子，能支个小床，他们基本就可以在半露天的这个避风处过活了。还有人不断地把一些破旧东西拿来给他们，好像周围居民想把他们这里武装成一个新兴小镇。

本是人行道，可现在都停了车。这个城市人行道上全部铺的是红地砖和白地砖，统一规格和图案。据说十多年前市长的表弟开了一家地砖厂，于是全市人行道地砖统一大换防，全都变成了这般模样。因是人行道，地砖不能承受汽车之重量，被碾轧得全都松动了，车过处，哗啦啦响。在静夜里，楼上居民的入睡，就伴随着不时响起的哗啦啦。早上，那些睡眠浅的人，隐隐听到哗啦啦，渐被唤醒，不情愿地告别梦境，离开床，打开窗户换空气，看到楼下停车场里，一个汽车像刚睡醒的短胖鱼，缓缓游出密集的车场，混进小街的车流中，再流向大马路，像是小河水汇入大河，奔腾不息地向前，向前，日复一日，流啊流啊，循环往复，出来了，进去了，来了，走了，似乎这样的流淌，将要子子孙孙，无有穷尽。直到深夜里才停歇下来，汽车们都安卧在路边露天地里，排好队，默不作声，乖乖睡觉了。停得真密实啊，寸土不让，不浪费一点地方，还有高手见缝插针，穿越迷宫般，通过窄窄的过道，把车一点点倒进仅有的一个空地儿，倒得那个妥帖，真好像是有个大手把它捏了起来，放进去的。

怎么能这么多车呢？不管走到哪，满世界都是，好似排兵布阵，声势浩大，又能见缝插针，星罗棋布。

老强每天上下班路过的八仙庵西边，一个废弃的院子，里面的一个两层红砖小楼都快塌了，看样子是不会有任何发展前途。可现在门口挂个牌子：院内停车，立即使这个没用的院子不等春风又绿就立马复苏了，不动一砖一瓦，不费一兵一卒，它就能挣钱了。院子斜对面有一家人，受了启发，门口一小片地方，也划了线，只有四个停车位吧，墙上写俩大字：停车。怕停了车挡住了字，又在路边树干上绑一个木牌：车辆停放。又嫌不够权威和正式，再给墙角摆一个谁家废弃的破桌子，拿天蓝色布围了，再挂上牌子：车辆保管站。真有点三令五申的劲头，也或者是和对面的院子叫板。就像山区里土地金贵，巴掌大的地方都点上几颗种子，城市停车位越来越少，也就只好逮哪停哪，占上再说。老强感叹，一片空地，生对了地方也好啊，我老家的院子要是搬到这里，啥也不干，光每天停车，也可坐等收钱呢。

一个挨一个，一个挤一个，一个催一个，喇叭嘀嘀响，人在车里骂，性急的人完全有理由相信，由汽车组成的这个世界足以把人逼疯。真不知这些人怎么一个个把这些车开进来，开出去，小心翼翼地倒，咯拧咯拧地挪，走一步，退两步，这个要出去，那个要进来，这个要左转，那个要右拐，这个方向打偏了，那个不小心轮胎疵道沿了……人们就像在这里练习车技。从教堂巷漫坡下来的这位，定是个新手，人称“女魔头”，整个上半身向前趴着，双臂紧紧搂住方向盘，探头探脑，一步一个刹车，咯噔咯噔的，急得后面跟的车直按喇叭，“女魔头”从容不迫，只小声说，嘀嘀屁呢，有本事你飞过去。

老强没事的时候爱数车，最多时候，他的地盘内，挤挤恰恰，密密麻麻，连带拐进教堂巷里一边上一边下斜着身子骑在道沿上的，七十三辆。他是这七十三辆车的看护，他像将军样视察，考虑着能不能再匀出点地方，凑够八十辆。静静的夜里，人们都睡觉了，他坐在二十八层大楼下，是一个孤独的智者，目光明亮，注视着车阵。过会儿还要起身，走动一圈巡查一番。

所有的车都沉默下来，就像人一样，不管高低贵贱，到夜里都进被窝睡觉。只他们几位看车人保持清醒，分散坐着，感知不远处有自己的同类，假装不再孤单，有时候遥遥呼应，大声喊几句话，证明自己的存在，验证别人也在，相互安慰，一刻间认为自己不再那么孤单。为了驱赶寂寞和寒冷，西边的老刘会吼几句秦腔，悲壮嘶哑的唱腔叫老强这个陕南人听得入迷。可突然间，哪个楼上有人开窗户喊，大半夜吼啥呢？叫人睡不叫咧？老刘赶紧住了声。夜又变得死沉死沉的，似乎寂静把世界封存了。醒着的夜，如此清冷漫长，好像天永远不会明了。

老强两年前经老乡介绍被周老板召至麾下。没有礼拜天没有休假日，如果生病，就找人替班，病好后还班。月薪一千三，每天七块钱餐费。而他从不在外面买饭吃，都是在家吃饱了再来上班，或者带点饭，放到肉夹馍店的炉子旁。这样下来，他每月明里有一千五的收入。暗里呢？临时停车的，可收钱不给票，大多是车主主动说，给两块钱，不要票了。他一开始不摸情况，也不知把这些不要票的钱该怎么办，跟他交接班的老孔告诉他，你就是不渗钱，老板也不信的，世上哪有经手钱而不渗的？这种事凭良心，不敢太贪，世上坏事都是太贪引来的，你看那些当官的，要是贪个几十万几百万就住手，自己捂被窝里偷着乐，哪能翻把呢？不行，非得要几千万，几个亿，不是找死吗？咱每天给自己口袋装十来块就行，老板心里有数的。再者说了，不渗白不渗，老板坐家里喝着茶看着电视挣大钱，咱们风吹雨打站这里，夏天热得要命，冬天冻得要死，一天还不弄他十来块钱。所以，老强他们看车这工作的收入嘛，里里外外加起来，每月也就是两千块。他已经知足。

若是有人问老强，住在什么地方，他会骄傲地告诉人家，住西边那个研究所里。

老强的妻子五年前通过亲戚关系从乡下来研究所打扫卫生，单位允许她住在楼顶一个放杂物的小房间里。这就把房钱省了，最重要的是，那个八平方米小房间是办公楼暖气管道的总闸门，粗大的暖气管占据房间一个角落，冬天暖和得穿个单衫子都行，衣服晚上洗了挂屋里，天不亮就干了。虽然妻子月工资从五年前就六百，再没涨过，但他们还是觉着划得来。在这大城市里，到哪里找一个不用花钱而带暖气的房子呢？住在研究所办公楼上，水厕都方便，见天接触的都是知识分子，又安全又好听。老强当初在家乡老听妻子描述这个温暖的小屋，说着城里的好，研究所的人多有教养，对她多尊重，两年前老强从县上企业一退休，就投奔妻子来了。他要在城里再就业。

在静夜里坐时间长了，足以把一个人变成思想家。他常常看着四周大楼上，那无数个黑乎乎窗口，想着那么多人都在进行同一件事情，共同进入睡眠之中，即使那些车主，也并不知道他们的车被众人皆睡我独醒的一个人在漫漫长夜里，守护着，陪伴着，观察着，喜爱着，有时候他绕着某个新车，看它的形态，商标，仔细研究，抚摸。车跟人一样，形形色色三六九等，高低贵贱一目了然，有的车那么高雅，气派，稳重大方，让人起敬，有的车那么寒酸，窘迫，贼头贼脑，叫人嫌弃。啥人开啥车，这话也有道理。你看到一个宽大气派的黑色或铅灰，线条柔和，前后匀称，轮毂铮亮，看外观就能想到内里的舒适，它水中行船般，无声地来了，稳稳地停下，钻出来的一定是个衣着讲究、一尘不染的中年男人，发型都不带乱的，目光高远，昂首阔步，以为自己是降落人间的天使，不与凡人搭腔。你要是恭敬地上前去，谦卑地说出你想收费的愿望，他鄙夷地从眼角瞪你一下，当你是空气，迈步离开，你要是还不知趣，痴心妄想从他神圣的口袋里转移出三块钱来，那就是对这位大人物的侮辱，他完全可叫你倒霉，也许一个电话就敲了你的饭碗。要是有一个破烂的黑色或红色桑塔纳，披一身土冒冒失失冲过来，嘎吱一声，差点一个跟头，停了，跳下来的，一定是个毛刺头小鳖三或挺着大肚子的土包子、歇了顶的猥琐男，你再说交三块钱停车费，他恨不得啐你一口，你再多说两句，坚持你的意见，他跳起来给你一拳，还明白告诉你，叫你满地找牙，总之他宁可大动肝火和你干一架，也绝不愿顺当交出三块钱。最是那些十万上下小车的主人，生活自给自足，人也本分老实，基本上算是小白领吧，是这个社会的中间力量，最守规矩的人，各种法律条规的忠实执行者，社会良知的守望者，多半买车是为了接送孩子和自己上下班方便，向他们收费比较顺当，一般不会节外生枝，还能顺便收获到你好、谢谢、再见等一系列礼貌用语。老强最爱的，是那些没有屁股的车，它们像是被一只温暖的大手伴着甜言蜜语把那碍事的尾部轻轻揉搓回去了，收缩得心悦诚服。又像是电视里演的陶瓷艺人把玩手中陶泥，在轻快旋转中不知不觉地拿掉多余的一块，使它们体态小巧玲珑。颜色不是常规的黑色或灰色，是轻捷的白呀，心疼人的海蓝啊，杏黄啊，艳红啊，新崭崭亮闪闪，轻捷地滑向他的地盘，就像一个梳妆打扮好的女人投入爱人怀抱，车门开启，先闪现一只高跟鞋，再探出一个香喷喷脑袋。这样的主儿，一般对收费没有任何意见，纤巧手指捏了钱给他，把自己当作电影里的贵妇，心里轻轻说，拿去吧，顶多嗔他一眼，这一眼也与钱无关，许是嫌老强凑得太近，身上的气味叫她们不快。或者她们说，给两块，不要票了，这是老强欢迎的，耷拉眼皮沉默收下就是。也有人坚持给一块钱，老强要说不行，起码两块，伊人撒娇般说，哎呀行了行了没零钱下次再说，丢下一块钱，拧着身子走了。

慢慢老强总结出来了，开烂车的和开好车的不好对付，比如开二手车的，价值三四万的车，脏乎乎的那种，他们的人生好像也是二手的，廉价的，凑合的，乌七八糟随时会出问题的，抱着对一切人和事不负责任的态度，他们喜欢用谩骂和武力解决问题。开奥迪以上的，也不好好交钱了。老强替有钱人分析，他们在乎的不是三块钱，而是受了污辱，生气呀惊讶呀想不通呀，竟敢让我交钱，你不知我是走到哪里都免费吗都受优待的吗？比较起来，老强喜欢女司机，还喜欢住在周围楼上的固定车主，在每个月末三天内，老强对他们收钱开票，收取下月的停车费，全部上交周老板。除了那几天之外，车主们跟老强都没有什么金钱来往，只相互问好打招呼就行，他们不认为老强挣了他们钱，老强和他们一样，是受了周老板的盘剥。

这里是传统老居民区，大部分人都是祖辈居住在此。从某个小巷子进去，走十来步，就能看到一些老式平房，也或者还有土坯房，房顶是几十年前铺上去的灰瓦，攒了半世纪的沧桑和烟尘，年年春夏，长出小草开出小花，秋风里渐次萎黄，不管有没有人能够看到，能够欣赏赞美，也不管 GDP 以怎样的速度飞奔，它们是只在屋顶兀自开放与衰落。间或几个破败的深宅大院，有进院门楼，门边分坐两个已经面目不清的石狮子，从石头的风化程度看，不下百年了。尤其在周老板地盘的最东边，有一个明清娘娘庙，一座三间房的大殿，东西厢房，一个小巧的院落，门口盘踞一棵苍老古槐树。人们以为那老树早就寿终正寝，或者已经昏聩失忆，不知今夕何年，可每年春天她按时发出细碎的叶子，不比那些年轻的树迟醒一天。老人家端坐在庙门口，微风过处，启动了她的记忆，就像个老奶奶没完没了给你絮叨，不管你听还是不听，理还是不理，你早上出门时她在秧秧秧说，你下午回来时她还在藤藤蔓蔓地讲。娘娘庙属于区级保护文物，前年经过翻修，外观青砖砌墙，护住了将要坍塌的厚厚土墙，镶嵌了一片像瓷砖大的花岗岩，上刻文物介绍。经过修葺的娘娘庙猛一看去，颇有风范，不知底细的人，会以为院内有点看头。走近才知，里面住着十几户人家，密匝匝重叠叠，上海人一般，不厌其烦地给小小的屋顶还垒起一间。原来这小院“文革”时破四旧，被街道工厂占领，住进了职工和家属。谁占上是谁的，如今这里成了他们的合法住所。昔日大殿被分成几家，自力更生，拾砖垒起家园，大殿三角形屋顶下倒成了他们的楼顶平台，搭衣服晾晒，吹风看景，得天独厚。东西厢房也如此这般被人分割，后来又一个看一个，竞相在门口搭建小厨房之类。直至现如今，一个院子只留下一个窄窄过道，并行三个人是走不成的。当然也别担心将来搬家时东西进不来出不去，这小院是他们的城堡，已经高度密集，外人休想进来，他们也没地儿可去，只能在小院里向空中发展，他们将誓与娘娘庙共存亡。别说什么不爱护文物，这个城市，汉唐文物都多得保护不过来，三步一景点，五步一说辞，修个地铁好似挖一路文物，明明是地铁办，倒好像是文物开发办公室，得常常停下来，开新闻发布会，不是汉代美酒，就是唐朝瓦罐，放下地铁不表，只说几千年前的事，搞得市民没脾气，望穿秋水地盼地铁。所以嘛，底气十足的古城人民又把这碎碎的明清娘娘庙算得了什么。你不见，遥遥可闻的西边，罔极寺、八仙庵，千百年来香客不断，见天早上，南无阿弥陀佛的吟唱声四处响起。百步外的南面，窦府巷里，虽然也盖起高楼，竖起灯箱广告，可微风中似还夹带往昔显贵人家的隐秘传说，从那里走出的不定哪个老者，就有着不凡气派，虽穿着不景气可却腰板笔直，发型不乱，明显的人倒势不倒，看见什么都撇撇嘴在心里说，都是俺先人玩剩下的。人们念转了音，称那条洁净雅致的小巷为豆腐巷，透着亲民色彩。再向南几十米，有唤作索罗巷的，虽长年污水横流，气味不佳，却也是一条名巷，化身为啰嗦巷进过名著《白鹿原》的。娘娘庙西边的紧邻，基督教堂的钢琴声一到周日就依依袅袅，进出的人神神秘秘。那一日，不知是何节庆，突然开来一辆高大的外宾车，挤着身子进得小巷，停在教堂门口，下来一群身材与汽车十分般配的老外，香气扑鼻，身上衣服都像是今天出门才从商店拿来的，真真的天外来客，进得教堂去了。教堂门口便围了些看热闹的。西边不远处八仙庵门口驻守的乞丐，很快得知消息，也迅速改变信仰，拖着不方便的肢体前来，静候在教堂门口。这片小小的地界，道教佛教基督教，各行其是，互不干扰，多年来倒也相得益彰，老君菩萨天上的阿爸，在反复吟唱之中，化成各种传说版本，成为附近居民的空气，呼吸自如。

这样的小巷，这样的院落，这样的老屋，本已几经改造，变换不同的主人，昔日气派神秘的府宅，早已失魂落魄，现在被周围高楼逼迫得快要没有容身之地。如果时代进展的巨人，脚步再强悍一些，动静再闹大一点，足以把这些破院落震得瑟瑟发抖，轰然倒塌。如今，深深宅院里所住，早已不是当年尊贵人家，而是汇聚着外来打工者和城市最底层居民，他们密密团团，被临街的亮丽高楼包围着，遮挡着，蛰居在都市最阴暗神秘之处，遮盖在某些伤疤、叹息和传说之下。上厕所、洗澡这些日常之事，要出得家门，走动一些地方才能办理。老强常能看到一些女人，手里提着洗漱用品，从某个公共浴池的门面里出来，浑身飘散着热喷喷清香，边走边梳头，或甩动长发，洒下一两个清甜的水珠，从某个巷口拐进去，很快消失了身影。那些见天清早有送水车热气腾腾运来一趟趟热水的地方，竟然挂着天然温泉的招牌，好在也没有人较真，反正洗澡钱不是按温泉收的就行。天好的时候，一些年纪大的人，就来到老强身边，坐上他的破沙发，两手放在扶手上，给他王朝马汉讲述东关这一带的传说。在两年前的一个早上，老强就搞明白了，那每天清晨响起的歌声，并非来自八仙庵的道人，也不是出自罔极寺的尼姑，而是一个老人，骑着电动车，车前绑一个小音响，串小街过小巷，把歌声送遍这片区域。据生于斯长于斯也注定要终了于斯的老居民汪拜仟说，这老人已经坚持十年了，风雨无阻，每天天不亮就载着南无阿弥陀佛歌，在这片区缓缓行进，顺带采买廉价物品，直到八九点才满载而归。

街面上新建起的高楼里，住的多是新居民，在附近批发市场做生意的南方人，在这些楼上最大最好的户型里，客厅里可以绕圈跑步，孩子在家里捉迷藏够你找一阵的。而本市人，住的是一百以内的小面积。就这也够叫老强羡慕的。老强儿子常年在南方打工，这么多年，也没能在城里买上个单元房；他女儿在县城做小生意，嫁了个小老板，财力也只够在县上买个商品房。

这条小街还保留着一个特异景观，那就是阴历初一十五过会，相当于农村的集贸市场，规模绵延几条小街。由粗劣商品和零钱小钞支撑喂养的集市在春天里茁壮成长，由低收入者忠诚参与全力捧场的各种贸易让它们在每一个季节都维持强劲的生命力。谁都知这样的交易是一锤子买卖，货品一旦售出，几乎不存在退换的可能，拿回家是好是坏，能不能用，几块钱的事，自认倒霉。如此贸易特点，也就好像召集了天下各种廉价劣质商品，从服装鞋帽到刷锅的刷子，从花花草草到灵丹妙药，还有市面上已经很少见到的搪瓷产品，各种布匹，从几十年前的库房里拿出来……它们有一个共同特点：便宜，这才最是吸引香客和附近居民的原因。也没有人记错日子，到了这天，天不亮卖主们自己开着小卡车、三轮车，装着他们热情而豪迈的物品，有批发来的商品，有自家种的各种蔬菜，自己加工的熟食，自带音响设备，占据有利地形，乐观地铺展开自己的货品。还有的带了大铁锅和原材料，在尘土飞扬的街头现场加工烹制，铁锅热气腾腾，大铲子无尽翻搅，上刀山啊下油锅呀，糖啊膏呀，捶啊打呀，揉啊擀呀，压啊切呀，可疑而又确凿的食品冒着热气装入各色塑料袋中递给买主，由于便宜它们变得亲切可人，交易迅捷，不必追究更多……真让人怀疑这些廉价物品从何而来，这些卖主从哪里来，他们平时在哪里蛰伏，还是四处转战，只在这一天以神的名义光顾，带来他们非凡的虔诚和火热的贸易。

每当这一天，经过小街的一条中巴车改线绕行，惹不起躲得起的意思，车主们要在七点前逃离停车场，否则就有可能拖泥带水走不利。每当这一天，老强他们分外忙碌，得小心各种摊点、各种工具把车蹭了碰了。

经过一天的喧闹和蹂躏，铺下满地垃圾，这些每半月光顾一次的神秘客人席卷而去。几个清洁工游荡在怅然若失的小街上，像一个梦醒来，落寞地收拾壮烈的残局，清扫光阴燃烧后的灰烬。老强们长吁口气，这才感到，清静如此珍贵，清新的街道啊，吹来五味杂陈的微风，春天的温热气息扑打在脸上。气温，就是被这样的庙会一次次闹得热了。这一次会，跟上一次会，天气就不一样，树阴也在长大，一点点，在变，在变，把春天催生得丰厚肥大，把老强的热爱也浇灌得细节详实。

老强已经爱上这个城市，不，他从小就爱这个城市：省城，大都市，文明古都，那是他当初陕南山地少年的梦幻之地。年轻时他当兵在古城远郊，偶尔会进趟城，那时他就想，一个人，能在这么大的城市里生活，是不是一生就幸福无忧了，不该再有任何烦恼。转业回到县上工作，他内心里常以那个大城市的人自居，家乡人都认为他在古城市内当兵，他也不解释。现在，年近六十的他，终于来这里工作了，真正的市中心，离城墙只两站路，虽然是个看车人，虽然经受风寒酷暑，被人瞧不起，为收三块钱常被人斥骂，偶尔上演推推搡搡，可他不能不热爱眼下的生活。他们夫妻俩有近似于固定住所的地方，每月收入两千多，他每天守着城里人的重要家产，和这些价值几万几十万的漂亮铁家伙在一起，被固定车主道一声强师辛苦咧，他的心，也就暖暖的，苦累也都不算什么了。

只是，要是我也能在这里买个房，哪怕最小的一套，哪怕一室一厅，我能坐在自家阳台上晒太阳，能在自家楼上俯视楼下喧闹的会，看到楼下停满的车，那才叫幸福生活呢。

夏

夏天对老强他们来说，是好过的，尤其是夜班，把工作全当乘凉呢。路两边夜市摊点都摆出来，卖便宜货的借着夜色出售，虽说是夜不观色，按说不适合购物，尤其是买衣服，可低廉的价格还是吸引人，觉得卖主是厚道的，那些衣物也挺可爱的。吃夜市的人闹到一两点，就像是陪他上班一样。汪拜忏陪他说话说瞌睡了，拉长声扯一句秦腔，抡扇子掂板凳回家，剩下老强一人，默默坐在灯光照不到的地方，听年轻人边喝酒边大声喧闹。那些女孩子，这么晚不回家，家里人不着急吗？不打电话找人吗？裙子短得不能再短，衣领低得不能再低，嗓门大得不能再大，举着酒瓶子跟不三不四的男人，喝呀，闹呀，说笑呀，打骂呀，一点不想想楼上居民怎么睡觉，那肆无忌惮的突然爆发的大嗓门，真能把人从梦里惊醒，老强都由不得打哆嗦呢。

夜市摆到人行道上，车无处停，有些车主只好先将车停在路边，深夜再出来挪一次。这使得马路更窄了，要是对面会车，那真是考验人的技术和耐心，一不小心蹭上，停下来交涉，立即拥堵，喇叭乱鸣，吵声不断，马路变成滚油锅，开车没有走路快，这时真觉得有了车是给自己添烦恼的。老强站在路边，一切看得明白，本想上去劝架，但见双方年轻气盛，都是不好惹的主儿，又不敢上前，有劲使不上，只好当个看客。眼见矛盾解决，各自上车走人，小街慢慢流畅，他才放心安坐下来。夜再静，夜市上人少了些，桌椅板凳收了几个，楼上的车主，趴窗户看到第十回的时候，发现人行道上有车位了，大喜，立即跑下来挪车。也有不走运的，等他下来后，刚才那个空位被捷足先登了，再上楼去不甘心，也不想折腾跑路，就站路边和老强闲谝着，等待车位。有些挪车的，把车停好后，站下来跟他谝一会儿，递给他一支烟，和他一起，把自己的爱车看啊看，再给老强说说自己的车况，性能，就像是说着自己的孩子。好像是想把自己对车的爱护之情感染给老强一点，好让他关照自己的宝贝。

那辆面包车车主姓丁，让老强喊他老丁，可他并不老，四十出头的样子吧，个子不高，长得白生生，挺爱干净，头梳得油光，皮鞋擦得铮亮，肚子略显峥嵘，随身总带个小包包，不像司机，倒像是个小干部。老强喊他小丁。小丁是他见过的人里车技最好的，把个八座小面包开起来跟玩儿一样，看着好像进不去的，他一步到位，噌的进去了，看起够呛出不来的，他一把方向，呼的出来了，潇洒地向老强挥挥手，“强师走咧，晚上给我留着地儿。”他给一家大单位开车，每天把面包车开回来停放。他早上准时七点前出门，晚上回来却没点，早了七八点，晚也有十来点的。他给老强套近乎的意思是，常常问老强要几张停车票，他报账的时候顺带多贴几张。有一回他递给老强一盒芙蓉王，着实吓了老强一跳：“哎哟这烟二十多一盒呢，我可舍不得抽。”“抽吧，公家的，不抽白不抽。人家当官的搂大钱，咱还不拿盒烟了。今天单位请吃饭，让我去结账，我给服务员说，再拿三盒烟。你猜这烟在饭店多钱一盒？三十！黑不黑？反正都知道是公家埋单。”那天小丁问老强要了五十块钱的停车票。“人不能太贪，我每次报账不能粘太多，号也不能连，要不让人家发现了不美气……唉，就咱可怜，老强你知我一个月多少工资？还没你高呢，一千三，给领导提了几次，干了四五年了，该给涨点了，那些新来的小青年都拿两三千了。人家领导说，你没文凭，当时进来就是按临时工进的，涨工资没有依据。这叫啥话，我有文凭我能来你这开车？随时听你调遣？这不明着坑人吗？我呀，想明白了，不靠天不靠地，自己给自己涨工资，每月渗他几百块钱，心安理得。”

老强从来只是安心当听众，间或伴以理解赞许的微笑，并且老强只知小丁在南郊，最终也不知具体单位，知道他的这些行为也没有一点风险，所以小丁有话愿给他说。

十点过后，酷暑的夜晚本已开始向着凉爽温柔过渡了，行人渐少，路上车也稀了，人也就放松警惕，老强都有点打瞌睡了。夜市上突然响起吵闹声，但见小胖烤翅的门口，相临两桌几个人先是高声吵骂，又相继起身，揪到一起打起来了。打斗发生得疾速，来不及理清谁是谁非，只见几个人撕扯着向一辆车上倒去。天哪，还有一个手里拿着酒瓶子，高高举起，往敌人的头上砸去，刹那间落下来，车身上已经稀里哗啦。等老强跑过去，人也倒了，车也伤了。老强顾不得人的伤，直扑过去看车。后车门上被砸下一个窝，漆皮蹭了一大片。这还是一辆现代呢，恨他们，打架怎么不往一辆奥拓上倒呢？

老强赶忙喊西边的老刘，叫给周老板打电话，他又立即请小胖帮忙拨打 110，而他看住没跑掉的两人。那几个打架的小青年刚才跑掉两个，剩下两个与他继续撕扯，他一个人的力量眼看快招架不住了，好在他们还没交饭钱，小胖也来帮助老强，让他们不得脱身。周老板家就在附近，五分钟就跑来了，先对着车看，估计损失。一会儿 110 民警也来了，带打架青年和周老板一起去派出所处理。

老刘和小胖看着车分析，要修好这个门，最少得五六千。

周老板带回来一个最坏消息。那几个人是打工青年，最近失了业，除了口袋里一百多，再没有钱，宁可被拘留几天，也拿不出钱来。

周老板回到家里，查到现代车主的电话，通知他车被损伤，叫他下来一起说赔偿的事。

不一会儿，现代车主下来了，心疼地看着自己的车，又听老强说了事情经过。

“那你明天通知保险公司来，估个价，该你承担的我们给你赔吧。”周老板对车主说。车主无奈也只好这样，心情败坏地回家去了。

老强第一次遇到这事，不知周老板会怎样处理，会叫他全部赔钱吗？交接班的时候，他咨询老孔，老孔说，老板出小头，一般是百分之二十，是个意思嘛，大头还得你赔，来上班时候都说清的，谁班上出问题谁负责，要不强调咱们交接班时把车都数好，看清，那就是交责任呢。

第二天，车主带回来消息，修理费除了保险公司赔付的，还得一千五。周老板说按规定他承担三百，老强赔一千二，为了不影响他的生活，分三个月扣完。

老强这才体会到，干任何工作都是有风险的。看车这份差事，再不像从前想象的那样，轻闲无忧，只坐在这里，看好这些车不让贼开跑就行。城市太复杂，人心多险恶，谁要是从楼上扔块砖下来，或者谁家花盆被风刮下，落到车上，也够他受的。

老强再不像从前那样，夜深人静的时候，坐在那里当思想家了，他时刻警惕，密切注视着夜里的行人，关注着那些从车与车之间走过的人，看他们手里拿什么利器没有，看玩耍的孩子有没有伤害性。据说现在社会贫富不均，有些心理不平衡的人，仇富心理的人，夜里拿弹弓把路灯灯泡打破，趁人不备拿小刀或钥匙把车划伤。他想起电视上看过的新闻，一个老太太，不知出于什么动机，半夜里拿把尖刀，把马路边停的车，挨个扎轮胎。哎哟，那看车人得损失多大呀，干几年都不够赔的。

一辆车披一身麻麻点点的尘土，风雨兼程的样子，急吼吼开上老强的领地，车上下来个健壮的男人，年龄可不小了，却梳着小年轻的头式，愤愤不平的样子，砰地关上车门就走。老强过去说："交费，三块。"那人瞪他一眼，不容商量地说："走了再交。"老强说："都是先交呢。"那人嘁一声而去，老强不再吭声。经验教训告诉他，这种人不好惹，大不了不收他钱，吃亏买平安。他在这里，是谁都不能惹的，别人惹到他头上，只好忍着，息事宁人是他最大原则。为几块钱叫人打了或记下仇，划不来。

老强仔细看那辆车，车号是 SS520，确信它从未在这出现过。嗯？什么意思呢？沙沙我爱你，丝丝我爱你？现在车号可自选，好多人按自己的心思选车号，外人看来莫名其妙很不好记的车号里也就寄托着主人的心愿。比如夏天刚出现这里的一个新车，车号 52C77，车主是个高个子白净男子。当时他交月租费时老强登记他车号，说，77？人家都不愿要这号，都拣 8 呀 6 呀的。车主告诉老强，他这车号意思是，我爱陈奇奇，他儿子叫陈奇奇。那么这个男人，这个 SS，沙沙或丝丝，是他女儿，老婆，情人？

直到他下班时候，那辆车还停在那，他想，那人可以如愿省下三块钱了。

第二天他来上班，却见那车还在。连地方都没挪，可见人在这附近住下了。快中午时，见一男一女从旁边肉夹馍店里出来，男的正是那个车主，女的挺年轻，长相一般，可因为情绪的原因满面桃红，也或者因吃饱喝好了，心满意足，边笑边用纸巾擦嘴，飞去一眼给那男人。老强想，这人是沙沙或是丝丝？上个礼拜，见这女人与另一男人一起路上走，后面跟个孩子，三人错开点距离，相互没有话，司空见惯的一家三口。

第三天上午，那男人从对面教堂巷出来，头式服帖多了，不像前天来时那般桀骜不驯，光头净脸地走向自己的车。老强试探着走上去说，“你停了两夜，把钱交了吧，按天数算是十五，给你优惠交十二算了。”

那人惊讶地看着他，像是从不认识他，“我来时交过咧，咋还要？”

“你明明没交，你那天说是走时候交啊。”老强很不解，咋还有这样人呢？

“赶快趔远趔远，啥人嘛，钻钱眼儿里了，你还想收几回钱？”那人义愤极了，上得车去，拉上车门，打着火，不再理他。老强想这人装得真像啊，又拉开他车门，“你说交过钱，那你把票拿来我看。”

“我给你说趔远，听到没？”那人非常强硬。老强其实有点骑虎难下，不要吧，心里气不过，要吧，真碰上二百五，吃亏的还是自己。那人从车里探出身子用力把他一推，他也就顺势退到一边，让开了路。那人送他一个凶狠的临别眼神，英雄一般，大把一抡方向，走了。老强倒真希望他一把方向抡过了，把车碰到电线杆上才好，或者那电线杆上绑了个小铁丝，怎么就不挂上他车呢。

无奈这世上，坏人总得逞，这位 SS520，技术很过关，安全地路过电线杆，扬长而去。倒是那个新手 C77，动不动就挂到电线杆上的铁丝了，新新个车，挂了好几道子。

好几天，老强一直想，SS520，这车号，到底啥意思呢？跟那个姿色平凡的女人有没有关系？这个男人，他就背着这个牌号，带着他公然的表白，面对这大千世界，面对交警路政收费，也不掩饰他爱一个人这个事实。其实，这世上任何看似庄严伟岸的表象何曾不隐藏着男欢女爱的痕迹，城池的陷落政权的夺取正义之战败者贼寇……谁能说其间没有爱情与阴谋。那些推动历史前进改变人类命运的号令，带给人民的福音想必是从温柔闺帷发出，那些血流成河的起因很可能一怒为红颜。老强就想不通了，这个男人，明明是约会来了，自己开心幸福了两天，怎么还会吝惜十几块钱，还对人那么凶，不是说爱情的甜蜜能让人变得温和宽容吗？他跟那位沙沙或丝丝没有谈融洽？相会不成功？目的没达到？唉，怎么回事呢？老强对这些城里人的生活来说，是个旁观者，只是用他自己的观点来猜测，度量。反正他有的是时间，这些事可慢慢琢磨，静静观察。

老强不但对每辆车熟识，进而对每辆车的主人也都知晓，他们的家人，职业，地位，职务，大体都清楚。他没事干呀，每天就是坐在这里，留心着眼前的一切，就连飞过的蚊蝇，他都认得。只是，人们匆匆而过，很少有人注意他。那些不在此停车的人，纯粹的路人，甚至不知路边还有老强这么个人，这里挤挤挨挨停着的车，对他们来说只是碍事的家伙，比如那个沙沙或丝丝，她认为丈夫出差了，孩子放假回奶奶家了，曾经发生的事，神不知鬼不觉，却不知每天坐在路边的老强，有耐心把一个一个片断串起来，连成一个一个渐趋合理的故事。

下个礼拜天，那个许是叫沙沙或丝丝的女人，她又和丈夫孩子一起走在人行道上，路过老强的面前。好像她的生活从来没有一点裂痕和破绽，一切完好如初。老强真想给她说，沙沙，看你男人孩子多好，一家人在一起多好，不要去招惹那个男人，他连个停车费都赖了不交，他能是个好男人吗？

秋

C77 现在已经能够平安经过那个电线杆，把自己的车稳稳倒进停车位里。当初他车还没买，就在这里搞调研，找到老强咨询停车的事情。他家就在马路对面那个朱红色大楼上，当初贷款买房时，物业给他推荐地下车库的车位，七万一个。他说，我买房首付款才六万，怎能拿得出七万买车位呢？再说我的车在哪呢？我这辈子都不会买车的。人家说，现在七万一个车位确实便宜，你可先买下作为投资。他说，我没钱拿啥投资？不想短短几年，就得买车。再去问地下车位，还有最后两个，十三万一个。还是心不甘，我买车才打算十万内，怎会十三万买个车位？谁听说鞍比马贵呢？消受不起地下车位，只好让车停在露天地里。好在就在自家楼下，站阳台上就能看见爱车，半夜起来，掀窗帘再深情望一眼，遥遥给爱车丢个飞吻也是能办到的。毕竟是新手，这小小停车场有时候对他来说情况是复杂多变的，环境是时有险恶的。常回来得晚，好地儿都停完了，只给他留下电线杆旁边。这会儿他只注意右边的电线杆了，却不想左边咔嚓一声响，把裤子专卖店放在门口的广告牌给轧坏了。从店里妖娆多姿出来仨姑娘，花蝴蝶般忽闪着翅膀围上他的车："哎呀我们刚作的牌子，第一天摆出来呀。"C77 镇定自若，在几位姑娘观摩下，先将车倒进去，停好，下来说，"你这叫招牌摆放不规范，怎么能放在路上呢？分明占道经营嘛。"

"我们店门口的空地，就是用来摆我们东西的，反正你得赔，你看看，新崭崭的招牌，轧坏了，都立不起来了。"

"赔多少钱？"

"五十。"

"什么？你就这一个塑料牌牌，就值五十？太过分了吧。"

"这怎么过分？你损坏人家东西就得赔嘛。要不，你车今后天天停在我们门口，你放心吗？"一个女孩说着，看了老强一眼，挤眼笑笑。老强警惕地睁大眼看她，好像是迎战她说，你敢怎么样呢？

"那，赔四十吧。"另一个姑娘说。

“四十也贵，就一个塑料片片，顶多赔你十块钱。”

“算了，都是住这楼上的，啥赔不赔的，大哥要不你买我们一条裤子得了。”第三个女孩说。

“我不需要裤子。”

“哎呀，你这么有身份的男人，裤子多一条两条不好吗？或者给你夫人买，我们这里新进的女裤，来看看呗。”

“我媳妇不在家，出差去了，我不知她要啥样的。”

“哎哟，出差去了？那大哥你就给自己买条裤子吧，进来看看吧，我们这里是全国连锁店，正牌明码标价，先给你免费办张会员卡，就可享受最低折扣，你只要在这买条裤子，从此你家里所有裤边我们都免费给你做，保证你满意。”

“进来进来，来看看嘛。”另两个女孩麻雀般说。

C77 短暂犹豫，跟着那几个女孩子进了裤子专卖店。大约二十分钟出来，胳膊下夹着个袋子。老强问：“还真买了？多少钱？”

“二百二。”C77 红着脸，无奈地笑笑，过马路回家去了。

晚上，小丁回来，把车停好，很高调地给老强发了根烟，“老强，抽烟！”他还主动给老强打着了火。“老强，今天我办了件漂亮事。”火光把小丁的脸都映红了，看起来他很得意。“你猜咋？今天我们副总主动给我说，‘老丁呀，最近报账不？报的话可以多找些票，都贴上，我给你签字，冯总这周出国了，让我管事，看你平时帮我洗车呀，保养呀，为我跑前跑后，我也没啥感谢你的，你就搞一千来块的票，拿来我给你签字吧。’老强你说，要你你咋办？”

老强眨眨眼，“咋办？那就按领导说的来呗，人家说他要感谢你嘛！还能让你多报些钱，一下子就一千多块呢。”

“错！老强你错错错，要是你你就栽了。”小丁狠吸一口烟，烟头弹出去老远。“这是他给我挖坑，我不上他的当。”

“怎么呢？”

“你不知，他跟我们冯总，也就是正头儿，俩人合不来，明争暗斗的，而我是经冯总介绍进来的。他会不会给我设个套儿，借我来开刀，给冯总办难看？”

“噢，有道理……可是，你是不是想得有点多了，也许人家真的是好心，想让你挣点钱呢？”

“小心无大错，我再缺钱也不能这样，人要在节骨眼上门儿清才行。我给他说了，‘齐总，看你客气的，我平常为你服务是应该的，你为公司出大力，我只是为你解决点具体小事，我闲着也是闲着，提两桶水给你把车洗了，也算是锻炼身体，也给公司节约几十块洗车费，齐总以后你需要我办啥事，尽管吩咐就是。只是票嘛，一时还真找不来，谢谢你的好意，等以后真有了，再请你帮忙签字。’我说得滴水不漏，他没一点办法。”

“嗯，你这事办得漂亮，这叫不为眼前利益所动。”

“唉，其实心里也难受，一千多块钱啊，就从眼前失去了，跟割我肉一样，到现在心还疼呢，可又一想，面对诱惑得保持清醒。哎呀老强，我越想我做得越对。老强你看我这种境界，要是当大干部，保证是个清官，不轻易犯错误。”

小丁又抽完一支烟，还没有走的意思，继续跟老强闲谝，注意力好像总在回来的车上。不一会儿，C77 回来了，停车场只剩下一个窄道道，崭新娇贵的 C77 有点举步不前。小丁立即上去指挥，“再向左打一把，再来点，停停，先倒点再上。”C77

按照他的指点，果然稳稳当当把车开到最里面。停好车下来，对小丁说，“伙计，谢谢了。”小丁递上一支烟，C77直摆手，“不抽不抽，不会抽。”小丁把烟放进自己嘴里，问，“新买的车？”C77点头。小丁说，“这个车挺好，虽然是国产车，可是意大利设计师设计，样子好看，皮实，性价比高，其实买车还是要图实惠，那些国外牌子，也都是在中国产的，挂个名罢了。”C77看小丁点评到位，便停下来跟他谝一会儿。爱车的人提起车来，似乎有说不完的话，两人相见恨晚，连说带比划，C77还打开车门，叫小丁探头进去看看里面，上去坐了坐，四下摸了摸。“嗯，挺好的。”小丁行家一般出来，拍拍手。“你这车买得值……伙计是这事，看到没？那面包是我的，我给单位开车，我家就在教堂巷里住，天天晚上停这，是这，我手里有加油卡，单位领的，用不完，你要加油时候，叫上我，去用我的卡给你加，你把钱给我，你看咋样？”C77一愣，本能地身子向后仰，好似防备。小丁指了老强说，“你问老强，我常年停车，都是熟人。”老强接着说，“没问题，这是小丁，他车在这停好几年了，可靠人。”C77想了想说，“那好，我明天也该加油了，下班后你就在中山门外加油站等我。”两人互留了电话，朋友般并肩离开老强，一路聊着各回各家。

每当看着车主们停好车，向自己家走去，老强就想，什么时候，我也在这里安个家，真正的，自己的家，也不需要大，四五十个平方，一室一厅足够。他其实不喜欢那些高层建筑，要看自己家的窗户，得把脖子仰那么高，坐着电梯，呼的上去了，呼的下来了，不沾地气，没意思。他理想的家，就是在一个安静的院子里，有几棵大树，一两栋老式楼房，五六层楼的那种，一梯两户或三户，有个小阳台，阳台上摆花盆搭衣服晒被子，天好时候，他和老伴坐那儿，说话说到打盹，太阳下眯一会儿，那才叫温馨。

满脑子都是房子，逮空就站在旁边二手房中介的门口，把黑板上的售房信息看啊看，哪个小区，几层，多大面积，多少钱，他心里都有数……一个房子售出了，人家把那条信息擦掉，他就有点伤感。他暗暗相中，假设要买的那几套，每天走过来看一看，还停留在黑板上，他心里就挺安宁，算他的存款，还差多少。好像，他随时都有可能实施买房这个重大行动。看报纸，他最爱看房产版面，把上面的户型平面图研究来研究去，想象着哪个适合于他。

面前走过一个人，他不由得想，他家在哪个楼上，面积多大，朝向如何，布局怎样，祖传的还是单位分的，买的还是租的。他曾问过小丁，他家具体在哪个院子。小丁说："就巷子半中腰那个家属院，房不大，七十多平方，我妈单位的，因为我们一直跟我妈住，她不在了，房子就归我了。为这，还给我哥补了两万块钱，他单位有房。这样也好，亲兄弟明算账。"他也问过 C77，你家就在这个楼上吗？ C77 给他指着眼前高层说："就是 12 层这个拐角，看到没？凸出来那个，就是我家窗户，我每天在家就能看到车，看到你。这房，当时贷款买的，首付六万多，每月交一千四，要交二十年，听着就烦人，先还的都是利钱，划不来，问亲戚借了钱先还银行，分几次还清，这叫大额还款，每次要六万以上。"周老板的家，老强每月领工资去一次，在西边那个高层上，一百三十多平方，三室两厅，亮亮堂堂。老强对周老板家不太感兴趣，跟自己的理想差距太大。汪拜忏家情况不太妙，在一个破院子里，好多人家居住。一条又一条小巷里，像串糖葫芦一样串起好多这样院子，巷口一个面包车一样大的房子，除过小木门外的四面水泥墙上，密密麻麻伸出五十几个水龙头，它们就像照集体合影一样，上下两排，相互错开，每一个上面都扣个茶缸大的厚铁筒，下面带把锁子，每家接水时，拿自家钥匙打开自家厚铁筒，用完再锁上。冬天，为防备水龙头上冻，还各自给水龙头戴上棉套，再包上塑料袋，五十多个小装备形式各样，五颜六色，煞是好看。所有的水表，都在那小房子里。汪家有两间半住房，一间小厨房。大儿子几十年来干过不下二十个工作，到如今一事无成，又凑钱开了个小饭馆。四十多的人了，恋爱也是谈了二十多年，挣的钱都投资爱情了，如今却连个固定媳妇也没有，跟他们吃住一起。二儿子三儿子时常带领全家回来看看，无奈这难得的团聚，常常因地方狭小不欢而散。空间小资源又有限，人就觉得总是别人碍事，他人的存在是对自己的威胁，他人也就成了敌人，怎么看都不顺眼，既然你能回来白吃两顿，我们也就空手只带几张嘴来，遇到一起，不是孩子闹仗，就是谁碰了谁一下谁剜了谁一眼，再不就是谁不小心用了妯娌上次忘在这里这次要带走的东西，由此带来的后果不亚于两个国家的边境纠纷，也就像处理边境纠纷一样严正警告，庄严谴责，甚至上升到火力相交，派出发言人发表断交声明。“唉，你说，不让他们回来吧，不近情理，回来吧，难免磕碰，我们啥都不图，给我们拿不拿东西都没关系，吃完喝完碗不收抹嘴就走也行，只求他们别吵架，就这都办不到，你说现在的年轻人都怎么啦，一点谦让都不懂。”汪拜忏提起这事就叹气。老强就劝他，家家有本难念的经。原来城里人也有不如意的地方，也有因生活困窘而生出来的无奈和苦恼。沙沙或丝丝走过时，老强猜想，看她的穿衣打扮，经济状况不像太好，那么她家房子也不会太大吧，充其量跟小丁家水平差不多，装修一定也很简单，材料都是用最便宜的，怎么省钱怎么来。可不管怎么说，人家总是在这城市里有一个实实在在名正言顺的家，夜里睡得安稳，不用担心有一天突然住不成了。夜里老强望着座座高楼上一个个窗口，差不多都亮着灯，人们把忧欢收纳进每个窗口，把自己融化在每一片灯光里。而他老强，何时也能融进这一片又一片方框形的灯光里呢？老强不由得就唱了起来，“我想要有个家，一个不需要多大的地方……”

第二天小丁回来，老强问他，“给那小伙儿把油加了？”

“加了，给了我三百块钱。”小丁得意地说，“这叫生财有道，我时不时请办公室管油卡的人吃个饭，他就多给我发张卡，多拿卡总不犯法吧，我跑的公里多呀。我告诉你老强，这开车有好多门道，会开与不会开，用油差别可大了，我每个月光节油就不少呢，那都是钱。我现在，工资基本不花，全部上交老婆，平常花的，都是另外挣的……”小丁亲亲爱爱地看着自己的车，就像在黑夜里望着自己的恋人。“老强你看看，我的聪明才智，可惜没有大的用武之地，净干些小打小闹的事，唉，当年我要是好好学习，或者有个靠山，咋不当个区长局长啥的，把权力用扎实，好好造福老百姓，老强呀，我要是个区长，就让你承包这整个一片的停车收费，把你们周老板代替啰。”

老强高兴得直咧嘴，立即觉得自己是强老板了。小丁抽完一支烟，掂着自己的喝水瓶子，夹着小包包，哼哼唱唱地走了。

C77 之后，小丁又用他的热心和技术，在停车场发展了两个车友，他教会人家一些节油知识，车辆保养小窍门，还让一个新手把车开到郊外找个斜坡，现场教练了一番半联动，那新手立即水平提高。

“其实开车没啥窍门，就是个悟。我呀，这辈子没别的爱好，就是爱车，叫我整天开车都不烦，在单位一听说让我去送个人接个人，我就高兴，别人不愿去，我去，越远越好。再说，跑得越多，我自己挣钱的可能才多呀。”

小丁给老强说：“谁的车要是出点小麻达，你打电话叫我，我来给他处理好，让他免去修理店，价钱他看着给，我不为挣钱，就为多交几个朋友。”

小丁果真给几辆车排除了小故障，他打着车，伸耳朵听一会儿就能听出哪里的毛病，细心给人家修好。有的人他要钱，有的人，他不要钱，比如在报社上班的 C77，在工商所工作的小胖子，在银行做信贷的细高挑儿，只说，交个朋友交个朋友嘛。对他来说，只是花了点时间，却赢得了一些朋友。但凡谁的车遇到小问题，老强老孔老刘们就说，赶紧给小丁打电话。小丁只要在家也是随叫随到，他把谁的车都当成自己的一样爱着，呵护着，他自称是停车场的技术顾问，渐渐他成了这一片停车场红人，周老板还请他吃了一次饭。

冬

冬季对老强他们来说是严峻的。上班超过半个小时，全身上下就冻透了。就算穿成圆形，胳膊腿都不灵活了，还是不能抵抗寒冷。

他们这个班三人的座位，移到大楼下的台阶上，背靠一个暂时闲置的门面。这个一间房的小门面曾经是水果店，后来又做过小礼品店，但都经营不好，关了门，还没有新的商户进来，玻璃门锁了几个月，好像它也要冬眠。他们在冬天把据点选在这里是因为这里有个小拐角，旁边紧挨着的是肉夹馍店，白天大炉子着一天，炕白吉馍。夜晚炉子封上，伙计们住在店里。这让人觉得此处是温暖的，并且一门之隔的屋里睡几个大小伙子，他们坐在门外也不孤单。所谓工位，无非就是个破烂大靠背椅，面南背北而置，上面搭了个破毯子，软乎乎厚墩墩，左右各竖起两块大木板，遮挡寒风，木板不能太高，要让坐着的人能看到三个方向，使所有车辆在视力范围之内。看车人高高坐在上面，猛一看去，甚至有点像电视剧里皇帝端坐宝座上。汽车们在他眼前台阶下匍匐，对他山呼万岁。

两只破木箱，跟别的东西一起，堆放在木板外面，用于固定木板，木箱上有只暖水瓶，周老板每天会来给他们送次开水，顺便收走一天的钱。老强很少喝水，年龄大了，前列腺也就不那么好，喝了水就添麻烦。只要不是渴得厉害，他从不喝水。

最难熬是夜里十点后至一点半。回来的人越来越少，停车场满满当当，却越来越安静，人也就越发的冷越发的孤单。他盼望有晚归的人，一有车灯射来，他就起身上前，帮人家看着倒车，伸展胳膊指挥一番，等车主把车停放好，钻出车门，见他圆鼓隆冬，像个大熊般站在车旁主动问候，回来啦？人家说，嗯，还没下班啊？他说，早呢，得一点半，接班的人来了，两人把车清点好，交接完差不多两点才能下班。车主说，这冷的天，真不容易，你一月得挣五千块钱吧？有的人从烟盒里抽出一支烟递给他，或者把小半盒烟都给了他，其实不需要他回答什么，已经转身快步走了，他们一分钟都不想在零下的室外多待。小丁话也少了，似乎冬天把他的语言也冻结了，顶多给老强发根烟，例行问候一下，脑袋恨不得全部缩到衣服里，转身就走。

再也没有人回来了，老强孤独地在他的宝座上，用破毯子盖住腿。铁皮桶生着火，大火熊熊，就像好多语言在跳跃，火苗们唧唧喳喳抢着说话，老强就对着火焰说些零碎的想法，他想起啥说啥。他说，大城市就是好，怪不得人都想到城里来。火苗呼的向一边扑下身子说，是啊是啊就是好就是好，城里有梦想城里多精彩城里挣钱也容易人都想到城里来这不你也来了嘛你来了就不想走了。老强说是啊我不想走了我想在城里买个房子，哪怕是四五十平方的。火苗砰的炸开来，哔哔剥剥地燃烧，雀跃着说，好啊好啊，老强有理想买了单元房一切都方便，房子大小没关系只要功能齐全只要是自己的家。火苗迅速把自己扮成红脸膛的小娃娃，摇摆着身子深情地唱：我想要有个家，一个不需要多大的地方……火苗被风一吹，矮了一截，像孩子们猫下腰，秘密协商，然后再次起身，突然变幻为四只小天鹅，手拉手唱着，有个家呀有个家，我的家呀我爱你。旋律转得欢快调皮。老强又给桶里添块木板。这木板都是他们几个来回路上拣来的，或者把别人给的破凳子破家具拆了砍了。冒起一股黑烟，火苗也跟老强一阵咳嗽，压低声音，神秘地说，有人来了。老强往东边望去，见一个流浪汉抱着个破被子试试探探往这边走来。老强说，来吧，暖和会儿。那人龇牙一笑，走近了。老强请他坐在破沙发上。随便说说话，好歹算是有人作伴，驱赶瞌睡和孤单。火光映照在车上，黑车，白车，红车，银车，闪着不同的亮光，有的轻快，有的沉稳，有的神秘莫测凛然高贵，有的惊惊乍乍热情洋溢。在流浪者眼里，老强这工作真是美差，这些车都属于他管。慢慢流浪者把这里也当作他睡觉的地方，白天他就走了，不知去哪儿游荡，深夜里，只要老强点起火，他就来了，好像老强这里是他的烽火台。

老强有心在今年过年时跟儿子女儿商量，用他从前的一点积蓄，用儿子的名字，贷款买房。将来他老了死了，房子是儿子的。

他还有一个心愿，今天过年他们全家在城里过，因为他不放假，家里老人也都没了，他回家也没啥意思。儿子女儿虽说常年在城里打工，可他们从来没在城里过过年，一到过年，他们就跟着了魔似的，想尽各种法子奔回乡下，好像只有乡下的年才叫年，只有乡下的家才是家。去年过年就是因为他要上班回不了家，妻子所在的研究所一放假，就急急回家去，临走给他做了些吃食，放在门外用个大盆装上，够他吃几天。要她在家里，儿子女儿才有地方去呀，心里才是个安慰呀，没有爹妈的家,那算个什么家。害得老强一个人孤零零在大城市过了个年。

可是，儿子女儿要是来了，住哪里？住招待所？一大家子吃住行，都得花钱。算了算了，人生多少美好愿望，都因钱而夭折。

圣诞节，教堂门口从两天前就开始热闹了，院子里高大的圣诞树上挂满彩条，教徒们带着各种奉献，密集而来，车辆也停得多了。老强又紧张起来。24 号下午，巷子里人就满了，附近中学的学生，也来凑热闹，三五一伙，打打闹闹，在汽车缝隙里钻来钻去。要防着他们推的自行车不小心把汽车刮蹭了。

腊月眼看过了一半，打工的人都慌慌着回家，有的店铺门就关了。

固定车主回来得越来越晚，回来的，又随时会出去，就像是得到了来自哪里的一个召唤，急急从楼上下来，神神秘秘，提着大包小包，发动着车，哗啦啦啦，松动的地砖像一阵催战鼓，送他们出征，向着一个又一个战场，奔赴而去。老强已经爱上了这哗啦啦，它是打破寂寞的音符，能给他带来问候或者道别，问询或者回答，一些新的信息，间或趣闻逸事。有时候都快十点了，还有人提着东西开车出去。回来的人，也大多从后备箱里提出来好多东西。好像过年就是人们比赛搬运种种吃喝物品的时候。C77 夫妻俩早上出门不见一起，晚上却双双回来，总是回来得晚，常常只有老强宝座之前的位置了。这里不好停车，回来早的，都不往这里来，几天来都留给他。C77 看来是个稳当人，开车不急不缓，除了车身上夏天时挂几道铁丝印，并没有听他说出什么别的问题，车也常常洗得很亮。夫妻二人，下得车来就走向车后，打开后备箱，两个脑袋钻进去，嘀嘀咕咕，挑挑拣拣，每人手里拎满东西。老强每次都客气地打招呼，回来啦，这么晚啊。二人中的一个乐呵呵解释回来晚的原因，回父母家了，或是去看老师了，走亲戚了，平常工作忙，过年呢，得去走动一下。小媳妇凑到丈夫耳边说点啥，从车里提出个大盒子，放在老强座位旁边，“强师，把这盒柿子饼你拿回家吧。”老强说：“哎哟不要不要。”男的说：“拿着吧别客气，我们还有，唉，一到年底，净发这些不值钱的东西，都是拿广告换的，沉哇哇的，天天往北郊我家里送，我们又不在这过年。”老强看看打开着的后备箱，红色的盒子袋子还有好几个。男的一扬胳膊，把后备箱砰的关上，夫妻二人跺着脚走了，要赶快逃离寒冷。

看样子，小丁的待遇没有 C77 好，他也是天天回来晚，可很少从车上拿下来东西，只有嘟嘟囔囔的不满，有时候嘴里还不干不净，说给人家正式职工发几万年终奖，给他只有两千块。“妈的，明着欺负人，我比他们都辛苦，干得都多，这快过年了，还得拉着他们去请人吃饭，到处上贡，我又不能喝酒，只在一边看着，大不了多拿两盒烟，再没啥油水了。来，强师，抽一根软中华，这烟在饭店你知道多少钱？九十一盒，我们老总只抽这烟，看看，就这样糟蹋钱，轮到给我们发点年终奖，嘿，没钱。”

“还有比这贵的烟没？”老强把那根价值四块多钱的烟放在火上点着，搁嘴里。深深吸一口，软，绵，香，果真有尊贵气息，不是五块钱一盒的贱家伙能比。

“多的是，我给你说老强，这世上，多贵的东西都有，只要公家掏钱，没有啥不敢买的，你知道不，领导们，都是单位给供上这烟抽，他们叫拿，不叫买，哪个级别的人，一个月能拿几条，那是有规矩的。现在领导到一定级别，出去吃饭，根本不带钱，一人发张卡，定期往上打钱，也省得再让领导拿发票回来报销了。”

老强听得入迷。小丁看看表，“快十点了，赶快回家睡觉，明一大早还得送领导去机场，人家去北京进贡呀，打飞的送礼去。看咱过的啥日子，就在加油卡、停车票上做点小文章，唉，混背了……”小丁转身，唱唱哒哒去了，看样子不是真苦恼，想必他也早已接受，人和人，毕竟是不能比的。

老强冷得受不了，起身清点车辆。一辆黑色小车，无声停在路边，人不下来，也没开灯。看样子是等人。车就在他地盘的路边，紧贴着道沿上停放的车辆。这个人想干什么？老强不能放松警惕，越到年跟前越得小心。人不下车，就不能收费。老强站在几步远看着。看不清车的牌子，但看体型轮廓，定是好车，车上一定是当官的。小偷小摸的人，不会开这么好的车。可大半夜的，他停这儿干什么呢？老强走到车后看了，是辆奥迪A6，本市牌号。一会儿，又一辆车停在后面不远处，像是感应一样，两辆车同时打开门，走出两个人，相会于两车之间，握手，寒暄。后来者说，“哎呀刘局你好你好，见你一面真不容易，我今晚下决心了，找到半夜也得找到你，过年呢嘛……”说完打开自己车的后备箱，搬出两个箱子。这让前面那个人为难了。他说，你稍等。走回自己的车，打开门，借着车里的亮光，老强这才发现，他的车里，除了驾驭座上，全部被各种物品堆满，后排座上，都快拥到车顶上了。他又打开后备箱，颇费踌躇地挪啊，搬啊，想腾出点地方。后面车上那位也上来给他帮忙，两人忙了好一阵，算是成功地把两个箱子塞进车里，两人又近距离握手，身子都快贴到一起了，嘴巴凑到刘局耳边低语，手和手之间秘密交接了什么，然后分别上车，各奔东西。后面这辆，轻快地调头而去。前面那辆车显得那么沉重，缓缓起步，在不平的小街上，一颠一颠地走了。路上再没有车，可他行驶得很缓慢，他不能刹车，否则后排座上的箱子有可能砸了他尊贵的脑袋。他走了，他把一个问题留给了深夜的老强：只一天，车里就装得满满，那过年期间，他家里怎么堆得下这些东西呢？

怪不得，当官的得要大房子。还有他们的口袋里，被多少神秘的卡呀票啊、热情的信封啊装得鼓鼓囊囊。谁能算清一个当官的，过个年收多少钱物呢？

那辆 SS520 又来了，车也迎新年，擦洗得挺干净。老强等车停好人下来，走上前去，想着时隔几个月，此人会不会觉悟有所提高，噢，也不会几个月里他都没来吧，也许来的时候，不是自己当班。不想那人从身上拿出个证件，举在他眼前。老强看得清楚，那是交警队发放的车辆停放监察证，只要有这证的人，都免交停车费的。几月不见，他觉悟未见提高，倒是手段提高了，门道宽广了。这种证件老强在工作中偶有见到。现在的人办法真多，什么证都能弄来，认识公交公司的人，可搞来乘车证（当然人家不叫乘车证，也叫什么什么监察证）；认识书店的人，可要来购书打折卡；认识超市的人，可轻松办来积分卡、提货卡；听说民航系统的人，每年都享受一次免费机票，自己不用的，可转让给亲戚朋友……只有老强这样的人，除了在县上的医保卡、退休金的银行卡，是没有任何卡的，他在这个城市，是个任啥没有的人。可是，他还是爱这个城市，越来越爱，他爱这个城市的每一个季节，每一个清晨和黄昏，每一个起风的日子，每一个落雨的时节，每一个走过他眼前的视他不存在的人，每一辆固定停放和临时停放的车辆，甚至这个停车不交费，还对他很凶的男人，他都怀着一股温柔之情和宽让之心……他更爱这个城市即将到来的春节。虽然他除了工资之外，什么都得不到，不像他们，见天打开后备箱往家里提东西。可是随着年的临近，他还是激动。因为，很可能，过了春节，他在这个城市会有一个真正属于自己的家，起码，他开始实施买房的计划了。

腊月二十三小年这天，一大早，天还不是太亮，一个耀眼的色彩把迷迷瞪瞪的老强照清醒了。一个女人走过他眼前，高个子乡下女人，不老也不年轻，人挺顺溜，穿件亮黄色上衣，背个挺大的黑色人造革包，式样很老旧了，成色却挺新，黑亮黑亮的，看样子这包平时当宝贝一样在箱子里放着，出门才用上的。她缓缓走过，几乎没有声息，迷迷茫茫的，向西走了几步，站下来，又转回身向东走，再次路过老强眼前，微微拧着眉，眼里是没有休息好的焦灼与干燥，嘴里好像叹息一声，站下来，没着没落地四处瞅瞅，就看到了老强，问："大哥，你听说这附近有个易盛贸易公司没？"老强想了想，好像没有印象，摇摇头。那女人不甘心，"他说就在八仙庵这一带，我昨儿找了半天，都没见。""这种小公司多了，好多都不挂牌子，有的租的单元房，不定在哪个楼上呢，你打电话呀，叫人下来接你。"那女人叹口气，眼里蒙上一层迷雾。微张下嘴，却没说什么，又向西去了。

上班的上学的都匆匆出动，小学生陈奇奇睡眼朦胧地爬进爸爸车的后排座，车还没发动着，他就倒下了，可能会借着路上的时间再睡一小觉。一大早，他被爸爸载着，不知到哪个秘密据点学奥数去了。东边学校补课的初三学生和高中生统一穿着蓝校服，校服内套着棉衣鸭绒衣，把校服撑得鼓囊囊。一群群的，急急向学校赶去。城里人不知为什么把孩子的学习抓这么紧，都到年跟前了，还玩命补课，哪有那么多课可上，让孩子学那么多，做那么多作业，有啥用呢？快十点，该走的都走了，不该出门的，还都在家里，路上的人又复稀少。接班的老刘来了，老强和他交接好，向西往家里走。快到八仙庵门口，在一个青砖墙的拐角，看到刚才那个亮黄衣服的女人，和一个高个子男人，错开半个身子，面对面站着，各自越过对方肩头，看向远处，分明是在进行某种商谈与较量。看那场景，他们被一个议题固定在这里，已经进行了好几轮磋商，有好长时间了，好似脚下生了浅浅的根，不好轻易拔脚。一阵冷风吹来，老强听到那女人用很土很偏的方言说，"不管你有，还是没有，这都是咱的隐私，过年哩，你跟我回去，咱把家里大事办了……"女人那口气里带着无奈，压抑，愤恨，还有一丝丝小心翼翼的讨好，很明显，她大度地用了"隐私"这个词，这个前卫的词给她带来屈辱和些微的自豪，高个子村妇昂着头，并不看那男人。那个男人，也是高高的个子，也是很顺溜的样子，穿着黑色皮衣，看样子在城里混得还不错。情况很明白，当年他们曾是般配的一对。天地为证，他们有过亲密的情义，厮守过一些岁月，有了共同的亲人和家业，可是现在。"你听我给你说，"那男人用手轻轻捣了一下女人肩头，女人赌气地甩甩肩膀。哀怨，愧疚，失望，委屈，种种复杂气氛弥漫在这个青砖破败的墙角，使他二人顾不上寒冷。四周再没有人，老强不好站下听人家夫妻说隐私，只好继续向前走去，尽管他很想知道，这个男人，最终会不会跟女人回家，在过年的时候，一起出现在众人面前，出现在年这幅风俗画卷里，好给大家一个交代。

八仙庵门口，摆着个大牌子，白底红字，八个大字，"进庙请香，外香莫入"。一个道人拿着大扫帚，绕过那块牌子，在清扫其实挺干净的地面，让人觉得他不是为扫地，而是锻炼身体。不大的一片地上，除了那个"进庙请香"的牌子，再也没有别的东西，此牌就显得重要而明确，开诚公布，简洁明了，相当于饭馆门口的“外菜莫入，谢绝自带酒水”。

老强给妻子说了想买房的事。妻子叫他说得动了心。关键是妻子这几年来，也已经习惯了暖气瓷砖地板，习惯冲洗干净的拖把，习惯于清洁卫生。她操心自己年龄大了，研究所不让她干，那她们就失去这个八平方的楼顶住房。可他们，已经差不多认为自己是这城市的一员了。

老强在夜里再看楼上那些亮着灯的窗口时，想法就多了。这城市数不清的大楼，数不清的窗口，怎么就没有我老强的一个呢？他继续站到二手房中介的门口，一个个看那些四五十、五六十平方的房子，想着它们的布局，结构，想着暖气管道，想着水厕到位。

夫妻二人仔细核计，老强的退休金，加现在二人工资，有三千多，他们除了吃饭，基本没有什么别的开销，如果有一个首付四五万，月供一千多的房子，他们可以考虑。可他们这年纪，银行是不给贷款的，那就用儿子名字买。下来要做的就是，打听下买房要不要户口限制。

很快从那位细高挑儿的银行信贷员那里打听出来了，购房不需本市户口，有钱就行，如果办贷款，有银行担保就行。这些，中介公司都可给你办好，他们会给你儿子开一个在本市某公司工作几年以上的证明。“现在的事嘛，只要你肯出钱，啥证明都能给你开来。到时候，中介那里要是不好弄，就来找我。”信贷员信誓旦旦，让老强心里好生温暖，觉得自己在这个城市已经有了几个朋友。现在，汪拜忏，小丁，C77，老孔，都知道了他想买房的事，时不时有信息提供给他，C77 天天将报纸的房产专版剥下来给他。小丁说，“你不必找中介，叫他们从中挣钱，熟人中打听最好，或者到时你在这一带贴求购信息，注明中介免谈。你相信吧强师，你所有手续，车主们不是这个就是那个，总能帮上你，强师你看，这一片车，哪个不是你的资源。”

老强都有点热血沸腾了，他让妻子过年回去见了儿子一定好好说说这事。如果儿子肯出点钱，他们再借点，一把付清，十万左右买个二手房也行，哪怕小小的，哪怕一室一厅，只要是自己的房子，像小丁 C77 细高挑儿小胖子他们一样，每天回去的，是真正属于自己的家。他离六十还有几年，身体挺好，他顺顺当当把看车这工作干到七十没一点问题的，当然，得周老板继续用他，那就是说，他要表现好，还要跟周老板拉好关系。他一直在这里看车，下班了，也回到这附近某个楼上，用钥匙打开一扇自己的门。他还可把孙子接来上学，由妻子每天接送，像城里人一样，也给找个奥数班，赶猪娃一样赶进去学奥数。

老孔家在近处农村，想过年回家两天，叫老刘老强各替他一个班，他初二赶来，给两人还班。

老强说没问题，反正他一个人，在哪都是过年。

妻子又像去年那样，提前一天炸呀蒸呀煮呀，给他做了一盆好吃的，用盆扣在楼顶的冰天雪地里，在腊月二十八失急慌忙回陕南老家去了。

除夕这天，老强要从上午十点值守到半夜两点。他在家吃得很饱，又带了个烧饼夹腊牛肉，饿了就喝热水吃饼。周老板说，晚饭会给他们送饺子，一人发一瓶西凤酒。老板娘一大早就在家包饺子煮肉了，要慰问一下老强他们，吃吃他们老家的肉臊子饺子。

过年这件事，说起来是 365 天才轮到一回，可怎么好像在人的心里，哗的一回，哗的又一回，去年过年的感觉如在昨日，今年的年，忽拉一下又来了。想想人的一生，无非也就是七八十回过年的感觉，而他，已经过了五十多个，剩下的，只是人生一少半，老强心里涌现一个新闻联播里常说的词，倍加珍惜。

就像《动物世界》里蚂蚁搬家的快放镜头，人们忙忙乱乱四处跑四处蹿，好像就要世界末日了，送礼的，收礼的，看望的，回家的，各忙各的各取所需各有所得，只是为了在某一时刻各就各位。我们的目的一定要达到，我们的目的一定能达到。似乎每个人都这么想，好像城市上空飘荡着这个声音。而现在，所有的人，都一头扎进年里，不管我们目的是否已达到，所有一切，都一笔勾销，一切归零，恩怨情仇都放下，暂且过年，不管这个年，是个密穴，还是火坑，是场欢宴，还是个骗局，反正它是一道槛，所有的人，都得面对。

今年没有腊月三十，二十九就是除夕，昨夜下了一夜雪，除夕这天，所有单位都已放假，快到中午也没有人来出车，车们都披着厚厚的雪，封冻在雪地里。

午饭后，C77 小两口双手提满东西，从楼上下来开车，他们要回父母家过年了。先将东西放后备箱，打着了车，男人拿出精致的小号棉拖把，一点点扫车身上的雪。小媳妇站一边有点不耐烦地看着。裤子专卖店里，女孩子在门口探头，男主人神采飞扬大声说，“你好，还不放假呀？”女孩子卖弄风情地说，“我们过年一天假都不放。”语气里有撒娇的意思。男主人对着自己车上的雪说，“辛苦辛苦。”小媳妇脸扭一边，看着老强这里，又回头给男人说，“行了用不着擦那么细，车一开雪自己就掉下来了，快点走，路上还买东西呢，每年就咱们回得最晚。”

老强想，连着这么多天，都拿那么多了，还买呀，你们过个年得需要多少东西？

车身上打扫完，又抹风挡玻璃，小媳妇不满地瞪眼，把双手装袖筒里，两脚在雪地上跺着。风挡玻璃已经冻住，扳扳雨刷器，动不了，玻璃上一层冰，很显然影响视线。男主人嘴凑上哈气，再用抹布一点点擦，对自己的爱车有着非凡的耐心，显然早已超过对媳妇的热情。裤子店女孩子端出一盆热水，殷勤地说，“热水泼上，冰就化了。”男主人说谢谢，接了水盆。“不敢泼！一泼玻璃就炸啦。”老强突然大声疾呼，男主人赶快住了手，惊魂未定，把盆还给女孩子。女孩子吐吐舌头，端着盆回店里去了。

小夫妻俩上车，与老强挥手再见。

一个下午也少有车出动。这世界，各就各位了。

快六点时，周老板端着个大纸盒子，媳妇手里提着袋子，给老强送饺子来了。老板娘捧出一只大碗，上面盖着臊子，下面是饺子，实实的一碗，叫老强趁热快吃。周老板把一瓶西凤酒放到他身后的破木箱上。

“还有这种吃法？饺子都够好吃的了，还要给上面浇臊子。”老强用筷子拨开臊子，先挖出一个饺子吃，大肉萝卜馅，真香。

“在俺老家，只有过年才这样吃，臊子里要有肉，有炸豆腐，有白菜、粉条。肉得提前煮好，切成小疙瘩儿。这是荤臊子，还有素臊子，那就是胡萝卜菠菜粉条，开水焯了后趁热拌。唉，现在人都不欠吃的了，只是过个年味。”

老强是周老板送饭的最后一站，他们夫妻二人也就停下来，跟他谝一会儿，也算是夫妻一起出面慰问下属，想必二人此时的心情相当于奥巴马和米歇尔重大节日会见民众。

老强吃完饺子，老板娘收了碗，又把一张胖脸笑成个大花朵，对老强说了些吉祥话，端着大纸盒子去收那几个人的碗去了。周老板给老强递根烟，坐在火边跟他拉话。看样子周老板下午喝酒了，脸红扑扑，话也有点多，一张嘴，拦挡不住的样子。

“我从家里出来十来年了，要说现在有点小名堂的话，也是从看车起家的。干这活真不容易，冬天冷，夏天热，受罪不说，还得受气，我受过的气，那，三天三夜都说不完，哄你我都不是人。早些年我自己承包一小段地方，和媳妇一起，见天从早到晚，守在那。那些龟孙，下了车端直就走，好像根本看不见我，我满脸带笑，为了两块钱，就跟他孙子一样啊，颠颠跑他跟前，他们连瞅都不瞅我一眼，眼珠往上翻了翻说，我哥是×大队的，就这一句，就可不给钱……”

快八点了，鞭炮声稠密起来，人们好像都想在电视春晚之前先放回鞭炮。还有一些礼花，好像专为来照亮周老板红扑扑油光光的脸，那是成功者光鲜满足的一张脸，讲起忧伤的往事也是一种财富。

“那你还不错哩，短短十年，就在城里买了房，现在承包这一大片，稳坐家里收钱，多美的事。”老强恭维周老板。经周老板这样掏心掏肺一说，老强内心的义气感也激发出来了，看来每个人都不容易啊，总体来说，周老板没有忘本，对他们还算仁慈，他要给人家好好干，每天只往自己口袋装十来块钱，绝不能超过二十，人心要知足。周老板顺当承包这片地方，他老强顺利干到七十岁不成问题。周老板说过，只要他们不说走，他姓周的不会撵他们走。

"唉，干啥都不容易，除了合同规定的钱，还得年年给上面进贡，那可不是几百几千能打发的，否则就干不成，人家一句话，一个电话，这里立马就得换人。"

老强一激灵，那可不敢啊，上面一句话把周老板换了，那他老强也得立马走人。"那你可得每年给人家打发好，叫你一直干下去呀，你看你现在经营得多好，这个行业很有前景，附近高楼越盖越多，车也越来越多，可空地是有限的，生意只能是一年比一年好，将来行情还涨的。"

"嗯，得涨，打算过了年就涨，起码一个月一百八。"

老强心里迅速盘算，每辆车涨三十，这一大片停差不多五百辆车，光固定停车这项，每月就多见一万五。唉，到人家这份上，挣钱也就容易了。

"老强啊，今晚你辛苦，这可是一年之中的重头戏，这几个小时没啥车来，都在家看电视哩，你等会儿靠沙发上眯着，一过十一点，烧香的人都来了，他们都赶大年初一烧头炷香哩，唉，其实头炷香，早叫做生意的南方人订下了。这四处都挤满车，周围大马路上车都流不动，都往八仙庵和罔极寺里去。你可不知道，那才叫人山人海，水泄不通，来个车就是三块，来个车就是三块，他奶奶的，全世界的车都来吧。嘿，我先回家了，过了十一点，我老婆，我俩儿子，全都出来收钱了。儿子说，他要在家把春晚看完，我说不行不行，看春晚能看来钱？再说了，过年期间还重播几百回哩，你下到楼下，收钱收得你小鳖子儿手都疼，这世上啥最好，钱呀。"周老板从火苗上把手收回，站起身，伸了个大大的懒腰，脚下拧绳般，踏着雪地去了。

果真，十一点后，小车们从东西南北朝这里涌来，连窄窄的教堂巷里，都停得满满当当，后面的车还涌着，排着，催着，向东一直延伸到一里外的大马路上，车灯连成一条河，用最慢最慢的速度流淌。

周老板一家四口都来了，在他们的地盘里快活地跑来跑去，将灯光长河里的一朵小浪花拽出来，引导指挥着，给他们找停泊之处，关照它们安然熄灭。他们和这些虔诚的信徒一样，真恨不得此时能生出几个足球场来。

车已经堵到大马路上，小街上车辆挤挤挨挨，车灯闪烁，喧闹如白昼，周围几条大马路上，源源不断的车辆继续向小街涌来，最终大家都走不利了，一点一点蚂蚁般挪动。鞭炮声不断，天空不时亮起火花，将车辆照出各种绚丽的色彩。步行的人，三五成伙，相扶相搀，在鞭炮声中大着嗓门说话，唱歌，年轻人嘻嘻哈哈，拉拉扯扯，在车与车的缝隙中跳着，跑着，闹着。有花炮飞过头顶，嗖一声炸开，像一朵百合花灿然绽放。

寒冷被吓住了，被这喧闹的午夜感化了，静悄悄隐退，把虔诚狂热和纷繁让位给这条小街。老强再也不冷了，他跑来跑去指挥车，收钱，撕票。不管是马路边，还是停车位，只要有人下车锁门，就表示他已经把车停在此地了，就可上去收钱。那些信徒们对夜半还有人收钱感到惊奇，当然他们只是惊奇，也不在乎几块钱，过年呢，又是来上香进贡，所有人都变得宽容大度起来，出手也大方。那边老王过来小声说，收五块也有人出，这会儿啥都是乱的。

老强的手里有了好多好多零钱，抓不住了，就塞在口袋里，口袋里也塞满了。好多人也不要票。老强想，回头怎么给周老板交呢，自己截留多少呢？刚发过誓，一天最多只能渗二十的。

可是今天特殊啊，周老板也许不计较，他压根算不来收了多少钱。不，人心不能贪，不能因小失大，如果我给自己口袋多装了五十，或是一百，周老板会有所感觉，他如果对我印象不好，不让我干了，那可就划不来了。可是，眼见这些可爱的钞票就在我手里呀，我一年到头多辛苦啊，我为什么只能给别人收钱呢？唉，真是恼人，怪不得那些当官的贪呢，原来贪婪是人的本性，看着钱在眼前，在手里，怎么能不动心呢？哎哟哟，真真是个难题。

全世界都是车啊，全世界的车都涌向这里啊。哪里传来南无阿弥陀佛的歌声？是那个虔诚的老人，骑了电动车，灵巧穿行在车与车之间了，让永无尽头的歌声随着汽车流淌，随着时光流淌，随着生生不息的轮回流淌。

午夜已经来临。正月初一到了。春天来了。过了年，天不再冷，看车人的日子会好过些，过几天，他妻子从老家回来，带回来他儿子女儿关于买房的意见。

不远处的八仙庵里，再西边的罔极寺中，争得头炷香的人，已经虔诚地跪下了，把他们的额头深深磕了下去。主事的道人和尼姑敲响了钟声。

老强怎么觉得，那跪下去的人，好像是他自己。

发表于《芳草》2012年第六期

爸爸的房子

一

爸爸的房子，是哥嫂的心事。这一点，朱红很清楚。

朱紫那里好说，她早就表示放弃爸爸房子的继承权。难缠的是小妹朱黄。

“凭啥要给他凭啥要给他？法律规定，老人的财产每个子女都有继承权。”

“咱哥怪可怜的，快五十了还没有房子。”

“我也没房呢我也没房呢，现在还是租的房子住，我不可怜？再说了，男女平等，哪条法律也没说儿子比女儿重要！”右手背拍打左手心，啪啪有声。朱黄扯起这些来总是伶牙俐齿。家里老小，平常无理都要犟三分，如果得点理，那就更是不让人。朱红心说，你可怜是自找的。不再与她理论，知道她没个定性，等她下次心情好时，再说吧。

嫂子想套朱红的话。“怪只怪你哥我俩没本事，到现在挣不来一套房子，实在没办法，才瞅视着咱爸这套房，我和你哥都好凑合，只是朱小罗，他要是没房，那绝对是找不来对象。”这最后一句，分明就是威胁了，明着告诉朱红，你们姓朱的，有可能因为房子问题而断了后。

朱小罗是哥嫂的儿子，大学考了三年，无奈上了三本，也就是拿钱买出来的大学生，上了四年，花光爹妈攒的钱，找的工作自然也不景气，基本上养活不了自己。从小就在爷爷那里住着，他也认为，爷爷的房子顺理成章应该让他继承。

朱红拍胸脯大包大揽，“将来朱小罗找了对象要结婚，就结到那里吧，咱爸住一间，他们住一间。”

嫂子脸上立时有了笑意。

“那，我跟你哥商量着，能不能最近把房装修一下，朱小罗二十七八了，如果有女孩子提出到家里看看，咱爸那房子，八几年分的，就中间刷过一回墙，现在厕所的管道都生锈了，门也翘了，插销都插不上，用个铁勾子挂着，人家来一看，像啥样子？”

“也行，那就装吧。”

“所以，这事，还得跟咱爸和朱黄说说。装修的钱，由我们掏，你们啥都不用管……”嫂子的意思再明白不过：那就说定了，房子给我们了，我们可就掏钱装修了啊。

爸爸同意房子给儿子没问题，可他不愿受折腾，他的意思不想装修，就这样破破烂烂住着，等将来我死了，你们随便。

朱红跟自己的爸可以开玩笑。

“爸，你看你身体这么好，咋不得活到一百岁，你要非说你死了后才允许装修，那不把朱小罗也等成老头了。爸，咱也得为年轻人考虑下呀。”

这样哄着说了几回，爸总算同意。

接下来，又做朱黄的工作，苦口婆心地说，“咱啥都不为，只为大家在一起和和睦睦，只为咱哥好，他一心二心就想要这房子。”

“这就叫聪明反被聪明误，当年咱这一片刚开发商品房，只用交四五万首付，银行贷款，每个月还七八百，两室一厅的房，多好，动员他们买，就是不买，说没钱，哪里是没钱？他们就是怕买了后咱爸的房他们不能独吞。哼，他们就想造成个结果，我们就是没房，我们就是可怜，看老头的房，给不给我。”朱黄说起别人的不是，总是话题很丰盛，感情也很充沛，就像是拆毛衣，扯上一根线，说出一大堆。

“算了，事情过去了，现在不说了。平常咱爸对你接济最多，退休金一多半都给你，这些年，你花了我们多少钱，你自己心里清楚。房子方面，你就别争了。到时让咱哥给你补两万块钱，好不？”

算是把朱黄说服了，不再反对。

朱紫在这边跟爸商量：“爸，房子装好后，你能不能住北边小间，把南边大间带阳台的，给朱小罗住，他反正快要找女朋友了，将来结婚，也就直接结到你这里，你年纪大了，相互之间还有个照应。”

哥嫂至今住在集体所有制单位的半边楼里，一间半房，水厕公用，冬天无暖气。单位前些年倒闭，两人都办内退回家，分别找了活干，出力不少，挣钱不多，轻易也不敢请假。

朱红跑前跑后帮他们买东西，监工，和工人交涉，搞价，倒好像是她自己装修房子一般经心。哥嫂放心地把钱交给她，请她全权代理。朱红买袋大白粉，买包钉子都记好账。

花了五六万，忙了一个月。验工后，一个账本条条件件写得清清楚楚，交给嫂子，剩下几百几十块也非要还回给嫂子。嫂子基本上是两眼含泪了，再次信誓旦旦，“将来咱爸老了，我来伺候。”朱紫来参观了房子，帮爸爸在北边小间里安顿好。“爸，委屈你了，住小间里，咱这是没办法的办法，啊，为年轻人想想，你孙子要是找不到对象，看你操心不？”爸爸对他住北边小房间也没有什么异议。

“你俩就放心吧，今后这装修好的房子，再不能像从前那样又脏又乱没人管了，我时不时来收拾打扫，保持干净，让咱爸心情舒畅，安度晚年。”嫂子看样子心情很好，趁着朱紫在，又甜言蜜语地表态。

大家都盼望着，朱小罗能尽快领回来一个女孩子，检验他们装修好的房子。可那个合适的女孩子就像捉迷藏，迟迟不出现，几个似是而非的身影飘过，不是这问题，就是那问题，好容易有那么一半个不嫌弃不挑剔的女孩子了，朱小罗却看不上。忙来忙去，总是没有一个女孩子来参观他们装修好的新房。

二

爸爸突然领着朱黄来找儿子朱亮，问他要钱，因为朱黄的丈夫跟人打架，进了派出所，要赔医疗费，要交罚款，下来得有近十万的花销，到处凑钱，还差五万。朱黄跳出来说，要想让她放弃爸爸房子继承权，朱亮得给她五万块钱。朱亮一想这事不妙，朱黄找这个男人，双方都是二婚，结婚几年来，男方汪志强，不是跑运输车被扣，就是经营网吧违规被罚款，再不就是商场偷钱包被捉，反正每回都得用钱摆平，朱黄不断从爸爸和哥姐那里要钱，每个人那里，她都欠过几千几万的，拿的时候火烧眉毛，半夜打电话敲门，领着孩子来了。说是借，但从未还过。

“早知这样，我们就不装修那房了，投进去五六万，现在她又这样闹。”嫂子先是受了天大委屈，好像谁设计陷害了她，阴沉着一张大圆脸，来找朱红理论。

朱红头疼得没法儿，给朱紫打电话。“你说说，我一天到晚这算什么事，咱嫂子来给我发牢骚，说话可难听了，朱黄那里又劝不下，烦死我了，晚上又睡不着了。”

“叫我说，他们爱咋办咋办，一个没本事死盯着那房，一个爱惹事成天要钱，把你夹在中间难为死不成？你成天操不完的心，替这个想，替那个想，他们谁又为你想，我就想不通了，她凭什么来给你脸色看？噢，她的意思，房子咱主动给她，还要没有任何岔子，她不能受一点晉乱，咱们姐妹还得给她说着好话，哄着她，求着她，她算干什么的？你问问她，给咱们家作啥贡献了？”朱紫离得远，家里这些烂事，眼不见，心不烦，站着说话不腰疼，隔岸观火地谴责嫂子两句完事。倒是可怜了朱红，上班的商店门外，哥嫂每天路过，一点点小事，都要来来回回地翻扯，一句话，一个眼神，都会引出无尽联想和情绪，直至弄成一个事件。秋后的豆角秧，结不出果实，只是枝枝蔓蔓地缠绕。朱红常常里外不是人，除了朱紫无人能诉，丈夫要是知道她为娘家这些不成器的人操心受气倒贴钱，只会送她仨字：你，活，该。

“我没有任何奢望，就想大家在一起高高兴兴的，平平安安过日子，就这都做不到，心里都咋想的呢？”

“唉，世上人如果都像你我一样，早就实现共产主义了。算了，你别操那么多心了，拖一拖，放一放。叫他们自己想想，一套房呢，叫他去买得攒一辈子，眼下就是受这点小挫折算什么。咱哥为了要那房子，会想法儿的，过几天再看吧。”朱紫劝她。

果然，两天后，朱亮主动到爸爸这里来说，“要不，这样吧，五万真的拿不出来，当时说的是给她两万，手里没钱也一直没给，现在我想想办法凑两万给她，你的房子呢，咱办个过户手续，办我名下。爸，我也不是说，现在就要霸占你的房子，你还像从前一样住着，我只要个手续，省得将来朱黄再来要钱。她这几年关键是把我们折腾怕了，一次一次这样，我受不了。爸，我没有本事，单位也倒闭了，挣个钱确实太难，朱小罗上几年大学，把我钱花得光光的，装修房子，我都借了钱的。”

爸就找朱红商量这事。朱红也觉得过户眼下是个好办法，等于说把最难缠的朱黄从爸爸房子这件事上踢出局，剩下他们兄妹三人，就好办了。

朱紫在网上查询，朱红跑到爸爸单位家委会询问，得出结果是，房子过户分两个程序：第一，先得姐妹三人声明放弃爸爸房子的继承权，爸爸声明愿意将自己房子转到儿子名下；第二，才是房子过户。首先，要爸爸和兄妹四人一起，带上房产证、户口本、各人身份证、其中一人单位个人档案里能证明亲属关系那一页的复印件、居委会开具的他们母亲已经死亡的证明，然后一起到市房屋管理中心，先办理转让声明和姐妹三人放弃继承权声明。

“不行，五万块一分不能少！”朱黄一蹦多高，“咱爸那房，至少值二十万，你们放弃是你们的事，我得要我那一份，他是老大，我是老小，怎能这样欺负我，再说，汪志强在局子里关着，娃开学得交好几千，我要五万块钱多要了吗？他要不给我钱，房子他要不成！我这就搬回爸那里去住，让朱小罗滚蛋。”

“你得知道，先有你不成器在先，你从小到大，让我们省心过没有？不是这事就是那事，跑南方跑几年，钱也没挣到，婚也没结成，回来，结婚，离婚，再婚，汪志强进去，出来，出来，进去，折腾来折腾去，我们跟着你操心花钱，东挪西借，丢人受累，这些年你到底花了我们多少钱，你自己心里清楚，怎么都超过二十万了吧。”

“我那年问朱亮要钱去派出所捞人，他就没给，都没让我进门。”

“人家挣钱攒钱多难,你去一要就是几千,谁有钱总是给你。”

“我跟他没什么感情好讲，五万块钱，拿来了，我去办声明手续，拿不来，我就不去，少一个人，你们这事，办不成。”

“可你不去办手续，咱哥没有钱给你，你连一分也得不到，你现在等着用钱。这样吧，我再去跟咱哥商量，你也不要五万，他也不要两万，给你三万，怎样？”

朱黄脖子一梗，不说话，意味着有门。

朱红有事只能跟朱紫商量。“唉，我觉得吧，只有咱俩能永远好下去，因为咱俩能互相理解，你看看我，整天操心花钱受累落埋怨，劝劝这个，哄哄那个，咱嫂子那样给我甩脸子，我还得找她说话，都是看在咱哥面子上。这次一定又是咱嫂子的主意,房子不办过户,一分钱不给朱黄,咱爸去要了两次也不行。”

朱紫说：“我自己手里有八千，朱黄不是也来问我要钱吗？

给她四千，给咱哥四千，说服咱哥给她三万算了。尽快把过户手续办了，朱黄也有钱把汪志强捞回来，咱大家都放心了。该死的姓汪的回来后，咱俩要去给他们谈次话，从此后，找个正事干好好过日子，没有钱我们可以适当接济，如果再犯事进去，再也不管。这是最后最后一次，一定得给他们说清，这是最后一次。"

"嗯嗯，咱俩一起去给他俩谈。"朱红充满期待和悲愤地说，好像恨不得姓汪的明天回来，她俩好把满腔话语倾倒给他。姐妹俩仿佛忘记了，他们多年来不知说了几回"最后一次"了。

朱亮现在干活单位，离朱紫家挺近，下班路过时，朱紫给朱亮打电话，叫他楼下见面，四千块钱给他，劝他给朱黄三万得了。将来我有钱，还会再偷偷给你的，她是不成器，非常恨人，这些年把咱们祸害得够呛，我们大家都恨不得她出门叫车轧死，我宁可她死了我给她把孩子养着。可这世上真奇怪，坏人总是活得很结实，坏人总是把好人整住。再怎么说眼下她算是有难，我们仁至义尽再帮她最后一次，真的最后一次，也尽快把房子这件事定下来。谦让一番，朱亮很不好意思地接过妹妹的钱，"唉，看这多不合适，我是太无能了，让你们跟着我操心，好吧，那就给她三万……这样吧，我先把钱倒到一个卡上，办手续那天统一取出，拿上，手续一办完，三万块一分不少给她。你也给她捎个话，这几年我正紧张，等我好转一些，将来她再有啥困难，我还会帮的。"

朱红又给管理中心打电话询问细节，约定时间，得知根据住房面积，需交纳七千多元的声明手续费。

"声明下就要七千多？这也太贵了吧。"朱紫说，"要不给咱哥说一下，他把三万块钱给了朱黄，让朱黄给他写一个放弃咱爸房子继承权的声明不就行了，咱俩再签字作证，就把这笔钱省下了。”

嗯，这也是个办法。

朱红把这个意思给朱亮说了，朱亮沉吟，“让我想想，跟你嫂子商量下。”

商量的结果是，第二天朱亮给朱红说，“还是去声明下吧，七千块钱我掏。”

三

周四上午九点，兄妹四人和爸爸，从不同的方向来到位于市内的房屋管理中心，说好在马路边的公交车站汇合。朱亮停好电动车，钥匙打开后面的小箱子，从里面拿出个黑色塑料袋，紧紧抓在手中。

从人群密集的大厅东边楼梯上到二楼，找到玻璃房内一间大办公室。工作人员先让他们每人坐在办公桌的外面，调好摄像头，对五个人分别拍了头像，再让五人出示身份证，她拿去正反两面复印。叫过老人，让坐在她对面，展开例行询问。

“你的房子位于本市南郊红专路，教育小区，3 号楼 1 单元 7 号，板式结构，面积 68 平方米，是吗？”

“是的，抗八级地震，再没有那么好的房子了。”

“朱亮是你与去世的妻子刘改花所生，是吗？”

“是的，就这一个儿子。”

“朱红、朱紫、朱黄也是你与刘改花所生，是吗？”

“是的，三个姑娘，一个比一个小三岁。”

“你的妻子刘改花于1999年去世后，你一直没有再婚，是吗？”

“是的，再也不找了，没有她那么好的人了。”

“你1954年和刘改花结婚之前，没有与其他人结过婚，是吗？”

“是的。正上学呢，我爹写信叫回家结婚，我就请了三天假坐着火车回家了。”

“你除了与刘改花所生这几个子女外，没有与其他女人生育过子女，是吗？”

“能不能不这么麻烦？”站在一边的朱紫抗议道，“别问这些不着边际的问题，你要的材料我们都带齐了。”

“这也是我们例行手续，请你配合。”工作人员面无表情，在问卷上飞快划着，老人回答之后，她继续问，“你现在是完全自愿把你位于红专路上教育小区内的这套68平方米的全产权房改房转让到你儿子朱亮名下，是吗？”

“是的。”

“请你再好好想想，转让手续办好之后，这套房就与你无关了，你住哪里？”

“这些与你们无关吧，他说了自愿就行了。”朱紫再次抗议，工作人员没有理他。“你想好啊，转让手续一办，这房子就成了你儿子的，如果他不让你住，你就住不成了。”

“想好了，没有问题。”

“你做这些决定是完全自愿，没有受到任何一个人的胁迫吗？”

“完全自愿，大家在家都商量好的。”

工作人员转过身去，在电脑上起草文件，也就是复制上一个转让手续用过的格式文件，相关人员姓名一个个改成朱家人的姓名，相关地名、房子面积进行修改。爸爸的一式三份，他们姐妹三人，每个人都要相应名字对应出具一式三份。这是一个漫长而繁琐的过程，朱紫在办公室烦躁不安地转来转去，嘟囔着她还要上班。问工作人员，“我完全同意，把身份证放在这里，请我姐替我签个字，行不？”工作人员说不行。朱红安慰她，“等吧等吧，凑一次不容易，一鼓作气弄完算了。”朱红为了这一天，几个月来做了大量艰苦卓绝的工作，现在终于可以看到胜利的曙光，再坚持一两个小时，她就可以长吁口气。她知道，朱紫是理解她的支持她的。

朱紫走向一边，见另一个桌子上，一家人也在办理手续，文件打印出来，让一个老太太签字，老太太说，我不会写字，我娃替我写，行不？工作人员说，不行，必须您亲自签。叫她儿子在一张纸上写下她的名字，让她照着画下来，老太太表示画不好。儿子问，能不能我拿着她的手写?工作人员说，不行，必须得她亲自签名，这里到处都安的摄像头。老太太趴在桌子上，进行她此生以来也许最难为的一件事。朱紫很想凑上去看看，老太太把自己名字写得怎样，无奈老太太身边围了好几个人，大家基本上是屏息静气地看着老人进行这神圣的签名，孝子贤孙们将老人保护起来，不给朱紫这个外人以参观的机会。朱紫走出办公室，趴在栏杆上，看到楼下大厅人头攒动，挤挤挨挨，大厅当中玻璃围起来一个超大型办公室，像是现代化养鸡场，四面都是窗口，每个窗口里面养殖着一个穿制服的工作人员，他们手中的章子、钢印、号码机有无穷魔力，串起一根五彩绳，每一根都牵着几个人挤在玻璃窗外，争相抓住那个无形的绳索，像是急于表白什么，尽力向窗口内伸着脖子，将自己收藏的证件一个一个又一个，呈示出来，让那权威的章子钢印号码机临幸那些材料，把自己的房子合法化，或者把别人房子的户主换成自己。那些上年纪的人，绝对不可替代，不管平常他们的待遇怎样，今天却是最为重要的核心人物，他们被殷切地引领着，搀扶着，轮椅上推着，缓缓在大厅里前行，那些平时不见得多孝顺的年轻人，这会儿对老人恭恭敬敬，一定要千辛万苦地把老人家带到这个大楼里来，经过老人的亲笔签名，把大至别墅庄院，小到二十平米的临街铺子，划到自己名下，改变新的主人，或者要变卖，分割，收回。朱紫转过身，背靠着栏杆，看到大办公室内，姓朱的亲人们或坐或站，散落在那个指定的办公桌前。四个人，也能看出亲疏远近，朱红坚决站在哥哥一边，恨不得赶快把房子划归给他，完成家里一件大事，此时两人站在一起，时不时小声说着话。爸爸被安顿在一个凳子上，安静地坐着，非常放心的样子，任由子女们打理他的事情，他不理解为何如此复杂而啰嗦，不理解为啥要交这么多钱，人与人之间，必得这样吗？啥都要白纸黑字地写清。朱黄有意站得离他们远，愤愤然孤立自己，谁也不理，只是眼睛不时扫一眼朱亮手里的黑色塑料袋，今天她只是为它而来，拿到它后，她将与朱亮成为路人。女工作人员坐在电脑前，兢兢业业地为七千多元的业务而忙碌着。

终于看到开始打印文件了，朱紫走进去，工作人员三式九份打印出来，是“放弃继承声明”，让姐妹三人每人一式三份，在她指定的地方签字。开了票交给朱亮。朱亮挺高兴地拿着票，到一楼去了，好像他为了交出这笔钱等待很久了。朱红朱紫朱黄在楼上一字站开，趴栏杆看着朱亮在楼下，找到相应窗口，排队交钱。

“这下心满意足了，房子总算归他了，哼。”朱黄说。

朱红和朱紫对视一眼，朱紫看到姐姐眼里闪着幸福的点点泪光，好像是自己得了房子般知足。

“咱嫂子说了，咱哥负责咱爸养老送终。”朱红说。

“废话，他得了房子，当然他照顾老人，要是房子给我，我也养咱爸。”朱黄说。

“你别那么恶声恶气的好不好？谁又没亏待你，几十岁的人了，还来问老人要钱，你就好意思吗？”朱红说。

朱黄头拧一边去，眉头紧锁，不再说话，只想着三万元到手后，得赶紧找人打捞丈夫。

姐妹三人站在一起，任谁也无法相信，他们真的是一个爹娘所生。朱红已经发胖，全身上下再也找不到曾经俏佳人的痕迹，母亲去世后，她果断地放弃了一些东西，又勇敢地挑起了另一些东西，自动呈现出当姐的忠勇和任劳任怨，走到哪里都准备着撸袖子干活，递梯子灭火。当一听说房子可以过户了结时，她东奔西走，问询操办，只想赶快把所有人邀到这里，给房子问题画上一个圆满的句号。现在看着哥在楼下向着那个窗口移动，她有如释重负的感觉。朱紫多念了几本书，显得细致和矜持，显得比朱红小了很多。朱黄按说长得硬件条件在姐妹三人中最好，但看起来整个人不是很靠谱，是一棵从小就长歪的树，为了要钱她啥瞎话都说过，最后说出的实话也都不可信了。她身子歪斜着往那里一站，就像是一个问号。如果不是由朱红在中间牵线搭桥和稀泥，朱紫基本上就不认为她还有个妹妹，她手机里也不存妹妹的电话，百年不遇有什么事，打给朱红，请她转告，如果突然接到朱黄的电话，那就意味着，她有麻烦上身，必得破财。多年来朱紫对妹妹的帮扶接济和搭理，也完全是为了朱红。

朱亮拿着票上来，三姐妹跟着他，涌进办公室。工作人员把签好字的文件、身份证复印件，以及他们来时交付的材料，统一归到一个档案袋里。

“手续办好了，请收好自己身份证，相关文件拿回去保存好。这只是转让公正，下一步你们还要办过户手续，在楼下大厅去咨询下相关细节。过户手续就不需要他们来了，朱亮你一个人带齐各种材料就行。”

“过个户，得多少钱？”朱亮问。

“根据住房面积算下来，一万多一点吧。”

“不过户行不行？”

“没有什么行不行，你自己需要过就过。”工作人员说。

“人家管你过不过户，你公不公正都没人管，是你自己要公正，我给你写个东西都不行，偏要来花掉这七千多，你有钱嘛。”朱黄抢白朱亮，盯着他手里的塑料袋。从那年朱黄问他要钱未果后，就不再叫哥了，也不再与他好好说话，现在想想当哥的宁愿把七千多扔给这里，都不给她，心里更是气恼，暗自发狠从此与朱亮老死不相往来，说话也就只拣伤人的说。好在朱亮大她十五六岁，也不与她计较。现在掏出黑色塑料袋里的三捆钱，交给小妹，让她数数。朱黄拒绝数，不是因为信任和客气，而是因为朱亮说让她数数，她偏不数，往自己包里一装，噌的拉上拉链。朱亮已经转身从办公桌的打印机里拿出一张白纸，放在朱黄面前，“你给我写个收条吧。”朱黄抓起桌上的签字笔，狠狠写下，“今收到朱亮同志人民币叁万圆整朱黄 2013 年 9 月 11 日”。在她写的时候，朱亮已经把桌子那头的红印泥拿来打开，放在她手边。朱黄类似于受辱的感觉，大眼睛狠狠剜了朱亮一眼。“摁一下摁一下，写都写了，手续走完。”朱红有些讨好地说。朱黄狠狠沾了下印泥，在自己名字上赌气按了一下。朱亮笑眯眯，心满意足地拿过那张纸，吹了吹，等待手印干了再折起来，好脾气地说：“朱黄，是这样的，将来你要是有困难，我能帮的话，还会帮你的。”朱黄鼻子里哼一声，意思分明是说，我现在就有困难。朱红早已经撕了一点卫生纸递给她，她抓过纸，包住自己的手指头，仿佛那里被割破流血，转身走了。

“哎你等等我，一起回去啊。”爸爸说。

“路边等你！”朱黄噔噔噔下楼去了。

这四个人如释重负地走下楼梯。朱红给哥说：“我们的意见是，过户手续没必要办了，只要把朱黄从这件事里择出去，就都放心了，还有什么必要花一万多过个户呢？”朱亮点头，表示认可。出大厅，下台阶，见朱黄在一棵树影稀疏的小树下抽烟，一副受到迫害的样子，怒目看向他们这里，等爸爸过来，一起回家，分明是不愿意再跟哥哥姐姐告别。这几个人心下一软，相互看了一眼，都不说话。朱亮取了电动车，又对朱红说，“你给朱黄再说说，将来我情况好转一些，她遇到难处，会再帮她的，啊。”

四

过年时，爸爸的脚腕有些肿，春天里，断断续续听他说还有些疼，几个人只是嘴里说着，去医院看看吧，爸爸说，不去不去，现在的医院，小病看成大病，没病也得有病，那折腾我受不起。也就再没有人当真说这个事。

夏天，脚腕没有消肿的意思，朱紫给爸爸说，她认识个老中医，据说看病很神，要不去那里看看。

朱紫开车，把爸爸接到老中医那里，号脉，检查，拿药，让爸爸先回去吃着。

“爸，今天怎么样啊？”朱紫每天早上出家门上班路上，给爸爸打个电话问候下。

“不行，好像更肿了，还是疼。”

朱紫调头往家里方向走去，给朱红打电话说，“带爸去大医院吧，不能再拖了。”

“好好，我现在也过去，家里见。”

朱紫迎着太阳走，打不上出租车，无奈跳上一辆中巴车，有个空座位坐下来，车向南走，任由太阳照着，很快出一身汗。爸爸八十了，之前身体很好，因为年轻时上学，工作后教书，在家里被妻子伺候，没出过力吃过苦，再加上生活简单，一直显得年轻，看起来就像七十岁。朱紫妈妈死后他有过一阵不习惯，可慢慢也摸索出了一套适合自己的生活方式。

在朱紫心中，好像爸爸永远不会老，他很少有病痛，也从不给孩子添麻烦，现在他说疼，那就是真的忍受不住了。就像爸爸从不向他们要钱，可有一次爸爸打电话说，“我手机没话费了，你给我交一百。”那是爸爸真没钱了，他的钱一定又让朱黄要走了。朱紫猜想，爸爸的存款连一千都不会有。朱黄最清楚爸爸工资到账的时间，她基本上是每个月跟退休金有一个约会，踩着那个点来找爸爸。朱紫平常也给爸爸钱，给得很少，二三百的，给多了他就转手给朱黄。他的小女儿那里，是个无底洞。朱紫倒宁愿给爸爸买吃喝穿戴，交电话费。

那天，老中医卡住他两边下颏，让他笑下，爸爸一笑，露出一口白牙，老中医说，闭上嘴笑，爸爸还是露着牙，老中医说了两次闭上嘴笑，朱紫也在一边说，爸，闭上嘴巴。他才把嘴闭上，抿着嘴巴笑，他可能不明白，笑时怎能闭上嘴呢？坐在他侧面的朱紫突然发现爸爸笑起来是那样单纯，一个八十岁的老人，笑得像个孩子，还有点害羞。爸爸过的是怎样的一生呢？简单，直白，软弱，教书一辈子。父母之命，和不识字的农村女人结婚，相伴到差不多老，妈妈六十多岁丢下他先走了。或许，父母在孩子眼里，都是简单的，正面的，用来歌颂的，因为他们展现给孩子的，永远只是一面，冰山之一角，而那些其余的侧面边框，那水下的神秘莫测，要靠着子女的猜度和旁观，由着自己成人后的体验，一点点拼接，连缀起来。爸爸这一生，除了妈妈，还有没有别的女人？朱紫的心里闪过雅文阿姨，季阿姨，几乎跟爸爸有些亲近，似乎对她们姐妹几个都很好，给她们织帽子，做衣服，买好吃的，看她们的眼神透出疼爱，当然，或许她们有巴结的意思，因为爸爸是教务组长，可是朱紫认为，只有对一个男人有某种情义，才会对他的女儿有那样的眼神。她曾经在十岁时候，夜里到家属院那一头的公厕，回来路上，看到爸爸和雅文阿姨在树下的暗影里，面对面站着，好像站了许久，被一个沉重的命题坠得不能轻易挪步，小声说话，雅文阿姨在擦眼泪。朱紫赶快跑开了，有些惊吓，小小的心里觉得，爸爸不应该跟妈妈之外的女人这么近距离地，贴心贴肺地说话，雅文阿姨不该在爸爸面前掉泪。

妈妈去世的时候，朱紫不在身边。

妈妈高血压犯过几回，变成老年痴呆，身体逐步不好，直到瘫痪在床。爸爸不会干家务，更不懂照顾病人，妈妈身上很快长了褥疮。他们几人各有各的事，现在想来，那都是借口，都是自私罢了。朱黄跟一个南方男人跑得不见人影，据说去了男人的家乡，据说那男人有钱，会娶她。她自己顺利时，很少跟家里联系，所以，家里一旦有朱黄的音信，那就是坏消息。朱紫看哥姐都指望不上，自己住回娘家，照顾妈妈，可上班一走一天，瘫痪病人是要每两三小时翻一次身的，要每天擦洗的，大小便要及时照顾清理的，要喂饭喂水的。她找来大家商量，说自己有一个主意，在单位附近租个房子，要找一个从自己办公室遥遥望到窗口的房子，她把妈妈接去照顾，白天上班时她带上望远镜，能够看到妈妈在床上的画面，每两小时跑回去一次，翻身、喂水。

大家都反对她这一想法。

"这样街坊邻居会笑话我们，说我们不管咱妈。"

"实事上你们就是没管，就这样，每天来看一下，坐一会儿，这叫管吗？"那次她给妈妈翻身，前来看望的嫂子靠着门框袖手旁观，她用酒精棉球擦洗褥疮，嫂子说，哎呀恶心死我了。她咬咬牙，忍住自己没有回头给嫂子说，嫌恶心你走吧，今后不要来了。

"今后我们多抽出点时间照顾咱妈就行了，你那种提法行不通。"朱红说。

"就是啊，还有你家里人呢，你为了照顾咱妈从他家出来租房子住，你婆家人咋想？”嫂子说。

“你们怎么总操心别人咋想？要做一件事还管那么多。反正我不能在这个时候丢下咱妈不管，他如果不高兴，跟我离婚好了。”朱紫面对感情，总有着不管不顾的劲头和一些不切实际的浪漫主义，她认为工作、婚姻，在妈妈面前，都是次要。

事实上，她没能把妈妈带走，也没人要跟她离婚，不但没跟他离婚，还追到她娘家来住下了。

哥嫂的意思是，要顺其自然，咱妈就这样了，日落西山，灯油耗尽，自然规律如此，只能任她这样下去，老人要走，小辈要过自己的日子，你也不能太劳累了。她对这些规劝一概不理，并为此记恨哥嫂。她去年结婚时没有休婚假，当时同事说，可把婚假攒到生孩子时一起休成哺乳假。她现在给单位说，要把一个月的婚假休了。她并不知道一个月后该怎么办，管不了那么多，她不能让妈妈这样腐烂下去。

朱紫在跟时间赛跑，跟命运争抢，每天早早起床，给妈妈做饭，喂水，翻身，擦洗。坐在床边守着妈妈，抚摸她的脸，跟她说话，给她梳头，把嘴轻轻掰开，用棉球沾了温水清洗牙齿。一年后生了孩子，对着那个五六斤的小玩意儿，她想，这也太好弄了，我都把一个一百多斤的大人翻来搬去的照顾了，弄这么个小人儿简直跟玩儿一样。每周给妈洗次头是个大工程。先烧好足够的水，凉水热水兑好，洗发精梳子毛巾拿到床边，床前放个凳子，再和爸爸一起，把妈搬到床边，斜出来躺，头在床外，上中学的朱小罗把水盆放在凳子上，朱紫用手托着妈妈的头，撩水，抹洗发精，揉搓，清洗，朱小罗把第一遍脏水倒掉，盆再放回凳子上，朱紫一直手托着头，朱小罗提起兑好温水的水壶，缓缓往头上浇，她用手指轻轻梳理，抓挠。要用一个多小时，才能把妈妈全身擦洗一遍。收拾盆子凳子，拖地上的水渍，她都想起一个词：打扫战场。是的，这是一场战争。和死亡、腐烂抢夺妈妈的战争，她在用尽全力拼杀。虽然早晚会失守，但她将战斗到最后一刻。要保证身上没有骚味，屋里没有臭味。她像个猎犬一样，吸着鼻子在家里闻来闻去，俯在妈妈身上探拭，但凡有一点异味，端来温水擦洗，把床单、衣服扔洗衣机里，让里面白沫翻滚，地板拖了又拖。每天晚上，躺在床上，腰隐隐作痛。唉，谁能理解家里有个瘫痪病人是什么滋味。那时她怀揣一个梦想，要开办一个老年护理中心，把失去自理能力的老人集中看护起来，把一筹莫展的家属们解放出来。每晚的睡觉只为补充体力，保证第二天有精力操劳，让妈妈腐烂得慢一些。

把沉重的身体翻过去侧躺，用酒精棉球擦洗后腰上的褥疮，一个小白点从腐烂的肉里钻出来，一只细小的蛆虫缓缓爬行，向她通告妈妈的腐烂更进一程。她突然一阵恶心，竟然跑到厕所吐了。天哪，给自己的妈妈端屎擦尿，洗涮擦身子清洗口腔，这些活一直在干，一直在跟妈妈说话，尽管她没有反应，也一直说，含着爱，带着羊羔跪乳的疼惜与豪壮，怎么会恶心呕吐呢？这简直是对妈妈的亵渎。

恶心的感觉不但没有减轻，反而更重了，早上起床还没过来看妈一眼，就想吐，突然明白，丈夫跟着她住回来的结果是：她怀孕了。这真可耻，妈妈瘫痪在床，她每天从早到晚操劳照顾，累得腰酸背疼，还能见缝插针怀上孕。

第一个感觉是，将丈夫痛打一顿，他死乞白赖地要跟着住回来，住回来的目的不是帮她干活分担，不，他从不往妈那个房间迈进一步，甚至走到门口时要移开视线，而是为了晚上在一墙之隔的这边床上跟她一起睡觉，就像在他自己家里一样。第二个感觉是，打掉孩子，陪妈妈度过人生的最后时光。孩子可以再要，而妈妈只有一个。她几乎就要去医院了，想着怎样把妈妈安顿好，交代爸爸看守一会儿，她好离开两个小时。

不，孩子不是自己一个人的，为了照顾妈妈流掉孩子，给婆家人不好交代，再说，人流后还得休息十天半月，才能有力量操劳。她收回了迈出家门的脚。

由不得想那么多了，史上最厉害的孕期反应劈头盖脸大雨降落。睁开眼就晕，看见啥都恶心，喝一口水都吐，听到丈夫呼吸更是来气。她被丈夫骑自行车带着，灰溜溜回到婆家，一口饭都吃不进去，每天昏睡。

妈妈在床上，没有人管，身上散发难闻的气味，屋里布满尿骚味和腐烂的气息，爸爸束手无策，而自己被孕期反应的恶魔拿着，生不如死。就像在地狱里煎熬了十几天，一个清早接到爸爸电话，“快回来吧，你妈不行了。”

这是她一直忏悔的事，如果不是自己怀孕而离开，或许妈妈不会死这么快，有她精心护理，也许妈妈会慢慢好起来。就算是要死，自己也应该在身边，拉着她的手。

五

到处修地铁，到处堵车，这个路口，上班高峰时间通过要用几十分钟。朱紫被太阳照着，沉浸在她自己编织的悲情剧里，不时擦眼泪，想着爸爸的脚腕不知怎样，有没有大问题，该不会是……上次回去看望爸爸，邻居叔叔把她叫到一边说，你爸腿肿，可能是肾有问题，得带他去看。可是爸爸不相信，不服气。啊，八十岁了，是不是随时会出问题，是不是很可能在某一个熟睡的夜晚，被一个小小的原因，引渡到另一个世界。别人家老人活了八十，就认为已经高寿，可看自己爸爸，觉得还很年轻，怎么也不能接受他将要告别这个世界的现实。

她焦急地伸脖子看前面路口，车每次挪动一小步，然后就停在那里，几分钟不动，各种各样的车，严丝合缝，密密排列，都在装聋作哑，公然面对这种尴尬，好像他们从四面八方汇聚而来的任务不是赶赴前方，而是摆到这里展示，考验人们的耐心。朱紫不停流泪，擦红了眼睛，车上的人都看她，她也不管。

好容易下了车，给朱红打电话，没有接，想她可能在路上，骑着电动车，没有听见。早晨的清凉了无影踪，太阳蹿得老高，明晃晃照射，宣告着又是一个大热天。急匆匆往家里走，快到小区门口时，朱红电话打来："咱爸咋不开门，按门铃也听不见？"

"你打电话，他可能电视开着听不见。"

朱紫上楼敲门，是朱红来开的，眼睛红红的，明显哭过，可见来的路上也经历了和朱紫相同的心理活动。

"放哪去了呢？我从来没用过那东西，以为我一辈子都用不上。是不是快完了？"爸爸在柜子里找他的医保本。"今年以来，我很明显有衰老感觉了。"他拿出一些证件，放到桌子上，继续在柜子里找。

"我都有衰老感觉呢，何况你呢，都八十了，再没一点小毛病，还不把院子里别的老头气死了。"朱紫说着，蹲下来看爸爸的脚，肿得红亮红亮的，伸手摁一摁，硬邦邦紧绷绷的。“疼不？”只恨病痛这样的事，不能别人代替。

“疼嘛，昨晚疼得没睡好。”

“能走路不？”

“走路没问题。”

“那就好，医保本先不找了，住院才用呢，咱先去医院看看情况，拿我的医保卡交费，如果需要住院，再回来找。我刚才给常明打电话，问他能不能开车来接你去医院，他说刚到单位处理一下事情，一会儿就来，咱先慢慢走着，看完让他去医院接咱，好不？”

“不用麻烦他了，我能走。”

爸爸的房间很乱，零散东西堆得到处都是，写字桌上一多半都被报纸废纸占据，只有趴的地方空出个半圆，床的里边一半堆满了书刊、衣服、被子、写过毛笔字的纸。朱紫去洗手，见厨房更乱，墙角地上一个塑料袋摊开，几个烂土豆引得一个连的苍蝇在那里飞舞。她说过爸爸，一个人吃饭，少买点菜，省得吃不完放坏，爸说，一块钱一堆，就那么多。多数时候，那菜买时就是坏的烂的。朱紫拉开纱窗，到客厅找了本杂志，奋力挥舞，把苍蝇一个排一个排地向外扑打，满头大汗，驱赶得剩下平日正常数量，散兵游勇，让它们暂且滞留，把那袋烂了的土豆扔进垃圾桶，又将垃圾袋子提到门外，一会儿下楼时捎下去，给垃圾筒里重新套好塑料袋。洗完手没有一个干净毛巾擦，只好甩一甩手。

“咱嫂子不是说房子装修好后她负责打扫卫生吗？可看样子这家里还是从不打扫的，房子都是她的了，也不弄得干净点。”

“唉，各人都有难处，从明天起，我来打扫吧，咱做这些不为别人，只为咱爸。”

“朱黄在家闲着没事，也不来帮爸搞下卫生。”朱紫因为遇事出钱，所以出力的活，她认为应该由别人来干，而她只是督促、检查、评论。

“她说房子给咱哥了，她生气，所以不管。”

“她就知道来要钱，拿了钱转身就走？咱爸那些钱雇个人也能把家里打扫干净了。”朱紫气愤地说。

“算了算了，今后我来打扫吧。”朱红又像所有时候一样，勇敢担起她的职责。

陪爸爸下得楼来，姐妹俩一人一边，三人缓缓行走，在小区门口遇到爸爸的同事。“哎呀多幸福多幸福，俩女儿陪着。”那老人羡慕地说。朱紫心里一酸，唉，父母要想把子女从分秒必争的日常生活中拽出来，回到身边，得以生病为代价，否则，你有什么理由说，别上班了别出差了别谈判了别交际了，回来陪我半天。

出了小区门，走在路边的大树下，爸爸问朱紫，“那你，不上班了？”这是他今天第三次问。

“我还上什么班呀？你都病了我哪有心思上班。我来的路上都想好了，你要是这病比较麻烦，需要不断去看，需要人照顾，我就给单位写个申请，不当主任，不操那个心了，干个什么闲职，随便给发点钱，我今后每天到你这来上班。”朱紫想起十多年前妈妈的最后时光，眼里又含了泪水。

爸爸把头扭到一边，掩拭自己的幸福和羞涩，“那怎么行？工作不能丢开，我这些天一直想，活了八十，按说，也够本了。”

“早着呢，一个人由好好的，到生病，看病，住院，一点点不行，得磨好多年，你看小区里你们那些老头老太太，不都是七老八十，唧唧歪歪，凑凑合合好多年吗？那个罗叔叔，我没结婚前他就偏瘫了，现在奇奇都十来岁了，他还拄着棍在楼下溜达呢。”

“那样活着，也就没什么意思了，没有了尊严，走不到人跟前去。”

“老了都这样，还管他什么尊不尊严，你关键是之前身体太好了，现在有这点小毛病就觉得了不得。我们之前也没太在意，现在带你去好好检查，好好治，很快就会好的。”朱红说。

“嗯，以前，别人都羡慕我，一群老头呆在一起，只有我最精神，看我的头发，一点都没掉，只是有点白。”爸爸像小孩子，双手拨拉一下自己浓密的灰色头发，得意地说。

既然爸爸把此行不当成看病而像是一个节日，他甚至想把这个过程无限拉长，姐妹俩也就陪着慢慢走，慢慢聊，也不像是要去看病的节奏。缓缓来到离家最近的医院。医生看后说，都肿成这样了，为什么不早来？朱红朱紫自知理亏，羞愧地说，早点他自己买了药，想着吃了会好。医生说，要去大医院做个检查，我们这里没有那种仪器。朱紫赶快拿笔记下大医院里要去的科室。走出诊室，常明来电话问，怎么样了，要不要来接。朱紫说算了吧，他能走，路上堵车，你过来还得几十分钟，不如我们慢慢走吧。

过马路时朱红想拉爸爸的手，朱紫想搀爸爸的胳膊，都被躲开，他好像有点不好意思。打不上车，只好等公交车。爸爸说，哎呀我忘记带老年卡了，朱红说没事我给你刷一下，爸爸心疼多花了五毛钱。相互招呼着上车，向后移动，等待下车。这个过程也不像去看病，倒好像是非常难得的父女三人出门游玩。爸爸脸上甚至有了幸福和满足，似乎脚也不疼了。

朱红楼上楼下买就诊卡，跑来挤去挂号，又打电话要爸爸的身份证，寻找科室。朱紫陪着爸爸等候，两人在二楼栏杆处看楼下大厅，黑压压一片，人群汹涌，是一个大大漩涡，源源不断的人进来，紧急流淌的人出去，但凡是个窗口门口都密密堆积，人们好像是想用一种别样的方式抱团鼓劲打气，团结拼搏进取，相互寻求安慰。长长的扶手电梯上挤满了人，交错而过，运输繁忙。全部目光如炬，表情严峻，像是进行无声的集体宣誓，千方百计，排除万难，打赢看病这场硬仗。全市最大最好的医院里，就像是商场最旺购物季节，人们满怀热望，扑向每一个窗口每一个门口，抓住一个铁栏杆就像抓住一个希望，挤进一扇门内就像挤出一线生机。大楼如一部庞大机器，电力充足，所有部位高速运转，严密程控，它轰轰作响，发光发热，却又冰冷坚硬，不为所动，呈现着大干快上时不我待、向时间要效益向生命要效益的壮观场面，足以让任何一个级别不够的患者感到卑微和自责，渐生胆怯与伤感。在家里你的病多么紧急多么严重，在亲人眼里你病了这件事是世界上最大的事，在这里你什么都不是，你的病根本不算什么。爸爸双手扶住栏杆，觉得身体渐渐虚飘，自己垂垂老矣，又没有钱，进这医院里来干什么。朱紫与他并肩站着，不由得想到自己家另外那套房子，激情满怀，说出的话也有底气，“爸你别担心，不管查出啥病，不管花多少钱，咱一定要将看病进行到底。”

朱红电话打来说，“三楼西边，第九诊室，快来，病人不多。”朱紫领爸爸过去，殷切切进到里面，医生瞅了瞅爸爸的腿，再看看朱紫写下的科室名字。

“搞错了，应该去血管内分泌外科，我们这是心血管外科。”啊噢，白高兴一场。人堆里挤出来，朱红跑到天井对面退掉挂号，扶老携幼上到五楼，找到血管内分泌外科。天哪，候诊厅人头攒动，摩肩接踵。朱红挤到护士台前，被告知今天的号已经没有了，明天要早些来挂号。朱红问多早呢，护士无声笑笑，不屑于回答这个再简单不过的问题。旁边有病人说，五点来排上队，看运气吧。

走出医院，说好，明早五点，朱红来医院挂号，朱紫夫妻俩开车去接爸爸，赶八点前到医院。“爸，你再坚持一天，啊，上次中医开的药，先吃着。”朱紫去上班，朱红陪爸爸回家。

第二天，一直在医院折腾到快中午——此处省略八千字——得出结论，没有什么大毛病，就是年龄大了，末梢循环不畅，坚持吃药就会有所缓解，当然了，痊愈可能性不大。朱红朱紫又将爸爸安慰一番，看病这件事算是告一段落。

六

朱紫在家里收拾书柜，看到《高老头》，顺手拿出，翻到高利奥贫病交加，躺在床上，两个女儿不来探望，立即心被刺伤，在最柔弱的地方哀哀地痛着，她想给爸爸打个电话。已经夜里十点多，想爸爸已睡，明早再说。她随意翻书，看到前面，高利奥为了给女儿弄钱，在深夜里，把妻子留给他的，他发誓要“好好珍藏一辈子”的一对银碗绞了，变卖成钱给女儿挥霍。想自己爸爸，对他们几个，也是这样啊，虽然他没有银碗可绞，可他也许绞碎了生命中其他东西，直到现在，还每个月拿出一多半退休金贴给朱黄，谁也拦不住他，反对也没用，讲大道理小道理统统无效，他偷偷给，为了朱黄，他愿意过最贫穷的日子，除了吃饭，其他一切花销都可压缩直至杜绝。爸爸说，算命的说我能活到一百岁。朱紫说，你当然能活到一百岁，父爱使你长寿，爸，你可一定要活得比她长啊，这样你每个月才能有钱给她。你一死，我们绝不再认识她。

是怎么开始的呢？时光一点点带走了爸爸的年轻，英俊，智慧，力量。前年朱紫陪爸爸回老家，买了软卧，这是七十多岁的爸爸平生头回待遇。夜里，爸爸上厕所，回来找不到包间了。此行有朱紫领着，他不用操心任何细节，压根就没记住铺位，刚才出门，随手锁上了。现在，他在走廊里，一个挨一个，对着关闭的完全相似的门，小声音地，无助地，叫朱紫的名字。朱紫从上铺下来，打开包间门，看到爸爸虚弱地站在走道里，脸上带着夜半的迷茫和浮肿疲惫。朱紫跑过去，拉起爸爸的手，带回他们的包间。爸爸身子轻飘飘的，像个糠了的萝卜，男人失去力量之后的虚和空，没有了精血的干燥与衰弱。朱紫安顿他躺下，爸爸立即进入梦乡，完全依赖于她，轻易就将一切扔在睡眠之外。他没有了重量，随着列车的颠簸，如一片干枯的树叶，飘呀飘。窗外一切向后飞奔，想要趁着夜色深沉找回什么。雅文阿姨，她在哪里？老成什么样子呢？她可曾记得三十年前那个和朱老师面对面站在树下流泪的夜晚？可曾记得她为何哭泣？朱紫那晚之后一直为他们开脱，雅文阿姨是不是在说自己家的什么事，自己的困难，纯粹的诉苦？不，不对，要是的话，爸爸不应该是那种表情，爸爸的脸上，不是轻描淡写，事不关己高高挂起的样子，分明是沉潜的模式，同伙的沉重。人生哭与笑，必有一条神秘的纽带，草蛇灰线，隐隐相连。那次雅文阿姨来家里说话，临走时爸爸要给她拿些老家捎来的油炸豆腐，雅文阿姨客气着不要，转身欲走，爸爸上去抱住她的腰，不许她走。朱紫吓了一跳，继而有些恼怒，爸爸分明是不认为旁边还有第三个人，天下就只是他俩的世界，也就是说，没有把她朱紫当人看。三十多年来，她一直记着爸爸那拦腰一抱，迅捷，果断，甚至轻车熟路，她也一直记着雅文阿姨的笑，开心，幸福，甚至迷醉，咯咯有声。朱紫后来在课堂上学到“欢快的笑”这个词，觉得安在雅文阿姨身上正合适。常年穿着灰黑蓝衣服，脖子上扣子系得很严的女教师突然变得妩媚而芬芳，扭转了腰身，婷婷地站住了，让朱老师回转身到房间的另一头拿了黄麻纸包着的几块油炸豆腐干，递到她手里，脸上带着醉酒般的表情，接过去，笑盈盈转身走了，竟忘记了跟朱紫打招呼。哼！朱紫更生气了，因为这两个大人都当她不存在，视她如空气，拉扯搂抱，简直是气焰嚣张，肆无忌惮。平常雅文阿姨也会来家里，朱紫妈妈在与不在一个样，她问心无愧，落落大方，给孩子们讲她小时候在东北老家的趣事，冬天用舌头舔冰块撕破了舌尖，几天吃不成饭，听得几个孩子惊吓之余又哈哈笑，心里想雅文阿姨可真会编故事。雅文阿姨走时总是给大家说告别语，朱紫妈妈要在，就说，嫂子走了，妈妈不在就叫她们几个的名字，朱亮朱红朱紫再见。可那天她忘乎所以，被激情冲昏了头脑，竟然没有跟朱紫道再见，她有点神魂颠倒，格拧格拧扭着被爸爸搂抱过的腰肢，就那么走了，任朱紫一个人在角落里面红耳赤，拳头紧握。那时朱紫比十岁更小一些，可能七八岁吧。那又怎样，就算她小，她笨，她傻，她不理解男女间的事（这也是那对男女视她不存在的原因），但她总有记忆吧，在她还没有明白人世间一些秘密的时候，这个记忆暂时填存埋藏，贴了封条，上书：某年某月某日下午五点半，爸爸将雅文阿姨拦腰一抱。一旦朱紫的人生之河微风吹拂，春暖花开，她便一次次打开往事的秘坛，推断这坛酒的色泽和度数。

曾经，壮年的爸爸，喜欢探索，善于修理，会解难题。除了冬天之外，爸爸爱一个人坐在门外树下，腿上放着纸笔或本子，手托着头，苦苦思索，这时他们几个孩子走路都小了声音，也不敢大声说话，屏息静气地远远看着，妈妈做好饭也不敢叫他。他突然拍了下大腿，或者站起来向着他们张开双臂像是欢呼的样子，大家也都高兴起来。他还爱好文学，常年订着《小说月报》《八小时以外》。他写毛笔字，当年学校里，现在小区里各种通知，出自爸爸之手。

可是他现在，主要活动场所是见不到阳光的北边卧室和小区内外的几条小路，他出门旅行得要有人陪伴，车次、铺位、站点这些事，对他已经是个问题。

第二天，朱紫早早赶到单位，买了三个油饼，自己吃一个，给爸爸留两个，打电话说，我中午回去给你送油饼啊，我们单位灶上炸的，绝非地沟油。

朱紫打车回到南郊家里，见爸爸坐在床边，穿着棉布大裤头，光着上身，全身松弛，目光呆滞。废墟。朱紫的心里，突然跳出来这个词，用昨晚的视角继续考量爸爸。从前，他不在女儿们面前光膀子，也不以内裤示人，他起码穿个背心，穿着西式短裤，他露在外面的臂膀圆润紧绷，皮肤光亮，纯正小麦色。现在，他那曾经迅速出击稳准狠抱住雅文阿姨给雅文阿姨带来欢笑的臂膀无力地垂着，手搁在床边。不再是男人了，只是个八十岁老人。男人的废墟。朱紫想起单位不远处一座将要拆除的大楼，里面腾空了，门窗全卸掉，苍凉空虚地立在那里，只等哪天点了炸药，轰隆一声，或者大型机械开来，一点点推倒。这世上有什么力量能阻止衰老？能不能不要让我们眼见着亲人老去？朱紫蹲下来，按了按爸爸的脚面，品评一番，关照爸爸吃了油饼，喝了点汤。

“学校后咱那间平房，拆迁后补的一小套，给了朱红，现在这个，给了朱亮，我的钱，都叫朱黄花了，给你，什么都没有。”一无所有的爸爸看着朱紫，目光既迟滞又敏捷，脸上现出类似于朱紫奶奶的表情。原来，人老了都那么像，老头，老婆，都一样，没有男女之分了。

“爸你说这些干吗？我从来没想过这个问题。”朱紫大声地说。

爸爸扭头看窗外，孩子一般的愧色，不再说话。

“爸，我倒是有个问题，得跟你谈谈。”

“谈吧。”

“你要是有一天，生活不能自理了，也就是说，糊涂了，不能动了，自己不能去银行取退休金了——这是每个人的必然过程，我们不必忌讳说它——你得把你的折子，交给我姐，让她打理你的生活，每个月她来取那上面的钱，要不，她就太亏了……反正，折子不能落在朱黄手里。”

“好吧。我死后，还能再发一年的钱呢。”

“爸你说到做到啊，你不能再犯糊涂，让朱黄把折子要去，她会拿了你的折子，扬长而去。你知道我姐那人，即使一分钱没有，她也会照顾你的，可你忍心那样对她吗？你要是那样，我永不原谅你，会严重影响我对你一生的评价。”

“好的，给朱红。”

“密码是多少？能不能告诉我？爸你放心，你的钱，我一分都不要，我只是不想太亏了我姐。”

爸爸说出密码，朱紫赶忙记在手机里。

她要赶回单位午睡，爸爸说，走，我送你到车站。

“我打车走。明天中午灶上是包子，我买了给你送回来，啊。”

“你要是来回打车，就别送了，我不吃你那几十块钱换来的包子。”

“好好，明天坐公交。走，你刚好下楼转转，送我上出租车。”

常常朱紫从他这里回去，他要一直送到车站，缓缓地走，慢慢地说话，见人主动打招呼，想让更多的熟人看到他跟女儿走在一起。于是一些老人拦住朱紫投诉：“你要多说说你爸，太不爱惜身体了，吃饭一点不讲究，常常买个馒头，边走边吃，就是一顿饭，买菜，要等到下午买人家最烂的，买苹果，拣最坏的，五毛钱一堆。”

爸爸不服气：“我光吃馒头却比你们身体都好。”

还有人意味深长地说：“多关心你爸啊，对你爸好点，他这样下去身体会垮掉的。”

朱紫只能赔笑脸解释：“他一直这样生活习惯，总是改不了。”

“你爸就是个财迷，不舍得花钱，攒钱干什么？”

离开那些啰嗦的老人后，朱紫说：“爸，只要你心情好，你的钱，你想咋花咋花，爱给谁给谁，没有了，我给你。”还能怎样呢？你给一个八十岁的人说，什么是对的，什么是错的，你应该这样，不应该那样，还有什么意义。当你想到他随时会从这个世界上消失，那么，在他活着的日子里，就让他高兴些吧，对与错，已不再重要。朱紫从包里掏出五十或者一百给爸，分明是今天没打算给而又临时改变主意了。上次见面才给过的，这次心里也一直提醒，不给钱只给买东西。可还是心里一软给了，否则，一上车就会后悔，或者晚上临睡前，心里会难过，恨不得半夜爬起来，打车到爸爸家里，给他一百块钱。

怎么到车站的路一下子变短了，转眼间就到，公交车也总是来得太快，爸爸一直细细碎碎地说话。车来了，朱紫说，这个人太多，再等一辆吧。

七

爸爸语气沉重，“你在哪啊？忙不忙？说话方便不？”

“爸，爸，直接说结果，最怕你这些铺垫，你一这样准是有不好的事。”二十年来，朱黄以及后来的两任丈夫老出事，爸爸不断用电话把一些坏消息传来，把大家都弄怕了，她要求爸爸打电话时采用新闻报道倒金字塔的方式，先一句话交代事件结果，再慢慢细说过程。

“我今年啊，明显有衰老的感觉了，从前走在街上，我就盯着车号，两位乘两位心算，都能算准，今年不行了，算十回，有五六回都是错的。”

“这很正常啊爸，你听过哪有八十还一点不老的人吗？你比我脑子好多了，我从来就不会那样算。”

“有个这样的事，考虑再三，得给你们说说，看怎么办。有个老头，他来给我说，我不能住在北边小房子，应该住南边，否则身体会出问题，今年都过不去。”

“谁说的啊？这么吓人。”

“一个老头，你不认识。”

“是吗？那怎么办？”

“他说，要么换回南边，要么搬出这里。”

“爸，那你的意思呢？”

“我这不是跟你商量呢吗？你信不信这些？”

“爸，你信我就信，现在，一切以你身体好为原则，一切以你心情好为原则。”

“……”

“爸，要不，你就搬出来吧。我掏钱给你租房。其实，这两年我都在考虑这个事情，你俩这样一起住着，也不是办法。朱小罗三十了，找不到合适女朋友，前几天我姐又给他介绍对象，他说不找，问为什么，他说压力太大，那意思很明白啊，他跟你住在一起，这就是他的压力。再这样下去，倒像是你拖累的了，你想啊，现在哪个女孩子愿意找个对象，说结婚后，跟他八十多岁的爷爷住在一起，咱们也得适当为年轻人想想。你身体这么好，怎么不活到一百岁，那还不把朱小罗等死了。”

“搬出去，也行。”

“爸，从感情上来说，不想让你搬，你想啊，这房子咱住了三十年，是咱们的家，可是，咬咬牙搬出来，也就彻底把这件事解决了，他再找不着对象，也埋怨不到咱们。爸，你相信，你在哪哪就是家，其实也就是开始几天不习惯，每个搬家的人都会这样，我们保证把新家给你收拾得好好的。要不这样吧，叫上我姐，我中午回去，咱们商量这事。”

中午，朱红朱紫关上爸爸的房门，三个人在里面小声嘀咕，姐妹俩都主张爸爸搬走，就在周围一公里以内找房，最好是本小区内，这样爸爸还能见到老同事老街坊。姐妹俩安慰爸爸，搬出去是最好的办法，我们天天回去看你，你不会孤独的，或者直接找个大点房子，让我哥嫂跟你一起住，这样我们就放心了。

“要是他们同意换换，那也行。”爸说。

“搬出去吧，爸，一走了之，一了百了。就算咱们为年轻人的幸福生活做出点牺牲。你出来住，我们今后也能更好地照顾你。比如时不时住回来，陪陪你，现在就没有办法，我们回来都没地方呆。”

“好吧。”八十岁的爸爸，现在对两个女儿很依赖。

朱紫说，“下午我去跟我哥商量。”

说是商量，其实是说出他们做好的决定。

朱亮的表情变得严峻起来。

“要搬也是朱小罗搬走，怎么能让爸出去？”

“咱爸搬走，是最好的办法。为了这房，你差不多投进去近十万，我们口口声声说房子给你了，得有一个像样的形式。”

“可别人会怎么看，怎么说，孙子把爷撵出去了？”

“咱自己的日子自己过，不必在乎别人怎么说。各家有各家实际情况。”

朱亮扭开头去，红了眼圈。“不行，朱小罗搬走。”他转回头说，难得有这么明确表态的时候。

“按说，最理想的状态是朱小罗压根就在外面住，你和我嫂子回来跟爸住，也好对爸有所照顾，可实际情况不是这样，现在年轻人，八零后，懂事的不多，我不对他抱多大希望。你看看他，自己住着他爷的房子，压根也不想你和我嫂子住在那破房子里。他每天上班走时，把自己房门锁上，这像什么话，这是一个家吗？他那边有阳台，咱爸要是想去阳台上搭个衣服什么的，也不行。还有，每年夏天我都说，给咱爸装个空调，爸说他不热，不用空调。上月朱小罗买了空调安自己屋里，我还给他说，你开空调的时候，把你爷你俩房门都打开，这样凉风能吹进你爷房间，可是，他还是每天把自己房门紧闭，我还专门问咱爸，朱小罗开空调时，开门吗？咱爸说，'我不热'，他能怎么说呢？这些事，都让我心里不舒服，这也是我想让爸搬出去的一个原因。"

朱亮叹口气，"朱小罗搬，我回去给他说。必须他搬。"

"哥，你也别难过，咱爸也愿意搬出去，今天中午我们说得挺高兴的，一点都没有生气啊伤心啊的感觉。也就是说，这件事已经定了，我来给你说的意思是，咱爸出去租房的钱，咱一起出。本来，我自己也能掏这钱，可还得为常明考虑下，他肯定有想法，'噢，房子给你哥，再让你爸出去住，咱掏钱租房'，这道理说不过去。"

朱亮又将头扭到一边，很悲痛的样子，不说话。

"哥，这是目前最好的解决办法，咱爸已经心里在意了，认为房子跟他的健康有关，咱就得按他的心愿来，咱们现在所做一切，都是为他的身体考虑，为了让他高兴。"

朱亮只是落泪，不说话。气氛很是尴尬。

"哥，就这样吧，你回去跟嫂子和朱小罗你们再商量下，就是这么个事了。”

朱紫起身走了。来到大路上，给爸打电话汇报了情况。爸问：“他有没有说朱小罗我俩换换房间呢？”

“爸，咱不说换的事了，啊，你想，北边这间不到十平方，朱小罗住到那里，更不好找对象了，我们罪过更大，爸，就按咱中午说好的办吧，啊。”

“那，好吧。”

朱紫回到家里，换了衣服准备做饭。朱亮的电话来了。

“你下来下，我在你家楼下，跟你说几句话。”

“你上来吧，我刚换了衣服，正准备做饭呢，你上来坐会儿。”

“我车子没地方存，还是你下来吧。”

朱紫重新套上胸罩，穿上刚换下来的，后背有些汗水的连衣裙，非常不舒服，拿了钥匙下楼。骑在电动车上的朱亮表情严峻，就像是遇到了一生中从来没有过的大事，做了个天大的决定，从车上下来。

“我考虑着，是不是咱爸还是在意把房子给我了，心里不好受。要是那样，这房子，我不要了。”

“不是不是，咱爸没有一点那意思，我们也都没有，咱爸就一个儿子，房子不给你，给谁？”朱紫急急地说。

“他是不是心里挂着朱黄，想把房给她？其实，办好那个声明后，我心里一直过意不去，朱黄路上见我也不理，我是当哥的，唉，算我没本事。”

“哥，你别这样想，房子既然给你了，就得有个像样的形式。咱爸也愿意搬出去，中午都说好的。我去找你商量的意思就是，房租咱们一起掏，比如，分成四份，爸、我姐，咱四个一人掏一份，起码表面上是这样的，给女婿们也好解释。”

“不，咱爸要真是想出去住，房租，我一个人掏。”朱亮说得很坚决，好像这就是他专程来的目的。朱紫耷拉下眼皮，也就没有再反对。

“下来就是给咱爸在附近找房子，不能让他去太远地方，见不到他的老街坊，老同事。”

朱亮再次哽咽，分明是被这话刺痛了，脸和脖子都成了红色，用手狠狠抹眼泪。朱紫也跟着掉了两滴泪，劝慰他，“眼下，爸搬出去是最好的办法，也是没办法的办法，咱不是没房嘛，咱要是再有另外一套房出来，哪里还用这样？”朱亮红红的眼睛看着大门外，好像恨不得从哪里抢一套房子出来。

常明走进院子，见自己媳妇和大舅哥站楼下落泪，很是吃惊。

“哥，上去到家里呗。”他不明白情况，也不好多问。

“不上不上，我走了，”他再给朱紫说，“还是我那话，咱爸出去住，房租我一个人掏。”朱紫说声“好吧”。朱亮骑上电动车，跟常明打声招呼，出了大门，朱紫对他背影喊，“哥你慢点骑。”

回到家里，不姓朱的男人大声发作。

“你们家的事就是怪，谁是孙子谁是爷？咹，简直弄颠倒了，当孙子的把爷赶走了？”

“现在我哥为这房子，花了快十万，说是我爸一直住着，到百年后归他们，可我爸身体还好，要真是长寿活到一百岁，那就太拖累朱小罗了。”

“拖累他算什么，他不想住自己出去找房子，房子答应给他还不行，还要一步步把老人撵出去，哪有这事？”

“不是把老人撵出去，是老人自己愿意出去。”

“街坊邻居怎么看，怎么说？传开了不是笑话？”

“过自己的日子，管别人怎么说。”

“朱小罗就是个窝囊废，长这么大，给你家里有啥贡献？叫我说，就现在这样，一人一间，爱住不住，有本事自己出去奋斗房子。”

“再窝囊废也是我们朱家唯一的孙子,怎么办呢？说得好听，自己出去奋斗,现在年轻人奋斗得起吗？租个单元房上千块,他一个月工资两千，拿什么奋斗。”

“那也不能你爸搬出去，这道理到哪都说不通。”

“嘿，我们家的事，要你这外人来指手划脚，你要真为我们考虑，把咱城内那套房，房客劝走，给朱小罗住，一切问题解决了。”

“不可能！想都别想。”

“我这当姑的，自己房子出租着，看着侄子没房住，这道理说得过去吗？”

“事情一码是一码，你别尽往一起搅。”

“那你这么义愤填膺干什么？有本事你给我哥打电话，给朱小罗打电话，把你刚才骂他的话再说一遍，就说你坚决反对我爸搬出去，把你的这套道理讲讲。”

“我才不管你家这烂事。”

“不管不管，还说这一大堆。”

“我这是打抱不平，我这是维护伦理道德。”

“屁伦理道德，我们家的事，你帮了帮，不帮了少议论。”

“那，你爸要是出去住，房租你哥一人掏。”

"就是我哥一人掏啊，他刚才又追来，就是专门说这个的。"朱紫心说，幸亏我没提出钱给爸租房的事，看来今后还得加强自己小金库的建设力度。冷笑一声，"我就知道你打的主意，就是害怕再给我爸出房钱。"

吃着饭还在讨论这个事情。外姓人站着说话不腰疼，例数朱小罗的不成材，不成器，抨击了朱爸爸的怯弱，无原则，在朱亮朱黄的事情上一味退让，丧失了做家长的尊严。姓常的慷慨激昂，直到刨清了自己的利益，才善罢甘休。

吃罢晚饭没多久，朱小罗电话打来。

"二姑，我问问你，是哪个老头给我爷说的换房子的事？"那口气是压抑着的愤怒,好像知道是哪个老头一定得去找他算账。

"你爷没说哪个老头，我也没问，是谁不重要，总之有这么个说法，你爷信了。"

"我爷信了你们也就信吗？咱都是受过高等教育的人，就信这些封建迷信吗？"朱小罗厉声质问。

"现在不管什么迷信不迷信的，你爷在意了，咱们就得认真对待，他八十岁的人了，没有道理可讲，要一切为他着想，以他为中心。"

"为他着想，还让他搬家，那么大年纪受得了这折腾？你们为我想过吗？他搬出去，街坊邻居怎么看我？是我把我爷赶走了？"朱小罗在咆哮，一个三十岁还没有正式谈过恋爱的小伙子，火气大得恨不得把电话线烧化。

"让你爷搬出去，也正是为你着想啊，你这么大了……"

"我告诉你们，我的婚姻问题跟房子没有一点关系，你们不要听人胡说八道，找不找对象，找啥样对象，纯属我个人私事，你们就别瞎操心了。总之，我坚决不同意我爷搬出去，要搬也是我搬！亏你们想出这样主意，他有病咱给他看病，搞这些歪门邪道，让一个八十岁的人从他住了三十年的家里搬出去，你们这是想干什么？就这样折腾，让我爷搬出去，你们跟谁商量了？”那边的怒吼快要把这边的耳膜震坏了，隔着重重线路，唾沫星子都要喷到朱紫脸上，把她砸成个麻子脸。

“不是下午去跟你爸商量了吗？”

“那是你们已经捏好的，中午你们三个在我爷房子嘀嘀咕咕，我就在这边，为什么不问问我？为什么不跟我商量下？我不是这家里的人？”

“家里的大事情，得先跟你爸说，让你爸传达给你，这样不对吗？再说，你每天在家关严自己的房门，出门锁了你的房门，谁知道你在不在，知道我们回去你也不出来打声招呼，难道要我们敲开你房门问好不成？现在，跟你爸你妈再商量吧。”朱小罗暂时无话，只听到呼哧呼哧喘气声。朱紫口气放缓说，“其实吧，我也不想让你爷搬出去住，他的老同事、老朋友都在这儿……”朱紫欣喜地看到事情在朝着她想去的那个方向发展了，关键人物跳出来表明态度了。

嫂子在那边拿过电话。“朱紫，你可别在意朱小罗说话，他就是这样坏脾气，在家也经常跟我蹦着吵呢。”

“没事，我不在意，他能这样说，证明心里有他爷，我其实，挺高兴的。”朱紫挨了一顿抢白，一点也不恼，反而心里堆积的阴云被侄子的狂风吹散了。

“咱爸坚决不能出去，你哥回来一说，我当时就哭了，住了三十年的房子，到老了却搬走，这让我们怎么做人？从哪方面都说不过去。如果咱爸是嫌朱小罗不懂事，真的不想跟他住一起，那就让朱小罗出去找房子。”

“既然是这样，那最好都不出去了吧，两人把房间换换，将来朱小罗结婚时候，出去租房或贷款买房，你们住回来……”

“好好，咋样都行，只要咱爸高兴，反正这里也没外人，都是你们姓朱的事情，大家商量着来吧，朱小罗对象的事，走一步说一步。咱爸的身体，主要是为啥吧，我最清楚，他不一直在退休办干点差事吗，跑来跑去给大家发发东西，贴贴通知，搞些活动，一直还是工作状态，今年开始，人家不让他干了，一下子闲下来，心里想不开。这种感觉我最知道，我当年下岗回家，都不想活了，光想自杀呢。所以，你们再好好劝劝他，八十了，人家不可能让你一直干。你们说话他听，我说了不一定管用。最近你哥抽个星期天，我们就给爸把房子换了……”

第二天，爸爸又给朱红朱紫打电话：

“要不，就不换了吧，那老头说的，也不一定就对，折腾一次，也太麻烦。”好像他的换房只是玩笑，只是他做的一个试验。

“爸，一切我们来弄好，你啥都不用管，只等着住回南边房子就行。”朱红说。

“爸，一定换，必须换，既然你在意了，咱就得换。”朱紫说。

朱亮带领朱小罗在家里倒腾房子。朱红朱紫和女婿们也来帮忙，满满当当一屋子人，碍手碍脚的，反而使劳动场面不利索，管他干不干活，能不能插上手，总算是在这件事上，都出了面，露了头。一家人干得忙忙乱乱，磕磕碰碰。手拿抹布的朱红叼空跟袖手旁观的朱紫小声说：“总算，一切都理顺了，我这几天心情可好了，你看咱爸，也挺高兴的。”

挺高兴的爸爸坐在客厅一个小板凳上，整理零碎东西，一张一张欣赏自己写的毛笔字。

传来敲门声，爸爸按着双腿站起身，朱红已经走过去打开门，居委会大妈站门口。

“老朱，明天下午两点半，到小区西门开会。区上来人，说拆迁的事，咱这一片区域，划入改造范围了。”

发表于《小说月报原创版》2015 年第 8 期

彩　礼

一

爸说，我把你养这么大，供你上大学，读研究生，问他家要四万块钱，这多吗？

确实不多。可问题是，涛涛的爹娘拿不出来。

“我只求你，不要转身就走，哪怕是装一下，忍耐一下，也就是过年这几天。如果你看一眼转身走了，我家这个年，就过不成了。”两年前的春节，两人一起踏上去涛涛家的路。其实，在好多天前，一说好春节回涛涛家，他就这样说。这也勾起了林小镜的好奇，能穷成什么样子呢？

“是你无法想象的。”涛涛的眼里含着乞求，“我爹我娘一听说你要一起回去，高兴坏了，可同时又发愁，害怕，家里是那样子，怎么迎接你这个研究生儿媳妇啊，我娘已经几个晚上没有睡好了。”

火车到邻省的省城，下来再倒汽车，汽车下来再倒小面包，小面包下来再倒一种更小的机动三轮车，突突响着，跳着，冒着热烈欢呼的黑烟，一路向东，向北。越走越冷，涛涛把林小镜的手越握越紧，要给她足够的思想准备，他讲自己的家庭，讲自己的成长，讲自己的爹娘。读研期间，涛涛认识了同省老乡林小镜，只不过林小镜家在那个省的南端，涛涛家在那个省的北边。相距千里，他们只是行政意义上的老乡。

涛涛家里姊妹四个，一姐一弟一妹，除他考学出来外，都在农村，现也都已成家。涛涛的记忆中，他家永远欠着外债，从他小时候记事起，到目前这两个研究生乘着火车往家里走的路上，他那幸福又忐忑的娘为了紧急添置几样必不可少的东西，又问邻居借了几百块钱。

欠外债的主要原因是，他爹在壮年时期身体出了问题，确切地说，是脑子出了问题。

涛涛十二岁那年春节，他爹去集上买了二斤肉，这是距上次过年来的第一次买肉，也就是说，他们全家人（爷奶爹娘四个孩子共八口人）一年没有吃肉了。肥肉多瘦肉少，因为便宜。这样的吃肉，其实也就是蜻蜓点水走个形式，也就是春天的雨水湿个地皮，基本不解决什么问题。这二斤肉要承担起过年的庞大责任，说是过年的主角，其实是配角，因为它要被切成好几份，扮演好几个重要角色。要煮一块，切成丁做臊子面的臊子，切成条熬一锅有肉的纤小踪影的胡辣汤，要炸几个肉丸子。当然重头戏是跟好几个大萝卜掺在一起，盘饺子馅，包肉饺子。每年的炸萝卜是一项大工程。说是炸萝卜，其实是开水煮萝卜，跟油没有一点关系，为什么说成炸萝卜呢？研究生读了古代文学的林小镜思忖，可能是为了显得隆重一点。虽然是水煮，可用的是油炸的心情和隆重的仪式，过年呢嘛（平常是连炸萝卜这个仪式都没有的，一年到头，只有过年才吃饺子，也才对萝卜大动干戈一回），讨个吉利，把啥都往大的说往好里说，就像现在说的豪华、盛宴、盛世。先把五六七八个大萝卜洗净，放筐子里晾去水分，娘提前就把案板擦洗干净，准备着大场面大制作隆重推出强力打造。在案板上切这几个水灵灵的大萝卜，他们几个孩子就在旁边偎着，伺机捏一个圆片放嘴里，咔哧咔哧地嚼，好像萝卜比平常好吃了。娘会呵斥，会责骂，却也不是真恼，过年呢嘛，大家都变得温柔了好多，耐心了好多，大人训孩子的口气里有自娱自乐的成分。几个大萝卜变成一箩筐亮晶晶萝卜片。早有姐姐在身后的灶上呼踏呼踏地拉起了风箱，风箱这时也变得抢手，还有人会在旁边争抢，叫我拉会儿叫我拉会儿。平日娘做饭叫他们谁来帮着拉风箱，叫着谁就像是抓了壮丁，一百个不愿意，撅嘴吊脸，把风箱拉得呼哧呼哧短促得就要喘不上气，而此时风箱老爷爷气吐得好匀呀，呼——踏，呼——踏，气定神闲，把火苗吹得缎子般摆动身子。娘揭开大锅盖，一锅水欢呼雀跃，表达着对萝卜片的急切等待。几双手捧着萝卜片，放入锅中，盖上盖，娘说，好了，不添柴了，捂着。院子里，早有爹把长条凳放好，其中一头用麻绳绑着一块木板，像一个刑具等在那里，待出锅晾凉的萝卜们被笼布包好了上刑，用杠杆原理挤出萝卜水。这个活当然用不着爹干了，涛涛和波波自是踊跃抢先，恨不得使出牛犊般的力气，双脚弹起来，整个身子压在木板上，有时候还是两个身子摞起来对付萝卜，直挤得萝卜们吱吱呀呀喊命苦啊。基本上已经鞠躬尽瘁的蔫萝卜们再次回到大案板上，已成为温软的一团又一团，案板上铺排开来，娘的菜刀快乐地剁呀剁。其实，盘饺子馅这件事本可以集中半天时间，人多力量大，一鼓作气干完的，却不，非得把这个工程延展到几天里，也就是把过年的期盼均分到几日内，变成一项工程。第一天，爹去集上买肉，买回来先放着，这个过去看看，那个过去瞅瞅；第二天，剁肉，让那难得的、美妙的音节在家里欢快地响起，剥葱是奶奶的专利，边剥葱要边讲故事，辣得流眼泪就说，涛，给奶奶把手巾拿来，波波因为没有被喊到而不高兴，奶奶擦完眼泪说，波，给你娘把葱拿到灶火去，波波立即就喜眉笑眼；第三天，差不多年三十了，炸萝卜，盘馅，盘好的馅被抹得光光的，压得瓷瓷的，在盆里稳稳放着，上午和面，和好面醒着，吃过中午饭后再包。反正冬季里有的是时间，恨不得地老天荒一直这样下去，非得把吃饺子这件事弄成一个折磨又甜蜜的漫长工程。

可是，那一年的春节，因为这绝对的主角，二斤肉，一切改变了。变故出在饺子工程的第一天，爹去集上买肉，说确切点，是爹买肉回来的路上。爹提着那二斤肉，不时举到眼前，越看越欢喜，今年的瘦肉比去年多了一点点呢，因为今年大妮考上了县上的高中，据说考上县高中，也就是一只脚迈进了大学的门，县高中每年差不多一半学生都能考上大专院校，想想吧，家里就要出一个女秀才。路过一个村子，村头有个厕所，爹想解个手，把肉挂在厕所墙外的钉上，他有过犹豫的，是不是该挂到厕所里面，或者提在手里，可是吃的东西，咋能往厕所里拿呢，再说，里面没有钉子，只有厕所门口的外面，有一颗生锈了的大号铁钉，不知何年已经楔入那里，耐心而阴险地等着某个时辰注解一个人的命运。

爹系好裤带出来，大铁钉上不见了那块肉。爹的头嗡的一声炸开了。爹事后说，“我站那，就憨了。”看看天，阴不楚楚，东北风噢噢刮着，看看路上的人，南来的，北往的，提篮的，掂袋的，各走各的路，各忙各的年，就像一切都没发生。

“谁见我的肉了？”爹对着路上绝望地喊，冷风把他的声音撕成碎片，爹一声声喊，一声声问，“谁见我的肉了？谁见我的肉了？”没有人能够回答他，人们只是停下来，问了问情况，替他骂了几声。嫌疑人，无非是路上的人，或者这个村子里的人，可他不可能同时跑到所有人跟前，去夺下人家的篮子看，扒开人家的布袋瞅。他只能见人就问，一遍遍问，谁见我的肉了，你要是见了就还给我吧，一家老小，全指望这二斤肉过年哩。他在村口问路人，到村子里挨家问，他的声音越来越微弱，越来越低声下气，他自始至终连一个偷字都没有说，他想感化那个人，把肉还给他。

爹回到家里，已经是快中午了，他悄没声走进院子，进了屋子，脱鞋上床。娘走进来问他，怎么这早晚才回来，你买的肉哩？爹哇的一声大哭起来，干枯的村子响起他号叫般的哭声，这哭声吓坏了几个孩子，引来了邻人询问。这哭声从此进入涛涛的梦中，一回又一回。

整个过年，爹都在床上没有起来，大家都劝他，算了，别生气了，我们不吃肉照样过年，叫那偷了去的人便宜了吧，撑死他们吧，财去人安乐，我们高高兴兴过个年。可是爹想不通，他恨死了自己，怎么非得那时候解手呢，再坚持会儿，二三里地，就到家了，怎么想起家里的女秀才就得意忘形了呢。

直到春天，爹才走出家门，整个人全变了，痴痴呆呆，前言不搭后语，简单的数也算不到一堆儿。

爹不能再出门做事了，从前，爹在附近打个工跑个活卖点东西什么的，还能挣点钱，现在爹脑子坏了，应付不了更多的事，出了门，还找不到回家的路，要家里人天黑的时候四处寻找，把沉默的他引回家。家里的内外事物，全都落在娘身上。娘不甘心爹就这样变成憨子，到处借钱给爹看病，村上每户人家，她都借过。常常娘引着爹，去镇上看病，去县上看病，最远的一回，娘和爹搭上长途车，到市里去了。

第二年，涛涛考上了镇里初中。快开学时，娘跟姐商量，好闺女，家里供不起两个中学生了，让弟弟上吧，你回来，也帮帮娘。姐姐哭了几天，开学时把她没写完字的本子给了涛涛，从此再不提上学的事。

二

从西安城辗转到中原地区这个偏远小村，其实也就是十几个小时，可林小镜竟然觉得穿越了好多年。满眼所望，全都是光秃秃的，土地，村庄，没有任何遮掩和修饰，一切都惨烈地裸露着，大地倾其所有奉献了一切，这时她疲惫睡去。

远远看见村子，涛涛站下来，拢了拢林小镜的头发。

“我再一次请求你，不要转身就走，哪怕是……”

“哪怕是装，也要装两天，我知道了。”

村口有一个身影，向路上眺望，涛涛说，那是我娘，向那身影挥手，涛涛娘紧步迎着他们而来。

“咦，镜镜，冷吧，快回家。”粗硬的手一把抓住冻僵了的林小镜的手，再也不愿松开。涛涛在另一边拉住娘，三人手拉手走进全村最破落的一个院子。三间土坯房，在乡村也应该算是文物了。

涛涛娘把林小镜拉到屋里小炉子跟前。叫她坐下，问她想吃啥，我这就给你做。这是一个袖珍型新炉子，里面只能放两块蜂窝煤，它就是涛涛娘专门为了林小镜的到来紧急添置的物品之一，与之相配的是门背后的几十块蜂窝煤，基本是按照林小镜在这里的天数买的。炉子今天早上才生着，这会儿跳跃着蓝色小火苗欢呼她的到来。那么小的炉子，在大而空荡的屋子里简直就是杯水车薪，林小镜坐在它旁边也感觉不出暖和，只闻到一股刺鼻的煤气味。

林小镜真的没有见过这么穷的家。三间房子，连个像样的隔档也没有，就用一个水泥粮囤和两个破柜子象征性隔出一间算是里屋，其余两间只好通连着。能想象得来，为了迎接他们回来，娘确实费了大心思，把家里擦呀抹呀扫呀贴呀糊呀，报纸宣传画床单都派上了用场，处心积虑地布置，但无论怎样打理，掩饰不了寒酸，于是横下一条心，穷公婆总要见媳妇。林小镜尽量不往屋里四处打量，省得眼里的惊讶让未来婆婆看了担心。她想起有个摄影家拍了一组叫“中国人的家当”的照片，如果把他们家里全部东西叫到院子里集合，拍一幅照片，也够震撼的。为了叫老人的心慌减轻一点，林小镜说：“阿姨，您别忙了，我们早上下车前吃过饭了，您也坐下歇歇吧。”对方眼里又闪现一丝惊吓，为她叫的一声阿姨，这惊吓在刚才村头第一回照面时已经像片小乌云飘过她的脸上。路上涛涛跟林小镜说过，他们这里风俗，姑娘只要愿意上男方家门，就等于说是愿意了亲事，就得把男方的爹娘称为爹娘，可林小镜一张口，还是叫不出“娘”这个古老的词。林小镜她家那里，孩子们早已经像城里人一样，从小就叫爸妈了。为了扭转这一局面，她赶快起身打开行李，拿出给涛涛娘带的衣服和点心。

涛涛郑重地说："娘，给你看个东西，这个叫作汉堡。三年前我同学请我去肯德基，那是我第一次吃到，我当时就想，这么好吃的东西，一定叫我爹我娘吃上。"涛涛把纸剥开，给娘看，"中午做饭时，搁锅里炕炕，热的好吃。"

"哟，这，恐怕得一块钱吧。"娘问。

涛涛摇头，"你猜猜。"

"三块？"娘说。涛涛还摇头。

"四块？"娘的眼睛都快瞪圆了。涛涛苦笑。

林小镜哈哈大笑，"阿姨，十二块五！"

"天爷呀！"涛涛娘手都有点抖了，转而还是很高兴，捧着那个汉堡，看来看去，又小心地把纸包上，放回纸盒里，涛涛知道，从此这个纸盒也是娘的收藏品。

涛涛问娘："爹哩？"

"他去集上卖干菜去了。"

"这么冷的天，还去，再有两天就过年了，干吗这么辛苦啊？"林小镜问，她还不知道阿姨说的干菜是什么。

"嘿，他在家也没事，出去全当散心哩。"

涛涛娘见林小镜身段苗条，干干净净，戴个眼镜，像天上的仙女下凡一般坐在她家徒四壁的屋里，这个早已被生活耗得干枯的女人激动得站也不是，坐也不是，打开柜门说："看看，你爹把过年的肉都买好了，还买了二斤糖，豆腐我前天就炸好了，馍也蒸了好几锅，有花卷，有豆包。"又指着西里屋掩在柜子后的床说："你看，给你们准备的新被子，晚上冷，盖两床。"

涛涛知道，那是弟弟结婚时的被子，这几天从弟媳妇手里借来，暂且一用。过了一会儿，弟弟弟媳大概是听说他们到了，从另一个院子过来，彼此相见，坐下来，也都再无话可说，谁会知道该给这个在大城市电视台上班的女研究生说点啥呢，撇下林小镜，他们娘儿们之间欢欢喜喜地说话，说一说，回过头看看林小镜，好像不相信这是真的。快中午了，弟媳妇和娘去厨房做饭。厨房倒是砖墙，因为是这几年才盖的，为了省砖，盖得尽量低，上面直接搭着石棉瓦，没有门板，在院子里把厨房看个一览无遗。至于灶台和厨具，那就更窘迫了，配不起门的厨房，里面能有什么呢？林小镜几次进去要帮忙，都被涛涛娘和弟媳妇推了出来，她只好回到屋里和涛涛、波波看那台十八寸的鼓肚子电视机，是姐姐家淘汰下来的，信号不好，只能收四五个台，还嗞嗞啦啦的，直冒雪花点。

吃过午饭，刚收拾停当，涛涛娘说，“镜镜，走，咱俩去东头代销点买袋酱油吧。”

涛涛说，“那柜子里不是还有一袋吗？够过年吃了吧？”

“那，去给你买个爽歪歪喝，我平常老听对门的给她孙子买，一直不知道啥叫个爽歪歪，给你买瓶喝，叫我也看看是啥样。”

“哎呀，那都是小孩子喝的，我都这么大人了。”

“咦，再大在我跟前也是小孩，走吧走吧。”涛涛娘换了件干净衣服，梳了梳头，拉着林小镜出门。

走了不远，林小镜就明白了，涛涛娘是把她当个展览品、战利品带到街里展示，这个多年来在村里从来没有被人高看过的女人身边走着未来的儿媳妇，好像自己也立即扬眉吐气。她逢人就打招呼，眉开眼笑地让林小镜叫人家婶婶，大爷，奶奶，时不时还停下来跟他们拉拉话，告诉人们她的镜镜在电视台工作，那些主持人说的话，念的词都是她写的，她们上班可忙了，还常加班，要是加班了就吃十二块五一个的汉堡。涛涛娘人生字典里新出现的这个词，不断从她嘴里冒出来，她像是种瓜点豆勤勤恳恳地将汉堡撒遍村子，而那个实物还在家里放着，她执意要等到晚上涛涛爹回来后，两人一同品尝。给林小镜买爽歪歪这个过程持续了一个多小时，在代销点门口滞留时间最长。回到家，涛涛娘脱去外面罩的衣服，长吁一口气，像完成了一件大事，欢天喜地地准备晚饭。

还不见爹回来。涛涛给林小镜说，咱俩到集上接我爹去吧。林小镜正发愁跟波波夫妻俩坐在这里没话可说，就和涛涛出门，娘跟在后面送出好远，问林小镜冷不冷，“要是走到路上觉着冷就回来，不要去了，啊。”

两人出村，涛涛看前后无人，抱住林小镜亲了一口：“谢谢你，没有转身就走。”

涛涛告诉林小镜。因为他爹早年生病，他家日子过得最差，成为村里头号欠债大户，被村里人看不起，涛涛又长得不景气，二十六岁后，村里人断言，他肯定找不着对象。娘今天带她去买爽歪歪，就是想让大家看看，她的儿子不但找着对象了，还是个研究生哩。

“你给我再多讲讲你小时候的故事呗，我看网上说了，一个男的如果真的爱一个女的，会愿意讲他的小时候，恨不得把自己从小到大的经历都讲出来。”

“有时候，过去的事情不想再面对，不想再提起，因为太苦了。我愿意讲的，就是十岁时我家从草房搬进土房里，那才叫幸福，一辈子都记得，我娘拉着架子车，装着全部家当，我们姊妹四个在两边扶着车帮，一路上笑啊，闹啊，唱啊，再也没有那么欢乐的时候了。当天晚上，拉着电灯，照亮三间散发着潮气的土黄色的家，那时我就想，这莫不就是世上最好的房子，最好的家？”

“就是现在这个房吗？”

“是啊，房子还是那个房子，只是后来把草顶换成了瓦顶，住了二十年了，我爹病，我上学，我弟盖房结婚，总也没钱盖新的，咱们结婚又得钱，爹娘他们离住上新房，恐怕还有好多年。”

林小镜叹口气，爸要的四万块钱，要从这座土坯房里拿出来，谈何容易。

“就这够好的，这房修了几次，换了顶瓦，总算是不漏雨啊。小时候住那草房，最怕下雨，锅碗瓢盆全用上，还是不够接雨。要是一打雷，就觉得要把那草房震塌，要是刮大风，就怕把屋顶掀跑，我到现在都怕打雷和刮风。”

“你小时候还有啥开心事？”

“还有就是，我姐从高中退学后，当过两年的民办教师，每个月有二十块钱的工资，那次过年，给我买了个牛仔裤，平生第一回穿，高兴得我呀，晚上睡觉都不想脱下来。那时我上学常搭同学的自行车，要么他带我要么我带他。我穿着牛仔裤就觉得自己挺拽的，带着他骑得可快了，走在沙石路上，我俩只顾说话，一个坑，没看到，直直骑进去，我俩连人带车翻滚下来，我当时就想，牛仔裤千万不敢蹭破啊，本来应该是腿着地，我急忙用脚撑着，站稳后先看裤子，前后左右检查，没有蹭破，哎呀高兴得我呀，其实脚崴了，竟感觉不到疼，我俩拍完身上的土，再准备骑上走的时候，发现我骑不成了，他把我带到学校，脚脖都肿得走不成路，也没钱去医院看，就那样瘸着，足足肿了一星期，才慢慢好了，就那，也高兴，保住了牛仔裤。”

涛涛似乎还沉浸在当年的幸福中，拉着林小镜在路上跑跳了两步。

走到一个村子，涛涛停了下来。

“这个厕所，就是我爹十八年前丢了二斤肉的地方。”

两人手拉手默默站在那里，想象着那绝望的人，站在路上，茫然四望，无所求告，后来连看热闹的人也都走了，只有冷风呜呜相伴,顿足捶胸一阵之后,一家之主顺着这条路慢慢走回家。

“后来，我娘到处借钱，四处看病，我爹有所好转，能算一点简单的账了。他现在从镇上批发一些干货在集上卖，利润很小，一天顶多能挣十来块钱。”

两人在集市上寻找。涛涛指给林小镜一个苍老的男人，脚下摊开一个大蛇皮袋，摆放着海带、干豆腐皮、粉条等。林小镜知道他不到六十岁，可看起来像是七十了，穿着破旧的军大衣，佝偻着腰身，脸冻成青灰色，双手揣在袖筒里，眼巴巴看着路人。

两人走上前去，涛涛叫声爹，林小镜叫声叔叔。

“镜镜，哎呀镜镜，你不在家呆着，咋跑来了，冷不冷啊？”老人亲热地问。老两口商量好了似的，不先和儿子打招呼，却先招呼她。

林小镜鼻子一酸，应该是她问老人冷不冷的。她使劲摇头，“不冷不冷，走得可热乎了。”

“镜镜你想吃啥呀？给你买个。”老人说着就掏口袋。林小镜上去抓住他的胳膊，忙说刚吃了午饭，一点都不饿真的，心想，唉，你吃了没有呢。涛涛替她问了出来。爹说："嘿，我清早家里出来带的馍，晌午问饭馆要了一碗面汤，吃得怪饱哩。"

涛涛说："爹，回家吧，这么冷的天，咱不挣这钱了，啊。"

"好好，回家，不挣了，镜镜回来了嘛。"爹从看到林小镜那一刻，就只是开心地笑，林小镜能跟着涛涛一起到集上接他，那么他们担心的事就没有发生，也不会发生了，啊，真好真好，啊回家回家，不挣钱了，不站在冷风里受罪了，家里年货都备好了，最主要的是，城里的儿媳妇回来了，这个年，一定要好好过啊。

忽然碰到了涛涛的表姐来采买过年的东西，表姐是大舅的女儿。大家相见分外高兴，站在集上说了一会儿话，表姐邀请涛涛带上林小镜到他舅家去。"我一会儿路过你舅村上就给他们捎话，哎呀，你姥娘、你舅他们要是知道镜镜跟你一起回来了，不定高兴成啥样呢，可一定来啊。"

涛涛和爹一起，一样一样装起没有卖完的干货，收到一个大袋子里，涛涛背起来，三人往回走，路上父子俩一直说着话，林小镜偶尔插话。爹带着巴结的口气问候过林小镜的父母及家里鸡鸭猪狗、鱼塘果园。路过那个村头厕所的时候，突然三个人都不再说话，只默默地走路，林小镜偷眼看看老人，他的表情木木的，也没有什么异样。

再说表姐那里，回家路上拐到娘家村头，让人给捎话回去。她八十多岁的奶奶，也就是涛涛的姥娘，高兴地叫儿子赶紧把家里再打扫打扫，说不定初一初二，她外孙就领着女朋友来了。

涛涛三人回到家里，见到姐姐妹妹都在，大家正在厨房做饭，也都是先招呼她。不用说，娘早告诉了她们，林小镜并没有嫌弃她家的穷，并没有像他们所担心的那样，看了一眼转身离去。啊，这个槛过去了。爹一进门和娘的第一眼对视里，含着庆幸和喜悦，在不甚明亮的灯光里快速一闪。

弟弟弟媳还在。他们家这是提前团圆了，也不管什么闺女腊月里不兴回娘家的说法了。都新世纪了，家里都出俩研究生了，怎么还不能跨越一下那些旧式樊篱呢。小炉子着得很旺，坐了一个小锅，担当起烧水的职责。几个女人进进出出忙着，不许林小镜近前，叫她只等着吃饭就行。林小镜便从行李里拿出给姐姐妹妹的礼物。听涛涛说姐姐常常背着婆家给娘家贴补，所以给姐姐买的衣服就贵了一点，当着妹妹的面没有说破。忙着的姐姐妹妹叼空擦干了手过来把新衣服在身上比试了一下，高兴得很。大家你一嘴我一嘴说起了小时候过年的事，涛涛波波争着在长条凳上挤压萝卜水，争着拉风箱，饺子里包的两枚二分硬币，都叫涛涛吃到了，波波气得泪水汪汪，奶奶说，这是各人的命，不服不行，涛就是主贵之人，不信你们走着看，唉，我是看不着那一天了，涛，你将来要是过拽了，可要记着到坟上给我烧烧啊。涛涛考上大学后，每年大年三十都要给爷爷奶奶烧纸。涛涛说，爷奶要是知道今年我带着研究生孙媳妇给她烧纸，不定高兴成啥样哩。说得大家眼里都泪光盈盈，情绪激动，话也都多了起来，暂且忘记了他们现在还欠着外债，他们会用奶奶的话安慰自己，虱多不痒账多不愁。

饭做好，姐姐盛好第一碗先端给林小镜，林小镜接过来，端给蹲在一边听大家说话的爹。推让一下，爹幸福地接过了碗。

晚饭后，大家又坐着说了会儿话，姐姐骑自行车回家去了，妹妹家离得远不想回了，睡到西院二哥家去。

百感交集地坐下来，几个人秧秧蔓蔓地说话，涛涛娘今天一天说的话比平日里几天加起来都多，她把小炉子放在林小镜身边，林小镜被煤气味熏得头晕，就挪得远些。娘充满自豪地说起了涛涛的童年，一点点求证着他小时候就能映照出将来会有出息的迹象，当娘的对这样事总有足够耐心和惊人记忆，慢慢寻找蛛丝马迹，连很小很小的事都不放过，比如夏天晚上玩得太累倒在院子里瓜架下睡着了让大人一顿好找，比如不小心把衣服挂破了娘没时间给缝他自己拿线从里面绑个疙瘩上学去了。涛涛小学时就表现出学习好的苗头，乡上每学期会抽考各个学校的学生，由各村学校派学生到乡里考试，涛涛几乎每次都被抽到，有一回考了个全乡第一名。学校给他奖了十块钱，老师买了二斤油条送到他家里。

“我长那么大头一回拿那么多钱，高兴得我呀，真不知道该买啥，在身上装了两天，交给娘了。”涛涛在一边进行自我心理剖析。

当娘的早已在心中把这些往事逸事一次次温习，加入母爱的颜料，细细涂抹，直把它们皴染成一幅温暖的图画。林小镜托腮倾听。涛涛爹蹲在一边抽自卷的烟，脸上看起来很舒展。小炉子上坐的水热了，娘又张罗着让林小镜洗漱，用的是新买的脸盆、毛巾。涛涛端着她的洗脚水倒出屋外，她转身铺床，涛涛娘端进来一个最小号的薄得几乎透明的粉红塑料盆，说这是专门给她买的，当尿盆用。林小镜非常不好意思，说，哎哟阿姨我自己来自己来。涛涛娘说，你刚到家，地方不熟还是叫我招呼吧。

早上，她小便完，刚提好裤子，涛涛娘进来端起塑料盆，林小镜赶忙去抢，她身子一转，用后背挡住她，端着出去了。

这一天，林小镜的全部任务就是打扮得漂漂亮亮，让大家参观。村里人昨晚已经奔走相告，把涛涛媳妇的到来当成一个新闻传播开来，今天大家纷纷来看新媳妇，她终于明白络绎不绝这个词的准确含义了。

涛涛昨晚已经把集上与表姐相遇告诉了娘，问娘，他要不要领着镜镜前去看望姥娘。娘说，按理是应该去的，可是，咱这里规矩，镜镜头一回上门去，他们得给见面礼的，这无形中就是给你几个舅增加了一次负担，不如等到你们结婚时他们来，出一次钱就行了。涛涛也认为娘说得有理，便没有去。让姥娘在那边空念叨一场，半年后老人去世了，遗憾没有见到外孙媳妇。

大年初一早上，涛涛娘给林小镜一千零七十块钱，说这叫千里挑妻。

中午饭要好好吃一顿，七碟子八碗都得用上，林小镜自告奋勇在厨房角落里取去年春节后收好的碗盘，不小心碰倒了放在墙角的半瓶机油，伸手去拿那黑乎乎瓶子，滑溜溜的，瓶口只是拿塑料布裹了一下，不小心倒在身上，把羽绒服弄脏一大片。涛涛娘说，快脱下来我给你洗洗。林小镜说，这恐怕手洗不掉，我回去后拿到干洗店，估计够呛，要是洗不掉就不要了，这件也穿好几年了，还是大二那年买的。涛涛娘立即叫弟媳妇给拿来她的一件羽绒服，林小镜说，好，下次你哥回来给你捎回。弟媳妇说，哎呀嫂子，你穿走吧，只要你不嫌弃，就是我的荣幸。

安安生生在涛涛家过了初二，临走时，涛涛留了两千块钱，叫娘给家里安个电话，这样啥时候想跟镜镜说话就能说话。

那年五一，他俩又一起回了林小镜家里，林小镜瞒过父母她已经去过涛涛家这一情节，只说是先带涛涛回来让他们看，问爸对涛涛有没有什么意见。爸说，是个良善之人，不会有啥大本事，但会一辈子对你好，就这么着吧。我要求不高，四万块彩礼。

凭良心说，林小镜的父母没有胡要。爸爸是个要强人，对孩子们从小要求很严，他的三个儿女，全都考上大学，如今都在天南海北的大城市工作。问女婿家要四万块钱，也只是要个说法。

可是四万块钱对涛涛父母，却是个大数字。

当然，男方家不能说不给，砸锅卖铁，剜骨头卖扣儿，也得先把四万块钱应承下来。至于应下来之后，怎么办，他们没有具体措施，涛涛还欠着助学贷款的一万八，家里零零星星还欠村里人上万块，所以两年来，四万块迟迟凑不够。

三

涛涛家不但拿不出四万块钱，反而问涛涛还借了两万块，前年春节刚过，也就是他们从老家回来不久，娘打电话来说，波波想买个面包车跑运输。涛涛当时的存款只有两万，全给家里寄回去了。

林小镜想想自己爱上的这个人，只是人好，只是死心爱他，可生活中没有钱寸步难行啊。

当年涛涛考上了研究生，没有钱上，再办助学贷款，前面的钱没还清，后面不好贷了。爹娘在家里白天吃不下，晚上睡不着，反复说，唉呀，怎么好事还把人愁成这样呢？涛涛打电话说，娘你别操心了，我自己找上研的钱，找不来我就不上了，早点工作早挣钱。涛涛有一个关系好的同学，家在本市，爸爸是个处长，涛涛给那同学说，能不能让我去见见你父母。那同学引他回家见了爸爸，涛涛向这位叔叔讲述了自己家的事，讲他们家的茅草屋，讲爹丢了二斤肉气病了，讲娘到处借钱陪爹去看病，讲他正长身体时候，常常饥饿相伴……按说涛涛最不愿讲这些事，可他眼下不得不把自己收藏的那幅伤心画卷展开来给人看，年轻的讲解员泪水涟涟。叔叔二话没说给他借了一万块钱，说拿去用吧，好好学习，啥时有钱啥时还。

林小镜认识涛涛后，等于说两个穷学生合成了一对穷学生。还能怎样呢？不管大学生还是研究生，谈恋爱也是要讲门当户对的，基本上是城市学生找城市学生，县上学生找县上学生，农村来的学生，只好找农村学生，没有人能自寻烦恼地跨越雷池，甚至对方的爸妈有没有退休金养老金，对方家的亲戚里有没有当官的做生意的，对方兄弟姐妹的经济状况，也成为恋爱的法码，这样看来，涛涛和林小镜基本般配，虽然涛涛家更穷，可涛涛成绩优秀人品好，拿出一颗真心来贴林小镜，涛涛全家人，七大姑八大姨结成亲友团，联合起来打的真情牌，像层层蛛网把林小镜牢牢俘获。

般配的还有葛芳和赵永强，两人也是同样情况，不同的是赵永强没有考上研，先工作了，回到他们县里教书，而葛芳读了研究生，和林小镜同班。工作了的赵永强每个月给葛芳寄钱，再加上带家教，基本上葛芳的读研不再是家里的灾难。

林小镜永远忘不了，晚上家教结束之后，她乘公交车穿过沉睡的城市，末班车上人很少，空荡荡的，再一打瞌睡，她就像是坐在一个梦境之中，看着灯火流溢的大都市，觉得自己是局外人。已经五六年了，还是无法融入这个城市，因为有太多场合，她去不了，也没必要去，去了只是给自己敏感的心增加伤害。那几年她的名字一直在长春藤家教网站上挂着。最多的时候，她一个周日要跑三家，不管再热的天再冷的天，不管下大雨还是沙尘暴，她都得按时赶到学生家里，为的是挣那五十块钱，关键是时间都是连接好的，这个迟了，下一个就得受影响。她尽量不看人家家里的摆设，那对她有一种压迫感，刺痛感，她也没时间看，她进门就开始给孩子上课，喝水都是自带，自己的水杯放到面前，其实常常也不喝，只是抿上几小口，因为不想在别人家上厕所。家长给准备的水果她也没时间吃，总是一口气讲两个小时，再有意多出几分钟，站起身就告辞走人，遇到吃饭时间也坚决不吃，那次上完课已经六点半，家长给她下好饺子盛在碗里，她已经听到自己肚子咕噜噜叫，她也想起自己好久没吃过饺子了，她还是决绝地转身出门。有个家长硬塞给她一个苹果，说是美国蛇国。她从来没见过那么挺拔英俊的苹果，漂亮得像是假的。拿回去和涛涛两人切开吃了。两人头挨在一起，很细致地吃那个苹果，林小镜说，从今后，我们的一切都要一起分享，不管是痛苦还是幸福。

她和涛涛两年家教的钱存在一起，涛涛研究生毕业前，给同学爸爸还了一万块钱。

也算是他们俩命好，找工作没有多花钱。涛涛的一个学长兼老乡在报社工作，曾经给一个领导鞍前马后出过很多力，领导给学长说，我快要退休了，你看有什么事需要给你办吗？学长说，我有个学弟，特别优秀，今年刚好毕业，看能不能给他个机会。叫来涛涛面试，比较满意，没费周折招聘进了报社工作。而林小镜呢，第二年研究生毕业时发下狠誓，凭自己的能力应聘，绝不送钱，因为她没钱可送。那个春天她奔波在这个城市里，一个一个单位递交材料，跑去面试。城东到城西，南郊到北郊，有时候一天跑两三个地方，单位不管大小，路途无论远近，只要给交三金就行。她不明白也不服气，这是什么道理，找个好一点的工作要先花几万块钱，我就不信不花钱找不到工作。好在这世上总还有讲良心的地方，也有真正需要人才的地方，她终于在五一前进电视台当了文案编辑。

葛芳就没有那么幸运了，她一心想进高校当教师，在西安试了几家大学，没有成功，退而求其次，到本省的地级市学校继续应聘，她精心准备的讲课，自己感觉也很好，可是成绩公布后，她分数最低。她去问人家是不是把她的分数搞错了，负责面试的老师说，没有搞错，你的确讲得太差了。葛芳离去，流泪给赵永强打电话。

第二天下午，赵永强来电话说给她卡上打了四万块钱，“去试试吧，送给那个老师，我打听过了，基本就是这个价位。”

“你哪来的钱？”葛芳问。

“你别问了，能进大学教书是你最大心愿，花些钱是值得的，我们年轻，以后会慢慢有钱的。”

葛芳晚上找到那老师家里，四万块钱双手奉上，老师顺理成章地收下，又说，他明天办事，需要两瓶酒两条烟却没有时间去买，望葛芳去帮他买来。从老师家出来商场已经关门，第二天一大早葛芳去到商场，见老师说的那种酒一千八一瓶，那种烟七百多一条，唉，头都磕了何况作个揖呢，人家能提出要，就是愿意做这笔交易，葛芳再不好向赵永强开口了，便给林小镜打电话，让她问问涛涛那里能不能借五千块钱，她急用，一定一定在两小时内打来。涛涛给葛芳卡上转了五千块钱。葛芳跑去商店买了烟和酒，给老师送去。三天后，葛芳收到了录取通知，如愿以偿当上了大学老师。

第二年油菜花开的时节，葛芳邀请林小镜到她学校去玩，晚上两人在校园散步，葛芳指着教师宿舍楼说，"你看那些房间的灯光，我给你说说他们每个人是啥背景吧，第一个灯光里的小王老师，教育局长的侄女，第二个灯光里的小陈老师，公安局长的外甥，第三个灯光里的小美老师，副校长的本家妹子，反正那么多灯光里的年轻教师，据我所知只有我一个人是没有关系的，所以我就得掏那四万五，这是价码，不能乱了行情，如果那晚我拿去五万，他不就不会再叫我去买烟买酒了。"

"怪不得啊，我在电视台，常常有人问我，是新来的吧，你怎么进来的，谁的关系？我说，没关系呀，我自己考进来的，他们都不信，用惊讶的目光看着我。"

"这样说来，小镜，你和涛涛真是幸运，找工作竟然没有花钱，还进了那么好的单位。"

"嗯，就是的，只有给他学长的爱人花一千块买了个施华洛的项链，好坏也得感谢一下吧，给帮这么大的忙。"

"幸亏，我有永强，他早些工作，供我读研，又给我借钱打点，找到了这个工作，算是一步到位了，要不，我只能去那些没保障的烂单位。哎小镜，你记得前年春天不？那次永强到学校来找我，咱们四个晚上出去逛，路过那个夜市？”

“记得记得，夜市上那个烤鸡翅，哎呀味道真香啊，咱俩都特别想吃，是吧？”

“对呀，当时咱俩都不由得站下了，就像小孩一样，直愣愣看过去，谁都没说话，但互相看了一眼，我就知道你也想吃。五块钱一个烤鸡翅，那时想哪怕吃一个。”

“嗯，赵永强都看出来了，想掏钱给咱们买，我拉起他们，跑了。”

“你也真好玩，使劲拉住两个男生跑开。”

“我当时想的是，十块钱呢，在学校里可以吃一天，在老家我妈可以买好多菜全家吃两天，就这样因为嘴馋吃掉了，多可惜。”林小镜嘻嘻笑着，咂了咂嘴，回忆烤鸡翅的香味，“那时我就想，等我有钱了，就买十个烤翅，一口气吃完。”

林小镜仰头望着黑色的芬芳夜空，深深呼吸，“经常有人说，怀念大学时光，多么多么美好，多么多么无忧无虑，我一点都不怀念，什么都没有，那么贫穷，那么自卑，我再也不要过那种生活。我爱现在的时光，每月都有收入，去年这个时候，我奔忙着找工作，看到卖草莓的，多想吃啊，舍不得买，最后实在馋，黄昏时候两块钱买了烂的，回去拣一拣吃，而今年，我就能吃新鲜草莓了。我告诉自己，现在我过的每一天，都是有生以来最美好的一天，我的未来也定比现在好。”

去年春天，她刚进电视台工作，头一天下班回来，涛涛说，我给你买了苹果手机，你那个诺基亚，实在不能再用了。

林小镜把两个手机并排在床上放到一起，就像是珠光宝气的贵妇和蓬头垢面的乞丐。今天，她幸亏没有在单位打电话，心有灵犀般的，一天都没有勇气让手机从包里出来露个脸，要是让电视台的同事看到，不笑话死她。涛涛用了两个月的工资，给她买了最新款的手机，而自己还用着破烂诺基亚，从本科一直用到现在。她想起网上的一句话，一个男人在乎你，并不在于他有钱时给你花多少，而在于他没钱时给你花多少。

林小镜觉得这是他们俩爱情的见证，晚上睡觉都恨不得搂着它，早上被它的歌声唤醒，开始一天的美好生活。

可不想才用了半年就丢了，竟然是在自己家丢的。

她们租住的是一间十七平方米的房子，门口处有一个小小的卫生间，只是用砖垒了一人多高，离房顶还有一段距离，房东懒得再往上垒了，差不多是卫生间的样子就行了。卫生间外边有一个很小很浅的水池，小得放不下最小的盆，在那里洗手都要小心翼翼，否则水就会溅出来。上厕所和做饭就是一墙之隔，隔墙上面气息互通。鉴于这样的实际情况，卫生间只是夜里小便使用。房子中间用一块木板象征性地隔开，里面一张床，一张桌，是睡觉和学习的地方，外面一张桌，两个凳，简单灶具，是做饭和吃饭的地方。那天晚饭，林小镜炒了菜后，让屋里的油烟跑一跑，就把门和窗户打开对流。涛涛在里间电脑上赶写一篇稿子，林小镜叫她吃饭，走过去凑到电脑上看，指出他有句话用词不准，两人便商讨着怎样斟词酌句，改得更通顺。突然，林小镜想起她的包和手机在外面，转身出来一看，桌子上不见了手机，再翻包里，二百块钱也没了。她赶忙让涛涛打她手机，已经关机。根据包里的钱被拿走而包还在这一细节，觉得小偷瞅准了时机，下手快捷而又从容，也就是一两分钟时间，就在他们身后几米的地方不出声地把手机和钱拿走，他们分析一定是院子里的人。这里住的都是穷人，有蹬三轮的，卖菜的，捡破烂的，还有就是他们这样的穷学生。也许，就是隔壁那个男人。那男人，说不清是干什么工作，好像总是在家，而且在家永远不开灯不出声也不见做饭。林小镜记得上个月她在天井对面水池边洗衣服，背对着自己屋子，突然觉得那男人也从家里走出来，站在门口看她，引起她的警惕，换了个能看到自己家门的方向洗衣服，那男人站了一会儿，无奈回自己房间了。

林小镜打电话报警，一会儿警察来了，问了问情况，也认为应该是同院子的人作案，又问林小镜怀疑是谁，林小镜说，你们去问问隔壁那人吧，他干什么工作啊整天在家？警察一会儿回来，说，问了，他说他是挖煤的。林小镜说，这附近哪有煤矿啊？他分明是撒谎。警察说，可我们只能是询问，也不能搜查呀，你们这院子，也没有安摄像头。

警察走了，这事就不了了之。林小镜越想越懊悔，恨起来就用拳头砸自己脑袋。涛涛为了让她不再难过，说，告诉你吧，我自己存的还有钱，我专门有个折子，交给我娘放着，上面总是有几千块钱，以备家里有啥事急用，可是我娘除了生病取过一千外，从来也不用那上面的钱，说她替我保管着。你别难过了，我们用那钱再给你买一个吧。林小镜说，不要那么贵的了，买个几百块的，能用就行了，我们还是多攒点钱，租个单元房吧。

四

两人租住的小屋因为装了宽带，所以加装一个固定电话，涛涛娘每过几天就使那电话响起一回，多在晚上八九点钟，娘在电话里总是先找镜镜，先问镜镜，镜镜在吧，镜镜好吧，镜镜上班累不累，天冷了，多穿点，饭要多吃，不要为了苗条不吃饭，身体好是要紧。有次林小镜回来得晚，准备开门时听到涛涛在电话里说，娘，钱的事你别愁，啊，我从这里慢慢攒，有了就给你寄。林小镜一听之下很生气，开了门，涛涛赶忙说，哎哟镜镜回来了，娘刚才还问你呢，来来，跟娘说几句话。林小镜阴着脸不理他，涛涛敛着声儿跟娘说，镜镜这两天不舒服，娘，那就这吧，下次再说，啊。

“你家人也太不像话了，一分钱拿不出，还借着咱的钱，现在，彩礼钱还要你来出！”

涛涛赔着笑，过来想拥抱和解，林小镜甩开了他。

“不是的不是的，是我想那样安慰我娘，叫她别操心，其实她们正在攒，刚才我娘说，攒了有两万多了，我爹现在天天去集上给人家盖房子，家里还种了小西红柿，那东西现在能卖上价，我娘在家拿玉米皮拧编织绳，每天挣十来块，到时再问我姐借点……”

“他们什么时候能攒够啊？我都二十八了，我爸说了，要是你们没有诚意，这亲事就算了。”

“有诚意有诚意，怎么没诚意呢？我们全家人，恨不得把你捧到天上去，就请你理解下，我爹娘，确实是……他们来个钱，太难了。”

林小镜想起涛涛爹娘对自己百般巴结的样子，心软了下来，可再一想，他们所谓的攒钱，也就是今天十块，明天五块，要是谁得个病，攒的钱全部归零，还要再借钱，什么时候才能攒够四万啊，也许还得是涛涛背着她给寄回去，林小镜立即又怒火中烧。

“我告诉你涛涛，不经我的允许不得再给你家寄钱，咱又不是大款，你想想，咱们将来也要买房养孩子，在大城市没有钱寸步难行，他们要娶儿媳妇，这四万块钱应该他们掏。”

“对对，应该的，我娘刚才说了，他们正在努力，全家总动员，全力以赴，争取明年把钱攒够。”

“你弟弟欠咱的钱，啥时还呢？”

“他买车的本钱快赚回来了，马上还。”

“先还一部分也行啊，没必要非得攒齐了再还。”

“是是，下次通电话我再问问，啊。”

过了半个月，娘寄来了一床五斤重的新被子，说是天冷了，他们的出租屋里没生炉子，要盖厚点。林小镜知道这样一床新被子置办下来得几百块钱，想想他们那样劳作，每天挣个十块二十的，林小镜心又软了。

那次过年从老家回来后，娘好几次打电话，都问起林小镜那件羽绒服，先是问，那坨油洗掉没？林小镜说，没掉彻底，还能看出来有一片。娘说，噢。下次打电话时又问，那你的羽绒服那么一坨，你以后还穿它不穿了？林小镜说，不穿了，入冬我再买一件。娘说，噢。这会儿，天冷了，娘再次问起林小镜，天冷了，你那羽绒服，不穿了？林小镜说，不穿了。娘问，那，在你们柜子里放着哩？林小镜说，嗯，我又买了件新的。娘说，噢。放下电话，林小镜跟涛涛嘀咕，你娘怎么那么关心那个羽绒服？问了好几次。涛涛意味深长地看着林小镜，“你怎么就不明白，娘是想，你不要了，给她，我家那地方冬天多冷啊，我娘一直也舍不得买个羽绒服，而你这个，就因为那一坨没洗净，闲放着。”

“天哪，我咋没想到呢，她回回电话都问这个羽绒服。咱这个周末赶快给她寄回去吧，噢，再买件新的，连这个一起寄回。”

星期六，两人翻出柜子里那件前襟一坨阴影的羽绒服，一起去批发市场拣最厚实的买了件新的，然后来到邮局。涛涛说，“我家那个村比较偏远，害怕邮局的不给好好送，要不，寄到我姐家，他们是大村子，临着公路，邮包能直接送到家，打个电话让她捎给我娘。”

半个月后，娘来电话，很高兴地说，“衣服你姐收到了，她可喜欢那式样，跟她闺女一人穿了一件。”

林小镜说：“那是给你的呀，你看那个新买的，那么深的颜色，小孩穿合适吗？”

“她们穿也好，谁穿都行，只要别闲在那儿就好。”

快过年的时候，娘来电话商量说，“要不，今年你俩不用回来了吧，去年刚见过，撇点想头吧，一来一回再省也得一千多，别把钱都扔到路上，存着吧。”涛涛明白娘的意思，就请示林小镜，不回家了，给家里寄一千块钱，好不？林小镜同意了。

涛涛的棉衣，是在农贸市场80元买的。贱东西质量常常漏洞百出，刚穿几天，口袋就开了，稀薄的里衬口袋，本来就小，只是个样子货，缝都不好缝，只好注意，不能往里面装东西。一个冬天没出，拉链也坏了，好在还有一排按扣，按上后从外面看不到拉链的问题，就那样凑合穿了。林小镜说，“给你去买件棉衣吧，看你这样子，哪像个报社记者，走在路上就像是农民工。”涛涛说，“凑合还能穿，明年再说吧。”

林小镜想要个什么东西，涛涛立即就给买，林小镜想吃什么饭，他们俩就做什么饭。他说，你在电视台工作，不能穿得太差，得有一两件好的，跟便宜的配着穿。两人壮起胆子走进专卖店，找那些去年或前年的式样，开始打折的，便宜得多，跑了几家店，反复比较，给她买了两件，用以充作门面。而他自己，把花销压到最低最低，似乎除了吃饭穿衣，他不需要再花什么钱。这个三十岁的男人为了她，为了千里之外的家，已经没有了自己的爱好，林小镜的爱好就是他的爱好，林小镜的幸福就是他的幸福，林小镜的烦恼，当然也就是他的烦恼，只是，他不说罢了，林小镜提起烦心事，他还要想法劝解。两人一起吃牛肉拉面排骨面，他把自己碗里的牛肉和排骨挑给她，林小镜碗里吃不完的面，他端过来吃了。一个和高富帅完全反面的男生，爱上一个姑娘，他还能怎样呢。他的工资卡和奖金被林小镜掌握着，他只好利用采访时的红包、少量零星日奖月奖什么的，给家里那个折子上打进去，然后再打电话说，娘，又多了二百噢。他用自己的钱给岳父彩礼的这个打算被林小镜识破后，嘴上不承认，只能做得更隐蔽，更艰难。

周五晚上，涛涛来电话说，在外县采访，今天回不来了。

第二天上午，他又来电话："小镜，给你说个事，你先不要担心，我在医院里，昨晚没告诉你，怕你操心，现在，你拿几件我的换洗衣服来。"

"天哪，怎么回事？要拿换洗衣服到医院？"

"昨天下午我和同事到郊区采访一个失火的小造纸厂，厂长的儿子把我打了，相机砸了。别担心，现在没事了，养几天就好。"

林小镜飞奔到医院，见涛涛躺在病床上，脸肿得快要找不到眼睛，右腿上打了绷带，架起在床上。他的一个男同事从昨晚照顾他到现在。

男同事刚走一会儿，涛涛娘打来了电话，说，波波的面包车被县执法大队扣下了，要交五千罚金才能放车，看涛涛能不能利用记者的身份在县上找个关系，有人出面说句话，把车要回来。涛涛和林小镜一起苦笑，娘不明白，跨省隔县，相距千里，谁会认他这个记者呢？涛涛艰难地坐起身子，林小镜给他身后垫了被子，他在电话里给娘讲了一番道理。娘很疑惑，在她心目中，儿子成了能行人了，咋连这样事都办不了呢。娘最后无奈说，噢，那，就算了吧，让波波自己想办法，叫人家少罚点吧。你和镜镜，都好着呢吧？涛涛说，好着呢，今天在家休息，这会儿准备做饭呢。

涛涛在医院住了一周，出院回到家里，林小镜继续照顾他，一个月后，他能下地走路了。

长相平凡的林小镜整天与电视台那些主持人一起工作，看惯她们的奢华生活，有时顺便被邀请参与她们的外围生活，比如被她们开上车带到哪里赴个饭局，开个派对，看到男人对她们一掷千金而她们很淡然，甚至表现得很是不屑。高级化妆品，名贵狗，衣服首饰，购物卡，也不能轻易打动她们，总还要摆出一副不为金钱所动的样子。有时候饭局后，哪个美人路顺会捎她回家，而涛涛早已经短信问她，几点回，要不要接，几路车站。晚归的时候，涛涛只要在家，总是要接的，他不放心她独自走过坑洼不平的村子，走过那些突然蹿出来一个手拎酒瓶的男人的小巷。快到时，她短信涛涛在村口等她。她从美人香喷喷的车上下来，看到涛涛忠厚的身影在路边立着，伸着脖子向她来的方向张望，涛涛在等她，在望她，这一幕成为了二人感情世界里的定格风景。她全身饱蘸着车里的温软香甜气息，听到美人娇艳地向她抛媚眼说，亲爱的明儿见，她走向她的涛涛。涛涛一看到她，还会迎上来几步，伸出手臂，揽了她的肩，两人一起穿过曲折小道回家。

那天下午一个主持人在附近做完节目，一时心血来潮可能想体验下生活，对林小镜说，咦，你好像住在这里，到你家看看呗。林小镜领着她从大马路上折进村子里，突然进入另一个世界，让那没见识过火热生活的人惊讶，这里面原来别有洞天，还有一种人过着不同的生活，离他们在电视上整天絮叨的、指导的生活完全不一样。美人立即启动她的防备装置，表情夸张而严峻，富有表演性，变成惊愕号帆船，承受风浪，寻求保护般的，把玉手伸向林小镜，作为主人的林小镜立即觉得有义务伸出胳膊来一路保驾护航。二人磕绊穿行，走过了几个坎，跨过去几个坑，跳过几片小水洼，绕开两个小垃圾堆，上几个不明不白的台阶，下两个不知所终的坡度，在某些路段不得不贴着墙根走，不得不踩几个砖头做的梅花桩，差点与几个匆忙跑出的人撞个满怀，邂逅了一个又一个凌乱的小院子，在那个分明是晚上被男人充作临时厕所白天还散发着浓郁气息的窄巷，你不得不掩鼻通过，又被谁从屋里向外泼的一盆水溅到了裤角。毫无章法，猝不及防地拐来拐去，你会知道并不是所有人都能告诉你他的门牌号码，也无法向你描述他家怎么走，若是你到他家做客，他干脆会说，在村口打电话我出去接你。院子门口都很狭小，小得像是一个埋伏和猜测，如果你胆敢往里面探望，会有骇人惊目的收获。你渐渐明白你惊讶得太早了，刚才进村的路只是一个树干而已，这树干很是茁壮很是顽强，它无限伸展开来，长出无数个枝条。不知是第几个分杈的第 N 个枝条上，结着一片栖息林小镜 and 涛涛的叶子。并不是每一家都有卫生间，并不是每间房都有窗户，并不是每个窗户都能透进光线，因为有的窗户外面，却是另外一个院子里另一些房间的外墙。这样密集的区域，并不用敞开怀抱热情邀约，也从不做广告，该来的人，自然会来。源源不断的人从生活的筛眼里跌落下来，在这里形成聚集，或者暂且在此喘息。地盘毕竟有限，只能向空中发展，那些本是多年前承受一层两层的地基，被这个服了兴奋剂的时代蛊惑着，催逼着，雄心壮志地上升到四五层，那上面新加上的，只是一层砖的墙壁，薄得就像房客们的命一样。楼梯也不能连贯，因为不是一个时间盖的，上三楼和上四楼的楼梯不在一处。林小镜所在的三层，从爱情的角度看，往浪漫的主题靠，就有点曲径通幽的格调，又有独上西楼风光好的意味，适合精力旺盛的相爱者在里面互表忠心。冬天一下冻透夏季轻松晒透，冷热倒还不说，只能企盼千里之外地震时这里震感小些，或时代前进的脚步，现代化的脚步，改革的脚步，总之所有所有的脚步，哪怕你带着客人回家的脚步，最好轻一些，再轻一些。女主持人毕业于音乐学院声乐系，此时好像天外来客，用美声唱法一路惊呼感叹着来到她的小屋，刚才在上楼时她已经想当然地发出了几声“啊，啊，噢”，用的是“咪咪咪嘛嘛嘛……”的发音形式，还使劲跺了脚，跺得整个堡垒轻微抖动，以为这样可能把灯叫醒，终于是徒劳，楼梯里有没有灯还是个未解之谜，她只是用来练嗓而已，这会儿她像是女高音歌唱家，站在林小镜十七平方米的家里，双手呈上下交错，架在胸前，嘴呈 0 型，来了个最华丽咏叹：

“天——哪，我要是住这里，一天都活不下去。”

“嘿，我们从农村出来的，吃苦习惯了，觉得还行。”

“哎呀你俩收入也可以嘛，租个单元房也就是一千块钱。”

“我们觉得吧，还是要省着点花，这房子四百块，就挺好。”

“我告诉你小镜，钱，不是省出来的。”美人像是在电视里做节目一样，手一挥，明确地表达观点。林小镜笑笑不说话，她想，得多有底气的人才能说出这话呀。

那美人出现在这里一下，就像是受到了好大的惊吓，不啻一次出生入死的经历，够给人说上好几天的了，倒的水她也没有喝。林小镜怀着真心的歉意，亲自将她护送出村，来到大马路上，美人长吁口气，逃离一般，扑向路边自己的车，系上安全带，才算找回安全感。林小镜看着她驾车离去，慢慢一个人往回走。她不怪她们这种态度，如果林小镜是她们，美貌，优渥，也会用她们这样眼光看这里的。林小镜并不觉得住这里有多么屈辱，相反她认为和涛涛能在城市的边缘有一个暂时属于他们的小窝，还是件挺温馨的事情，每当她下班往回走的时候，心里是回家的温暖和踏实。因为，他们这个房子，也来之不易呢，两年内，已经换到第三个了。

五

前年，涛涛找到报社的工作后，就在周边几站路的范围内找房子。第一家，房子可以，但觉得房东不好说话，咬定价钱不放松；再找一家，房东挺好说话，价也谈好了，涛涛都准备给林小镜打电话汇报了，就在他从二楼往下走时，见到院子里，有个男人只穿着三角内裤在水池边刷牙，他突然又改变主意，他想，小镜要是碰到这样场景，多不好啊。他又回绝掉了这家。找来找去，终于定下一家，屋里只有一张用砖垒起来的床板，还有一个掉了门的破衣柜。他交了三百块钱第一个月的房租，房东本是要再押一百元的，涛涛把所有口袋翻出来给他看，真的只有六十。他看了涛涛的学生证，再见他一副老实模样，也就免了他的押金。涛涛打扫了房间，跑出去花十几块钱为新家添置一张草席铺到床板上，到学校把自己的铺盖背了来，在双人床上铺了一半，另一半露着草席，他说这叫一床两制。林小镜的铺盖还没有从学校拿来，他就叫林小镜躺在褥子上，他躺在草席上。下来就是要计划着四十多块钱，如何吃得时间长一点。他刚开始工作，为了适应报社随叫随到的工作性质，就不再做家教了。幸亏林小镜手里还有一点钱，能撑到他第一个月发工资。

林小镜炒完菜后，开了门跑油烟，把布门帘放下，躺在床上看书。门帘被掀开，进来的却不是涛涛，而是房东，这五十多岁的男人不敲门不打招呼，突然闯了进来，林小镜从床上噌的坐起身子，手里拿着书，胳膊撑在身子前，把自己摆成弓箭的造型，直视着房东。那男人眼睛扫视着屋里，没话找话问林小镜，“你做的啥饭呀，男朋友还没回来？”林小镜说，“回来了，走到门口我打电话叫他买包醋，马上就上来。”她站起身走到门口，把门帘挑起来搭到门上，走出去趴栏杆上，从天井里探出身子往下看。房东悻悻，出门下楼去了。涛涛回来后，林小镜给他说了此事，涛涛说，也许你想多了，他人还挺好，免了咱的押金。

涛涛刚进报社实习，被派出去的时候就多，别人不愿意去外县采访，他就跟着老师去。那天，涛涛有采访任务又去外县了，晚饭后，林小镜在天井对面的水池里洗碗，见房东从楼下摸上来，悄悄走到她的窗前，伸头往里面看。因为窗帘拉着，他为了有个好的视线，头在窗外来回移动，调最好的焦距，试图寻找目标。林小镜立时觉得血向上涌，脑子快要炸开，站在对面的暗处，大火瞬间把自己烧成炭人。天哪，是不是夜晚他常常这样趴在窗口，看她和涛涛在屋里相亲相爱，看涛涛不在时她一个人在屋里走动，躺床上看书。那人从窗帘缝里来回寻找，不甘心无获而归，林小镜在天井对面的黑暗里紧握双拳，无声的惊叫和痛骂在心里冲撞着，嘶喊着。

从那后林小镜再也没有搭理过房东，实在走对面就把头扭开。涛涛不在的时候，林小镜晚上睡觉从不脱衣服，床边放着菜刀。那房门薄得好像一脚就能踹开，她睡觉前把垃圾桶、扫帚，甚至炒锅、醋瓶子都堆在门后，她要保证房门被弄开的同时发出声响，而她在第一时间醒来，一把摸到菜刀。

那晚她睡到半夜，突然被一个女人的哭喊声惊醒，听到外面有人光着脚跑过，后面几个男人的声音追赶着下楼去了。林小镜手握菜刀，从床上下来，走到门边，耳朵贴在门上，听到院子里吵吵嚷嚷，那女人在吵闹声里哭泣。她想知道事情进展，又不敢开门，站在门内听着声音小下来，稀下来，围观的人慢慢离去，听到那女人又上楼来，小声咒骂着路过她门口回到某一个房间，那几个男人没有再跟上来。林小镜回到床上，头嗡嗡响，抚摸着菜刀背，一直到天快亮才睡着。

好在更可怕的事没有发生，但林小镜还是想换个地方。

涛涛说，下次我外出的时候，你就住到学校里，不要回来了。

那次涛涛从外县归来，给她打了电话，她从学校买菜回来，却发现电磁炉不见了。问涛涛，涛涛说，我看坏了，修不好了，就扔了。

咦，这不是涛涛的作风，他连坏了的圆珠笔都舍不得扔。

“你怎么知道修不好呢？你不是下午才回来吗？”

“我回来想烧点水喝，怎么弄都不行，我一气之下，把它摔烂扔掉了。”

越说越离谱，林小镜问他扔哪了，她倒要找回来看看，坏成了什么样子。涛涛说，“算了算了，咱今晚先出去吃饭吧，吃完饭再去买一个。”

“一定是出什么事了，到底怎么了？你告诉我。”

林小镜一个劲追问，涛涛说，他下午回来，发现他们的屋子被人翻了个遍，他们没有存折，仅有的钱都在两人身上，笔记本电脑涛涛带走了，家里就是几件破衣服和一些书，最值钱的，也就是那个电磁炉，所以丢了。

“你问房东了吗？他就在一楼住，难道不知道情况？”

“问了，他说他不知道，也管不了那么多，八成是楼上哪个住户干的。我是怕你心里不舒服，就不想告诉你。”

“涛涛，咱们搬家吧，这里不能住了。”

刚好是林小镜开始找工作，要四处投简历，而这院子里没有网线，也确实不方便，他们便下决心再找房子，找来找去换到了斜对面院子里，三楼的一间，一个月三百二。上厕所要下到二楼去，非常不方便。几个月后，天井对面一间带厕所的房间空了出来，他们搬了进来，房租涨到四百，也算是居住条件有所改善。

现在，这个温暖的小窝是她和涛涛最妥帖的所在，不管他俩谁先回去，都会给另一个人电话报告，问走到哪里了，晚上吃啥饭。

夏天到了，林小镜说，太热了，咱们买个凉席吧。涛涛说，好的好的我去买。那天林小镜下班回家，看到床上她睡的那一边，铺了一溜窄席子，大约宽五六十公分，这分明就是沙发上的凉垫。林小镜问，这就是你买的凉席吗？涛涛说，那种好的双人床凉席，都要二三百元。“这个小的是人家裁到最后剩下来的，一米六长，只要三十块钱，你睡在上面吧，我还躺在褥子上。”

“这种一床两制的生活，你想持续到何时啊？”

“等到咱们结婚的时候，租个好的单元房，再买个好凉席，集中置办一些东西，现在，就尽量凑合下，好不？”

林小镜常常安慰自己，很多人在年轻时候都吃过苦的，年轻吃苦不算苦。据说马英九夫妻，年轻时也很清苦呢，用汽车轮胎当沙发，一床被子盖三十年。不是每个没有背景的人都能找到我这么好的工作，不是每个人都能遇到涛涛这样好的男生。这样一想，他们眼下的生活就有意义和奔头了。

给单位的人，她很少提到涛涛，更不提涛涛家的情况，那些优越的人，天生富有的人，给他们说那些他们不能理解，不能想象的事情，有什么用呢？人与人，生下来就是不一样的，走不同的路，过不同的生活，有不同的烦恼，交不同的朋友。交朋友，也是要门当户对的，否则就没有办法沟通，林小镜门当户对的朋友，除了葛芳，还有钟敏霞。

钟敏霞跟林小镜情况一样，二十八了还没有结婚，因为男方家拿不出她家要的八万元彩礼。钟敏霞和林小镜一打电话就是几十分钟，偶尔也到她的小窝里来，两人说起这事同仇敌忾，惺惺相惜。钟敏霞和马新生是高中同学，家在一个县里，考上同一所城市的大学，研究生不在同城上了，毕业后，马新生在他读研的那个城市找到了工作，而钟敏霞留在西安，他们靠着电话、网络、短信谈恋爱，亲事地球人都知道，只因八万块钱而婚期不知何年。去年过年，钟敏霞和马新生相约一起回老家，一千多里路跑回去，到女方家刚进门坐下没有几分钟，茶还没喝进嘴，钟家老爸问，你家到底能不能拿出八万块？霞霞已经二十八了。医学硕士吞吞吐吐说，家里正在全力以赴，我爸去年借钱办了个小养鸡场，想挣一点钱，好快点凑齐。钟家老爸追问，现在能拿多少？医学硕士面有愧色，现在攒了快两万了。钟家老爸起身出门去了，直到吃饭时才回来。别别扭扭吃了一顿饭，马新生告辞走了，大家年也没有过好，两人返回各自的城市。

“你爸是不是有点过分了？”林小镜问，“人家好赖也是个名牌医学院的研究生，大过年的提着礼物去到你家也算是贵客，干吗把人逼那么紧，闹得多不好看。”

“有啥办法，我弟弟大学毕业，女方家要八万彩礼，我家拿不出，只好问他要。”

过年回来后，钟敏霞和马新生为这事总闹矛盾，三月份马新生报考上海医科大学的博士，结果以一分之差落榜。

“这跟你俩生气有关，如果不是生气，他一定能考上。”林小镜说。

“跟生气无关，他这人一贯承受力很强的，从小他家就是这样那样的事，他早习惯了。”

“这事积在他心里多难受啊，敏霞，我劝你想开点吧，不要再为钱逼他了，让他安心复习，如果他考上博士，就可以带家属的，还有安家费，你们就能一起到上海去，他将来会有钱的，眼下是他艰难时候，你想想，他父母都是农民，他是穷学生，所有亲戚找遍也借不来八万块钱啊。”

有一天钟敏霞给林小镜打电话来，问涛涛他俩最近跟马新生联系没，他手机关机，发短信也不回，电话打到他工作的医院去问，说他请假了。钟敏霞在电话里哭，“如果你们有他的消息，告诉他，就算想分手，明白地跟我说一下，这样玩失踪，算什么男人。”

“敏霞，你想想，他上大学和读研的钱都是家里借的，找工作也花了钱，现在你家里又要八万，叫他到哪里去弄？能不能说服你父母，不要要钱，你俩先把婚结了，相信他，他是个有未来的男人，你们会有钱的。”

“可我弟弟那里怎么办？我爸妈供我俩上大学出来，也是借的钱啊，到现在我家还欠着债呢。”敏霞哭得好伤心，“未来未来，说得多好听，眼下怎么办？我不能把自己封冻起来，沉睡几年，跨到他博士毕业吧。你说他这样躲起来，算是什么事？”

“给他点时间吧，他可能是心里实在难过。”

林小镜和涛涛都给马新生发短信，劝他跟敏霞联系，钱的事再慢慢想办法。不见回复，马新生好像从这个世界上消失了。

几天后，敏霞来电话说，马新生联系她了，他又兼了个工作，从此后白天在医院上班，晚上去给一个培训班上课，双休日还要去给两个学生做家教。

“这样人怎么受得了？”林小镜问。

“晚上的课到十点就完，他骑车回住的地方，收拾下再复习会儿考博的功课，保证一点前能睡上觉，早上七点起床上班，在医院中午能趴着睡会儿。没有办法，小镜，这是我们的命。你单位那些主持人，笑一下都值钱，随随便便轻轻松松就能挣来钱，而咱们这些姿色平平的女孩，从农村出来，家里帮不上一点忙，只能靠每月死工资。我现在也在做家教，我们一起存钱，只能这样。为了省钱我们去年只是过年时见了那一面。”

林小镜想想自己的现状，也挺烦恼。涛涛家啥时候能拿出四万块钱呢？林小镜为这事也跟涛涛吵架，涛涛只能用对她好，对她更好来求得她的宽恕。每当路过婚纱照相馆，林小镜会不由得停下脚步，看那橱窗里大幅照片的新娘。

葛芳来电话请林小镜去参加婚礼。

“怎么，他家凑够了彩礼钱吗？”

“没有，我家要的六万，几年了，他家拿不出来，想了个办法，说，儿子不要了，嫁给我，将来孩子跟我姓葛。”

“啊？也就是说，他当了你家的上门女婿？”

“是啊，他家兄弟三个，不稀罕，一直拿不出钱，他妈就给我爸说，这样吧，我们把儿子嫁给你家，彩礼一分钱不要，这总行吧？我爸也只好同意。反正对我俩来说，谁嫁给谁都无所谓，结婚的目的达到就行，将来我们要是能生两个小孩，一个姓赵一个姓葛，唉，想是这样想的，生两个，怎么养得起呢？我们还要攒钱，把他从县上调到市里来，据说现在调个工作，得花好几万。”

六

肖老师开车带着涛涛，去一个企业采访排污问题。企业领导一看来了记者，忙让宣传部门热情接待，又是拿材料又是专人汇报，直说他们企业这些年来的成绩，承受的压力，治理污水的困难和保护环境的决心，临走给涛涛两个信封。上了车，涛涛全部交给肖老师，肖老师只收一个，另一个叫涛涛拿着。涛涛心里很忐忑，拿出信封里的钱，一千块。啊，原来挣钱这么容易，月工资的三分之一，跑一趟就拿到了。肖老师说："咱们这工作，要是再没有这点油水，那就干着没一点意思了，累死累活，没明没黑，说要去哪，起身就得走，整天就盼着出事，好像咱们就是铁石心肠，唯恐天下不乱，什么地震了，火灾了，事故了，凶杀了，一听到这些消息，就像打了鸡血一样，不管白天黑夜，哪怕天上下刀子，立即奔赴现场，辛苦写好稿子，上面一个电话，说某件事不让报，所有努力白费，产量没有，工分为零。"涛涛脸上继续疑惑，心里想，不是什么职业道德吗？不是什么无冕之王吗？不是什么针砭时弊探求真相吗？那企业分明是把污水排向河里，排向农田，我们接了举报去采访的，现在拿了人家的钱，这稿子该怎么写呢？

"回去后，稿子写成正面的，说他们吸取教训，克服困难，下大力气治理排污问题。这种表扬稿不好发，也没有时效性，写好放着，他们催得紧了，或者哪天我值夜班了，版面又有空，趁机排上。他们不催，也就算了，没有给他们上批评稿子，就算客气的，咱们可是有群众举报的。"

涛涛眨着迷茫的小眼睛，不敢说话。

“小刘，我看你是个实在人，也就不想让你走那么多弯路，给你说，把你从学校里、书本上学的那些东西放下来，扔一边去，适应现实生活，别把自己太当回事，正义高尚什么的，在现实中根本行不通，给你说，现在这社会，按各种规定，按正常思路，你啥事都办不成，咱算什么啊，搞媒体的，就是上面养的狗，上边让咬谁就咬谁，让咬到啥程度就咬到啥程度，不让咬谁，你一声都不能叫，看见就像没看见，知道就装不知道。因为，你啥都改变不了，还不如给自己挣点钱，其实要想挣钱，容易得很，这叫利用手中资源，跟着我走，简单得跟一一样。”

涛涛这下明白了，为什么记者们愿意开着自己的车出去采访，汽油补贴的什么都没有，写出的稿子要是被枪毙，等于白忙一场，就这也乐意干。

几天后，附近县上煤矿发生事故，肖老师带着涛涛，开车跑去，却见一间办公室里已经挤满记者，或坐或站，连门外院子里都是人，也都不说话，神神秘秘的，打电话，发短信。有人进出，拿着花名册和装好钱的信封，让大家挨个进来，出示记者证，登记号码姓名单位，每人发个鼓信封，涛涛还没有记者证，肖老师说是实习的，给发了一个薄信封。整个行动基本无声，就像上演一场默片，大家好像也都轻车熟路，拿到钱转身出门，回自己车上，用最快的速度撤离。没有人问伤亡人员、事故原因、补救措施这些的，他们来去神速，就像是一个训练有素的特种小分队。车上，涛涛问肖老师，那这个消息，回去后怎么写呀？肖老师说，“写什么呀，啥都不用写，就像什么事都没有发生一样。”

涛涛明白了，为了让你写，给钱；为了让你不写，给钱；为了让你把黑的写成白的，把烂铁写成金子，把狗尾巴花写成玫瑰，把阴雨连绵写成阳光明媚，把沙尘暴写成春风拂面，给钱。总之，给钱的目的都为了不让你如实报道。而记者们，也都拧着来，你想让我宣扬的，我不想说，你想让读者知道的，读者不感兴趣，你捂着盖着不想声张的，我需要传播，你想这样写，我需要那样写，你想展示正面，我要调查侧面，你只呈现表象，我要深挖根源，你只报告结果，我更关注过程。当然，记者，除了挖地三尺调查求证及时报道外，还有一种职责叫看不见不知道没听说，当然不是随便忽略，不是白白装聋作哑，而是有代价的。原来挣钱的门道这么多呀，并非只是做家教，并非只是老老实实天天去上班，加班加点半夜里点灯熬油写稿子挣工分。

“咱们这算好的了，还是真实的报社，真实的记者，我给你说，刚才那一屋子人里，有一多半，没有单位，那记者证，买来的，胡填一个报社，你若去到那报社打听，查无此人，他们常年住在煤矿附近，相互通风报信，哪里有事故，就迅速出现在哪里，或者专门找那些有问题的单位，问人家拿多少钱摆平？常年就凭这个生活呢。”

“煤矿为什么要怕他们？”

“因为这些小煤矿大多是无证经营，安全根本不过关，死人的事常有，一旦报出去，他们就得关门整顿，停一天就少挣多少钱，给咱们这，也叫破财消灾吧。”

涛涛想起他们村上一个他的小学同学，死在煤矿上，只给赔了六万。原来他们还要给真假记者这么多钱。

娘打电话告诉他，快要凑够四万了。林小镜也很高兴，又追问，给你弟弟借的钱，他们啥时还？

涛涛看躲不过去，准备打电话问波波，哪怕先多少还点，也或者他能承诺等到秋天卖了粮食，先还几千，也算是个意思，其余的也就慢慢拖着拖成不了了之，林小镜不再提也就罢了。却不想弟媳妇电话打来，说，他们通过娘借的两万块钱，不打算还了，理由如下：一，他们的车被县上治安大队扣了，交了五千元罚金才领回来，一年来这车跑着，挣的跟不上花的，还要不时修车，油费涨了又涨，都快要包不住了；二，他们在家种地，又没有工资没有医保，生活艰难，涛涛夫妻俩在城里当记者当编辑，何其风光，有的是钱，不应该再问弟弟要这区区两万块钱；三，这么多年，都是他们在家照顾爹娘，他们年纪大了，少不了病呀灾呀的，带他们去看病，帮他们地里干活，平日里生活照管，都是波波他们夫妻俩，又出钱，又出力，再说，将来爹娘年纪大了，端茶倒水，床前伺候，也就指望不上城里的哥嫂了……所以嘛，借涛涛的两万块钱，当哥的不应该再追究了，反正不管怎样，他们不打算还了，也没有钱还，今天特此打个电话，也就是这个意思，望哥嫂你俩宽宏大量，接受这个现实吧。林小镜一直凑在旁边听着电话，弟媳妇分明是做好了充足的准备，说不定还打了草稿，写了书面文字，一条一条照着念的，那家乡口音麻利干脆，吐字清晰，颇有对外发言人的风范。

一放下电话，林小镜就和涛涛大吵一架。

“这也太欺负人了！她以为咱们钱多得很吗？两万块钱就应该给她？你爸妈知不知道这事？他们能不能出来说句公道话？”涛涛只是哄劝她，“不要生气不要生气，你是城里的研究生，不要跟一个农村妇女一般见识，叫我问问爹娘，看看到底是什么情况。”

“能是什么情况，他们就是不想还钱，借的时候就没打算还！你妈肯定也知道，还替他们开口借，这就是和他们一起，坑害咱，不信，你问你妈，你问你问呀。”林小镜逼着涛涛，现在就打电话问，涛涛说，先冷静下，明天我到单位再问不迟。林小镜知道涛涛这是在拖延，气得不再理他。到了晚上睡觉时候，她不脱衣服，背对着他，这是她表达愤怒的唯一方式。涛涛从背后搂住，她奋力推开，他再把她搂住。林小镜记起两人读研时，冬天的夜里，分别从家教的地方回校，涛涛在学校门口的车站等她，她一跳下车来，涛涛张开双臂把全身冰凉的她抱在怀里，就这样紧紧搂着，送她到宿舍楼下。为他家借钱的事，几次林小镜生气不理他，他都是用这种无言的拥抱感化她，乞求她。林小镜长叹一声：“唉，我连和你吵架的资格都没有，我没有沙发可睡，没有地方可去，也不能回娘家，在这个城市里，我只有你一个亲人。”

这事想起来总是生气，这是个什么样的家啊，就像是无底洞，给他们没有丝毫帮助，还要这样拖累他们。在弟媳妇的眼里，他们变成城里人就是进了保险箱，他们有很多钱，他们的钱来得那么容易，风雨不阻，每月到点就发，而农村人忙死累活，一年到头谁给发一分钱呢？所以他们应该无条件地支援她。

按说，兄弟之间接济也是应该，可他们不是没钱吗？

这个事一直堵在林小镜心里，她知道涛涛绝不会问家里要钱，不会问弟弟要钱，他张不开口。林小镜要是再次咽下这口气，那今后他们会没完没了地要钱。一个人消化不了这事，给葛芳打电话，得知她已怀孕，还在为赵永强调动的事而奔波。

“我想尽快把他调来，这样孩子生下来后，他就在身边，能照顾我。你看看，我们俩这几年挣的钱，全部都用在找工作和调动上还不够，小镜，不怕你笑话，现在我们的存款，连两千都不到，再有半年，孩子出生，我们拿什么来养他啊？”

给钟敏霞打电话，不巧对方也在烦恼中，因为马新生的妈生病住院，花光了正在攒的彩礼钱还不够，还需要马新生再往家寄钱。

“我真不知道该怎么办，也求过我爸，能不能不要彩礼，我爸说，你还是去求你弟媳妇的爸妈吧，如果人家说可以不要，我也就不要，如果你觉得这样跟他结婚能对得住我，你就结吧。”

马新生的妈住院半个月，花去两万元，再也不肯住了，说宁愿死掉，也不愿家里借钱给她看病。

马新生也病倒了，在医院打吊针。

“他这是累的了，你不能再逼他，你就不心疼他吗？”林小镜问钟敏霞。

“唉，我现在也不知道该怎么办，他之前对我很好，每天都给我发短信，每周都打两三个电话，现在，也不打电话了，只是每晚睡觉前发个短信说，睡了，晚安。”

“敏霞，说服你爸，别逼他了。”

“可是，我能有啥办法呢？我爸供我研究生毕业，我弟弟大学毕业，累得一身病，从不敢上医院，哪疼了就在家躺着，现在还欠着外债，本想着指望我的结婚会给家里带来点钱，可是，唉……小镜，你说，我能不能跟马新生分手，再找一个有钱的？”

“哪能是那么好找的，那有钱的就在旁边等着你吗？再说，你跟马新生多少年的感情了，怎么说分手就分手呢？”

“我想，这样可能是最好的解脱吧，我感觉他已经有这个想法，只是没有说出来罢了，也许，他在等着我说。”

“别乱想，你俩现在要做的不是分手，而是好好爱下去，不要再逼他要钱了，跟你爸好好说说，先把婚结了吧。”

钟敏霞现在对这个事的反应，只有长长的叹息。

七

涛涛身穿劣质西服，脚下是底子快要磨透的皮鞋，鞋帮遮挡着林小镜亲手缝补的袜子，每天奔波采访。他拿到了记者证，可以独立了。可他还是愿意跟肖老师一起行动，肖老师也愿意带着他，两人神神秘秘经常一起到外县去，彼此心里都明白，他们有点绑锅的意思，两人也能密切配合见机行事演双簧。涛涛的工资奖金被林小镜掌握着，给娘寄钱，只能是这种隐形收入。娘说姐姐能给资助三五千，秋天再卖卖粮食，差不多就够了。啊，秋天，就能到亲爱的镜镜家里提亲了。

也许马新生和钟敏霞这样的爱情，是没有出路的，好像怎么也走不下去，或者命运总得想出一点绝招折磨他们。春天，眼看马新生家里的鸡可以卖出一批，像是一个魔咒，突然南方就暴发了禽流感，虽然他们在遥远的北方，疫情还没有传到，可鸡的名声一下子坏掉，没有人敢买鸡，市场上也不能进入。该出笼的肉鸡就那么圈在自家后院里，眼看就要过了最佳出售期，只好自己吃吧，吃这省那，家里不再买菜只是吃鸡，吃得全家人提起鸡都害怕，马新生的爹往后院去的路上，听到那些鸡挤在那里唧唧咕咕抱怨着，他的腿直打哆嗦。

折磨和冷淡也像病菌一样弥漫，疲惫的医学硕士短信越来越短，简化成两个字，晚安，或者睡了，而钟敏霞用以报复的方式就是不回复，她宁可自己在这里生气流泪或者给林小镜打电话诉苦，也绝不向千里之外的他示好，连一句“累了就早点休息吧”都不愿给他说，马新生打来电话，她专拣伤人的话说。她心中充满了仇恨，却不知目标在哪里，只好把本该最亲最爱的人当成敌人来仇恨着，对待着，终于马新生给钟敏霞发了个告别短信，算作他们俩相恋九年的完结，他换了手机号，不再跟所有的同学联系。

“你去找他吧，现在就买车票，今晚走，明天早上就到了，直接到医院找他。他不是不爱你了，是没有力量，他太累了，承受不了。”林小镜说。

“他这么狠心离开，我干吗还要去找他？我俩这么多年，什么誓言都说过，今生今世永不分离，而现在他背弃誓言，逃避责任。”

“眼下他实在是没有办法，他好坏也是个医学硕士，那么大个男人，可就是因为八万块钱，让他尊严尽失，尝受耻辱。”

“唉，不是我们给他耻辱，是命运给我们耻辱。让我们一同背负这样的痛苦。”

“那你给他点时间吧，也许他过几天会跟你联系，上次不就是这样吗？”

“跟上次不一样，上次他只是不联系，只是关机，可这次他换了号码，上次我们没有伤得那么深，这次不同，你不知道，我们之间冷漠、对抗已经好长时间，心里已经开始憎恨对方了，我知道他的性格，他不会回心转意，我也不会去找他的。也许，这就是最好的解脱方式。”

“马新生是个好人，他将来一定会好起来，失去他你会后悔的。”

“我已经没有信心了，我不能总靠着将来生活，眼下怎么办，就算我不管不顾家里人，不要这八万块钱，跟他结了婚，生活也是极其艰难的，你不知他家的情况，没完没了的事情，哪一样都需要钱。我想好了，明天就开始再找，哪怕找个四五十岁的男人，只要有钱，能立即拿出我爸要的八万，能让我过差不多像样一点的生活，我就嫁给他。唉，都说知识改变命运，可我们都上了研究生，为什么还是这样？”

林小镜无言以答，听着电话里的嘟嘟声，看到窗外天上的云朵缓慢移动，变幻图案，进行莫测的命运注解。

这个夏天酷热而漫长，好像命运要考验所有的人。

林小镜下班，正准备回家，涛涛打来了电话。

“镜镜，我出事了。”涛涛的口气从未有过的绝望，好像他在沙漠里几天没有喝一滴水了。

“怎么了？你在哪？”

“在单位。有个企业到报社来，把我和肖老师告了，报社让肖老师停职检查，而我，有可能，会被辞退。”

“不会的吧，你试用期已满，现在是正式招聘人员，三金都办好了，不可能因点小错，说不要就不要了。”

“报社有规定，六年内，对不满意的人，都能辞退。”

“天哪，快找你学长。”

“他正在想办法。帮我进来的那个领导，半年前退休了。”

八

林小镜在街头茫然地走着。

之前她还不太懂这城市的美丽，她只是在她面前不知所措，这一年多来，她终于不再承受严酷的经济拮据，不再花父母寄来的钱，不再为了家教而疲于奔命，她渐渐感到了生活的好，爱情的好，她和这个城市正在起草一份生活的契约。现在，一个人走在华灯绽放的街头，她几乎不知道方向，不知道她要去往哪里，她只是在傍晚的路边走啊走啊，快速地走。夏天的夜晚迟迟不来，天边燃烧着无尽激情，像是白天和黑夜的激烈辩驳。她不需要回家，没有涛涛的家，还有什么意思，涛涛正在经磨历难，承受惊吓。她想就这样一直走下去，走下去，逃出痛苦和折磨，用双脚灼热地丈量这座城市，用诚心乞求这座慈悲之城给她和涛涛出路。九年前，她这个一口乡音的女孩子，跨出省界，第一次来到大城市，是个忐忑的灰姑娘，自卑的小斑鸠，不敢开口跟同学说话，窝在宿舍不敢出门。几周后，她先试探着在校园里走，熟悉了每一条路每一座楼房，用目光结识了每一棵大树，用嗅觉辨认出每一块草地每一种花开，然后她走出校外，到周边走动，后来，她想看看这个城市，不上课的时候，她就在街道上走，那时她这个女生唯一的消遣方式就是走路。她没有钱不能消费，她也没有恋爱可谈，青春的热力就靠着走路消耗。她在路上看各种各样的景致，她对这个城市里的人充满羡慕，常常她看着繁星般的灯火想她什么时候才能真正成为这里的一员。她长相平凡，她一贫如洗，她除了刻苦学习没有其他的寄托和出路，她除了在图书馆看书也没有其他的课外活动，她连看场电影都是奢望，没有男生请她看，几十元钱的电影票使她望而却步。她功课一直很好，顺利考研，读研的第二年认识了高她一级的涛涛，听说是老乡就有格外的亲热，背过老师同学两人就说家乡话。条件算是基本般配，她象征性地矜持一下就答应了，没有叫这个男生费什么周折，她这样女生，就是给涛涛这样男生准备的，涛涛这样男生，没有勇气对哪个女生死追不放，他是那么忐忑，他对林小镜的追求，其实是靠林小镜的积极配合、鼓励暗示完成的，没有什么悬念和曲折，两个人天经地义地走到了一起。爱情就是命运，自有一种神秘的力量提前安排好的，我们只是驻扎在自己的角色里，像蜗牛一般驮着自己的命运向前爬行，嗅出一种恰当的气息，爬到那个属于你的人面前，胜利对接。她已经哭了很久，她边走边哭，假如此前她还对涛涛的贫穷有所抱怨和痛恨的话，现在全都烟消云散，她更爱他更疼惜他。

林小镜去年春天跟葛芳约好到一个大学去面试，过马路时她发短信问葛芳到没，她看到有辆车从身边走过，马路上再没有车，就以为安全了，可不想那个公交车是在终点站调头，很快回转身，车头一侧向她撞来，她听到砰的一声，感到自己的身子腾空而起，接着重重摔在地上。她在地上躺着，人们向她围过来，那个大学的几个学生呼啦一下跑过来问她，同学怎么样啊，要不要帮你？司机吓得脸色发白，跳下车来，手哆嗦着要拉她起来，问她，要不要通知你家里人，给谁打个电话。林小镜在地上躺着，她摆摆手，她看到一圈脑袋中间一片灰色的天空，她知道，今天，在这个城市里，我没有人可打电话，因为涛涛到外县采访去了。她躺了一会儿，确认自己视力、听觉、大脑还管用，在司机帮助下，她试着站起来，活动下全身，谢天谢地，到底年轻，哪里都没有伤到，只是滚了一身土。司机问要不要去医院。林小镜说，不用了吧，我还要去面试呢。司机让她记住车号，她在手机里记下了。她一身土，自己上下拍着往那个大学里走去，走着走着觉得好委屈，忍不住打了电话，涛涛接听的一刻她像孩子般哭了起来，“我被车撞了……”涛涛吓坏了，叫她赶紧去医院。她说，“没事，我还要面试，已经让司机走了，我就是想给你说说。”涛涛在那边暴跳如雷，“怎么能让司机走呢？万一你内脏摔坏了怎么办？万一睡一觉明天出问题了怎么办？天哪，我不在你身边，如果有任何不舒服的，赶快让葛芳送你去医院，赶快给我打电话，我立即回去，听到没有……”

涛涛现在还在单位，可怜的涛涛，这一年内，除了因裤头的裆部全部烂掉变成了超短裙再也穿不成而十块钱在地摊上买了两个外，再没有添置过衣服，他的每一只袜子都补过，他不抽烟不喝酒，他把日常开销降到了最低最低，他一心想的是，不要让四万块钱把自己父母压垮，现在他坐在惨白的灯光里，悔恨交加，孤独无助。她突然想起涛涛他爹，从厕所里出来，不见了二斤肉。她又给涛涛打电话：

“涛涛，听我说，不管发生什么事，我都不怪你，不管事情结果怎样，都赶快回家来，我做好饭，等你。”

钱啊钱，你到底是个什么东西？你为何让这世上所有人向你低眉弯腰，俯首称臣，你为何让人如此为难如此痛苦，为了钱，我们可以忍受一切又可以去实施一切，为了钱，我们不惜伤害自己最亲最爱的人，将压迫和责难逼近最亲最爱的人，将他逼向墙角，无所辗转，走上歧途。涛涛，我要向你忏悔，我卡住你的工资，我责难你，威胁你，不让你给家里寄钱，不许你用自己的钱为那四万的宫殿添砖加瓦，而你一直默默承受我的苛责。她又想起马新生，他一个人，怎样度过失恋的时光，忍痛切割开九年的恋人，任由贫穷、父母、前途这些负担，层层叠加，危如累卵，把他变为生活的奴隶，在人生的吊桥上默默独行。她拨向马新生，还是空号。

眼泪不断流出，又被风吹干。她给爸爸打电话，装作挺正常挺高兴的样子，问了家里情况，说他们这里一切都好，请爸爸放心。

“爸，我一直想啊，还是你好，还是你通情达理，问涛涛家要钱也不多，像钟敏霞家里，要那么多钱，把男方都快逼疯了，最后马新生消失了，爸你想想，要是涛涛跟我为了彩礼闹僵，分手了，我该怎么办？重新到处相亲找对象？找来找去成了老姑娘嫁不出去？爸你愿意那样吗？”

“当然不愿意，其实吧，我要钱也是不想村里人说闲话，我把闺女白给人家了，他家要是真拿不出来，可以商量嘛，只要有个说法就行。”

“爸，那咱俩先商量下，四万块钱，算涛涛欠着你，从现在开始每年计上利息，早晚会还你的，不，会成倍还你的，爸，你把我从小培养大，那么严格要求，让我有了今天，我会报答你的，先让我们结婚行不？”

“那……行吧，其实也不是非得要这钱，就是个意思嘛，罢罢罢，只要你们都过得好好的，我就放心了。”

“谢谢爸！”林小镜挂了电话，都快要跳起来了，脸上流着泪，咯咯咯笑啊，跑跳两下，恨不得飞起来，抓下树上的一片叶子，揉碎了，用鼻子使劲吸它的清香，用手背又擦擦满脸的泪水。

夏天的夜晚，灯火澎湃，马路上车流涌动，都市像海浪一般奔腾，拍打，林小镜的脸已经被泪水冲刷过一遍又一遍，像是把她整个人也由里到外洗涤一遭。她再次给涛涛打电话，涛涛说领导正在开会，他还在等待。

“涛涛，好好给领导承认错误，深刻检查，我们给人家退钱，要打要罚都行，只求不辞退，给我们个机会，将功补过，啊，我在家等你回来，不不，涛涛，我到报社去接你，不管到几点，我在报社门口等你，我现在就向那里走。”

林小镜在路边停下，辨认一下自己所在，然后她调转方向，疾速迈步，她没有坐公交车，她像鞭炮炸裂，像礼花绽放，无法把自己装进任何一个小空间里，她在路边快步地走，好像她有足够的力量就这样从夜晚走向天亮，从现在走到未来，她没有吃饭，一点不觉得饿，她在路边一块五买了最便宜的一瓶水，大口大口地喝完，立即转化成汗水在周身散发，瓶子拿在手里，捏得哗啦啦响。热浪滚滚，喧嚣阵阵，她浸泡在自己的汗水里，她沐浴在命运的蒸腾之中，她身心亢奋，像是死过一回，重又获得新生，她想说话，她想和这个世界对话，她想给命运说，想给钟敏霞说，她甚至想大声喊出来，唱出来，她一直在走，一直在打电话，手机已经发烫，快要没电，不怕，包里还有个备用电池，不怕，一切都不怕，我有的是力量，我可以随时充电我可以超长待机。

涛涛娘很意外，林小镜平常很少给家里打电话，有事都是涛涛打，娘吓了一跳，以为出啥事了。

“娘，吃了没？家里还好吧？涛涛啊，在单位加班呢，报社就是这样，上下班没个点。娘，我给你说啊，家里攒的钱，留着你们用吧，把房子盖起来。告诉你个好消息，我和涛涛秋天就结婚，娘，你高兴不？”

发表于《长江文艺》2015年第11期

后记

整理这两个小说集，使我得以重新审视几年来的创作，就像回忆过去的时光。那些重要得不得了的事件、细节，竟然变得不再严重，甚至我已经忘记，有的语言，是我写的。可是当初，竟然也是隆重地进行了一些“抉择”，这样写，还是那样写。写作的意义可能就在于，当初写时，特别重要，非写不可，过后再看，意义减弱，甚至不愿再面对，而我们又投入新的意义和抉择。这或许就是人生不断剥离的过程。

我惊叹自己，曾经有过那么狂热的创作激情，闪烁出如此繁密的思想火花；也十分汗颜，竟然写过那样臃肿蹩脚的文字，当时多么自得，觉得是了不起的灵感与发现，万万不可删去，可如今真是羞于面对了，要脸红心跳地立即删除。

挑挑拣拣，能够重新整合，献诸于世的，只是这三十万字的两本小书。短篇集子，尤其是我所珍视的。这几年里，数次整理，想有一个机会将它们结集面世，却不得遂愿。虽然它们更具艺术性，可终究因为没有故事的支撑，只是一些思想和心理的碎片，想必没有市场，有那么几次看似机缘垂青，又都再无下文。这我非常理解，我非名家，所写内容也并不是多么热门奇特，不能给出版社带来利润。连我自己都常常疑问，当下，谁会去阅读一个不知名作家的文字。

这更显示出了西安出版社的勇气与大度。记得去年年底，接到一个短信，一位该社编辑说，打算出版小说集，让我整理一下，先上报论证会。因我也在出版社工作，知道很多论证常常不置可否，不了了之，于是迟迟未动，后来手机出了点故障要恢复出厂设置，干脆与这位编辑失联了。

今年春天，来自西安出版社的橄榄枝再次向我摇动。我仍然不抱希望，认为是客气话而已，直到李宗保老师电话打来，开诚布公说明，这让我心温暖，原来他们是真心想做这件事。社长屈炳耀先生说："我们作为一个城市出版社……"我突然心里一亮，城市出版社，这个定位真好！城市，本就代表着生机，活力，创新。一家有追求的城市出版社，足以能够点亮我的这些文字，拯救这些将要归于沉寂的小说，更能顺理成章地给它们分类和冠名：都市女性情感，都市人的故事。啊哈，好像再也没有比这更恰当的合作了，我的中短篇小说，终于有了最好的归宿。

除了感动与祝福，就是加紧时间整理，取舍，给这些曾经的花草、小树修枝，打理，擦拭灰尘，让它们以相对美好的面目，在这个夏天得到新生，以对得起西安出版社的厚爱，由他们为其穿上嫁衣，去面对不知在哪里的读者们的再次审视。

周瑄璞

2016年6月3日

西安　安东街

图书在版编目（CIP）数据

房东 / 周瑄璞著. —西安：西安出版社，2016.6
ISBN 978-7-5541-1639-5

Ⅰ. ①房… Ⅱ. ①周… Ⅲ. ①中篇小说—小说集—中国—当代 Ⅳ. ①I247.5

中国版本图书馆 CIP 数据核字（2016）第 152203 号

房　东

著　　者：周瑄璞
出版发行：西安出版社有限责任公司
社　　址：西安市长安北路 56 号
电　　话：（029）85253740
邮政编码：710061
网　　址：www.xacbs.com
印　　刷：陕西天丰印务有限公司
开　　本：787mm×1092 mm　1/16
印　　张：16
字　　数：169 千
版　　次：2016 年 7 月第 1 版
　　　　　2016 年 7 月第 1 次印刷
印　　数：5000
书　　号：ISBN 978-7-5541-1639-5
定　　价：38.00 元

△本书如有缺页、误装，请寄回另换。